U0109954

認識大陸作家系列

不冒險的旅程

——非典型批評集

NON ADVENTUROUS TRIP

如果我們堅持精神的自由，滿足精神的欲求，探索精神的宇宙，結果會怎樣？

李靜／著

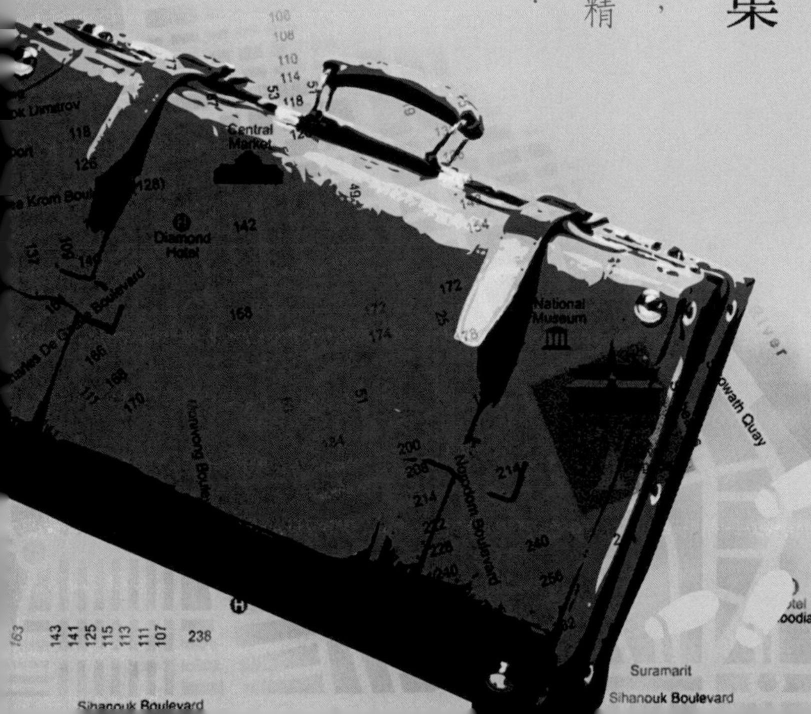

目　次

不冒險的旅程

——論王安憶的寫作困境

「只有當形象活生生地駁斥既定秩序時，藝術才能說出自己的語言。」

——馬爾庫塞，《單向度的人》

在龐大的中國當代作家群中，王安憶被認為是卓然獨立、成就非凡的一個——高產，視野廣闊，富有深度，藝術自變力強，尤其是漢語的美學功能在她的作品中被愈益發揮得奪人心魄。本文尊重王安憶的創作成就，但更側重於從她的文本缺憾中揭示她的寫作困境，以圖探討中國當代文學所面臨的一個關鍵問題。

在王安憶的作品中，有兩個因素從未改變：一是時代政治被有意淡化成單純的敘事背景，二是人物的私人化的生存世界佔據著小說的絕對空間。無論是王安憶的長篇小說，還是她重要的中短篇小說，這兩個因素一直都醒目地存在著。雖然各個時期的小說主人公各具身份和背景，但是，他們的不同僅止於人物的「生態學」，其真實的涵義僅止於作者自身對人物的理性規定。而這種人物規定性，雖然不是馬爾庫塞所批判的那種極度商業化社會中的「單向度的人」，卻是另一種歷史情境下的「單向度的人」——一種歷史在其中處於匿名狀態的不自由的人。

這種情形不止於王安憶作品裡的主人公，可以說也包括這位作家本人。看得出，王安憶在主流意識形態和商業文化的重重包圍下一直做著可貴的突圍努力而逐漸走向經典化，但我卻認為她成為了一個「逃避者」。為什麼會是如此？

一、被毀壞的相對性空間

在一篇對談錄中，王安憶雄辯地說：「是誰規定了小說只能這樣寫而不能那樣寫？難道不是先有這樣那樣的小說然後才有了我們關於小說的觀念嗎？誰能說小說不能用議論的文字寫，用抽象敘述的語言寫？……其實，小說之所謂怎麼寫，標準只有一個，就是『好』。」[1]並且說，「我不怕在小說中嘗試真正見思想的議論。」[2]

的確如此。小說無定法。偉大的小說一定是在「不得不如此」的形式結構中表達它對存在的勘探，形式的「反常」乃是表達的驅迫使然。《包法利夫人》的「純粹客觀」手法基於福樓拜「任何寫照是諷刺，歷史是控訴」的認識，那是進入存在真實的痛苦中心時的靜默無言；《戰爭與和平》在敘事場景之外卻常見論文式的有關

---

[1] 王安憶、郜元寶：《我們的時代和我們的小說》，《萌芽》1994 年第 7 期。

[2] 同註 1。

歷史、宗教與道德的議論，這是因為托爾斯泰把小說本身當作承受他這一切思考的載體，而不是一部單純的「藝術」作品（當它被當作小說看待時，這些冗長的思考恰恰被作家們認為是最不足取的地方，並且認為，真正的現代作家不會這樣寫作）；米蘭・昆德拉則永遠是在人物行動的「定格」時刻響起他充滿疑問的狡黠聲音：在某種境況中，此人是怎樣存在的？他相信，「世界是人的一部分，它是它的維度，隨著世界的變化，存在也變化。」[3]（而不是：雖然世界變化，可存在是永遠不變的。）但是，在這「無定法」之上，卻一直存在著一個隱含的「法」——小說應有的相對性空間。

所謂「小說的相對性空間」，是這樣的一種東西：思想的不確定性、疑問性或潛隱性；作品的情節邏輯與精神隱喻的二元化；敘述的張力和空白，等等。

小說中的「思想」究竟是怎樣的形態？它應當像哲學一樣，給人們對世界的疑問一個絕對的確定的答案嗎？小說的本質是否和哲學一樣，是對世界的結論式認識，其區別只在於小說家將其認知形象化？

如果我們求助於藝術的演變史，會發現答案是否定的。「深思在進入小說以後，改變了自己的本質，在小說之外，人們處在肯定的領域，……然而在小說的領地，人們並不作肯定，這是遊戲與假想的領地。」[4]而王安憶小說在藝術上最明顯的缺陷，我認為就在於小說應有的相對性空間被毀壞。她的大部分小說幾乎都是她的世

[3] 米蘭・昆德拉：《小說的藝術》，孟湄譯，三聯書店，1992年6月第一版。
[4] 同註3。

界觀的闡釋：有的是以客觀故事的面目出現，如《叔叔的故事》之前的作品，那是她在抽象了人類關係得出理性概括之後，對這些結論作出的形象性印證與演繹；《叔叔的故事》之後，王安憶躍入「思想文體」的寫作，《紀實和虛構》、《傷心太平洋》是這種寫作的代表之作。這些作品或是生動地展現生活場景與人物形象，或是亮出睿智精彩的思想議論，使人們獲得閱讀快感。但是，它們卻沒能讓我們的靈魂發出戰慄和衝撞，讓記憶在此駐足，難以磨滅。它們似乎只是牽引著我們的心智在文本中走完一段生命歷程，得到對於「生活」和「世故」的純經驗式瞭解，完成一次推理。為什麼王安憶的作品取得的是如此平靜而超脫、綿密而隔膜的藝術效果？我以為，這是由於她的作品總是呈現為一個個閉合的空間，它們常常只發散出單一的意義，而這意義則是以一種特殊的（而非普遍存在的）、確定無疑的、不再發展的姿態存在著。

以長篇小說《米尼》和中篇小說《我愛比爾》為例。它們之間有驚人的相似性（或可謂重複性）：題材上，都是關於一個女孩如何走上「犯罪道路」的，甚至連她們犯罪的原因——「愛情」——都是一樣的；手法上，都採用白描性的敘述語言，都把敘事動機歸於事件的「偶然性」，因而也構成了米尼和阿三的「命運形式」的相似性。一位作家總是寫作「相似的作品」，至少表明她的思維已經陷入一個固定的模式，而這個思維模式便成了作家所面臨的自我困境。

《米尼》講述了一個一生都被各種偶然性所決定的黑色人物的故事：米尼是插隊知青，相貌平常而聰敏幽默。在回滬探親的船上被機智英俊的上海知青阿康吸引，二人交好。阿康上街行竊，被判刑五年。米尼出於對阿康的思念和對他的體驗的好奇，也開始行竊，從未失手。她為阿康生下一子。但阿康出獄後，詐騙揮霍，放浪形骸，米尼在絕望之下和阿康及其周圍男女開始群居生涯，並帶著長大的流氓兒子到南方合夥賣淫。阿康被捕，在米尼即將赴港與父母團聚時供出了她。

這部小說反映出王安憶的這樣一個信念：人的靈魂、行動與經歷是可以被日常理性完全理解並解釋的，人的日常理性可以窮盡一切，言說一切。它還和王安憶的其他作品一樣顯示出她所堅信的一種不可逾越的美學規範：文學表現方式及其對象必須體現為可以被精緻、細膩、敏感和唯美的靈魂所接受的與己同類的存在。這兩種東西是王安憶的寫作意志。不言而喻，在這樣的意志下，她奉獻出了大量的符合規範的優美作品，但這也使她止步於一大片神秘、幽深、黑暗而粗野的人性荒原。她在保持作品和自己作為「人」的純潔個性的同時，犧牲了許多為這片荒原命名的機會。因此我們看到的盜竊和賣淫犯米尼就像一個女知識份子。她所有的罪惡都是出於外界因素的偶然作用與她自身在淒涼傷感境況中了悟式突變的合力。一切進行得平靜自然。即便米尼陷入最骯髒的賣淫中時，我們的閱讀也一樣冷靜隔膜——我們目睹著一個女孩「走向深淵」的「合理化」過程，它太「合理」了，與我們在「生活」中自動接受的日常情理毫無二致，以致於看起來像是一個偵破性的事實還原，緊貼著日常生活的邏輯地面——在情節設計和精神世界兩個方面。《米尼》讓人看到了一個好故事，卻沒能使人獲得一種劃破「日常理性」的震驚，而正是這種震驚，才閃耀出普遍性、共通性的真實的光亮。它可以穿過敘事掩蓋下的板結的理性成規、閉合而單一的意義空間和特殊的偶然事件，直抵人的靈魂深處。可以說，從小說的思想形態角度看，《米尼》以其固態的理性觀念和審美觀念覆蓋了小說思想應有的疑問性、假定性與潛隱性。此處的「思想」，既指小說直接呈現的思想內涵，又指小說用以顯現其內涵的藝術方式和作者的寫作意志。

再看看《米尼》的邏輯推理特徵。對於小說尤其是長篇小說來說，邏輯推理是它的物質框架，承載著小說的各種元素。王安憶自1988年以來進入職業化的寫作探索，並主要致力於小說的邏輯推動力研究。她的主要觀點是：西方小說之所以多偉大的鴻篇巨製，乃因為西方小說家發展了堅固、嚴密而龐大的邏輯推動力，它與嚴密宏偉的思想互為表裡。一個故事的發展是由環環相扣的情節動機推進的。中國人了悟式的思維傳統，恰恰缺少這種堅固而嚴密的邏輯推理能力，因此中國現代長篇小說總不成功。現在她意欲著手彌補這一源遠流長的缺陷。

與此前的作品相比，《米尼》及其後的中長篇小說在情節推理上確實有很大的改進，在《紀實和虛構》與《長恨歌》中，王安憶的邏輯推理才能攀上了一個高峰。其成功之處在於：故事發展的連貫性、不可預料性、不可逾越性；故事元素組合的渾然一體；故事發展動機的有機性、自然性、不可替代性。這也是一部優秀長篇小說的必要條件。

但是，也許這個看法是不無道理的：在一部「大」的小說中，作為邏輯推理的情節與作品整體的精神隱喻世界應是二元分立而又互相連結的，周密有趣的情節邏輯本身不能成為好作品的全部。那麼它與隱喻的精神世界之間的連結點是什麼？是文本的暗示性元素，它具備成為故事的具體角色（或環節）和發散多重隱喻性涵義的雙重功能。關於這一點，在賽凡提斯的堂吉訶德身上，在《紅樓夢》的幾十個形象鮮明的人物身上，在無數傑作的主人公身上，我們都已耳熟能詳。王安憶小說中缺少的正是這樣的雙重功能性元素——人物的經歷只構成情節上的因果鏈，並不具有精神隱喻意義。作者太專注於她的情節邏輯了，致使她那嚴密的邏輯推動力除了擔當小說的物質功能（情節）以外，無力擔當小說的精神功能，從而使小說的精神世界趨於貧乏，硬化了小說應有的不斷變幻的精神空間。

小說的相對性空間還包含一個至關重要的因素——敘述的張力和空白。因限於篇幅，這裡無法給一種抽象的小說修辭手段下定義作闡釋，而只能訴諸其美學效果：即與小說意義相對應的小說結構的立體性與多重性；必要的意味隱含性與不可言說性；由於語句或段落的意義斷裂造成的意義空間擴展等等。

王安憶對小說敘事方法作過多年研究與實踐，其結果是：她自1988 年以後的所有小說都運用一種標準的白話文，不再戲劇性地摹仿方言土語；時常採用主觀視點，作為敘述者的「我」時時出入於文本的議論與敘事之間，以表達作者自己的思考，或者採用全知視點（如《米尼》、《流水三十章》、《長恨歌》、《富萍》、《上種紅菱下種藕》等），完全運用「敘述」的方法展現場景與對話，並使之情調化；敘述語言綿密濃稠，敘述節奏急促地向前追趕，由於對自己的理解力和思想儲備充滿自信，使她的小說充滿汪洋恣肆的議論。這是王安憶小說基本的修辭特徵。

但是，通讀過王安憶的小說之後，閱讀者會有一種漫長而纖細的疲憊之感。無論我們眼前晃動的是張達玲，還是米尼，抑或風華絕代的王琦瑤，或者是木訥笨拙而敏感堅定的富萍，也無論我們領略的是香港的情與愛，還是荒山之戀小城之戀，抑或「叔叔」的那些似是而非的戀情，或是新加坡人那些曖昧難明的情愫，我們都無法擺脫無處不在「作者意志」；我們總聽到相似的聲音附著在這些理應不同的角色和場景上；我們在觀望這些紛紜雜處的紅塵景象時，常常試圖讓我們自身的主體性、我們自己的智力和情感馳騁其上，可是在它們出發的途中就被作者的選擇、判斷和權威迎面擋了回來。當然，這種感覺還可以作進一步的區分——在《長恨歌》之前，王安憶文本較多地顯現為：一以貫之的「敘述」方法，無時無處不在的「作者意志」、過於密集的敘述語言及其形成的過於急促的敘述節奏，拒斥了接受者對應有的文本空白所做的想像性填充，割斷了閱讀者和文本之間的對話關係；在《富萍》、《上種紅菱下種藕》階段，王安憶較多地借鑑了中國傳統筆記小說和文人畫的表現方法，修辭上恬淡、留白和收斂得多，但在關鍵的地方，她則會當仁不讓地嵌入強有力的價值暗示，讓人領會她的回歸傳統人倫道德與東方生存價值觀的意圖。

於是，王安憶的這種缺少空白的敘事使讀者成了隔岸觀火者——觀看她鳥瞰的圖景和概括的思想。一部作品如果不是「呈現」，而是「指引」，那麼它就容易導致一種獨斷的「單向性」。對閱讀者來說，一次話語接受的過程就變成一次「語言暴力」的過程，也是一次意義消耗的過程。消耗的結果，就是小說應有的通往開放和未知之途的「相對性空間」的喪失。

二、消解焦慮的烏托邦

王安憶小說「相對性空間」的被毀壞，既緣於她的形而上闡釋衝動與模糊的烏托邦情結，又緣於她對日常生活邏輯著魔般的迷戀與遵循。這裡擬先分析前者。

以《小鮑莊》為起點，王安憶的寫作走的是一條精神超越與世俗沉入的雙軌道路。熱衷於世俗生活表像的複製和摹仿，使她寫出諸如《好姆媽、謝伯伯、小妹阿姨和妮妮》、《逐鹿中街》、《妙妙》、《歌星日本來》、《香港的情與愛》、《文革軼事》、《米尼》、《長恨歌》、《憂傷的年代》、《青年突擊隊》、《新加坡人》、《富萍》、《上種紅菱下種藕》……這是一條世俗生活史的線索；執著於精神超越的理想化追求，又讓她寫出《神聖祭壇》、《烏托邦詩篇》、《叔叔的故事》、《傷心太平洋》、《紀實和虛構》……這是一條尋求精神歸宿的道路。

《小鮑莊》和其他優秀的「尋根文學」一樣，是一個關於我們民族即將失名的預言。這裡要略占篇幅，說說「尋根文學」。「尋根文學」的初衷，是要「理一理民族文化的根」，尋找本民族肌體深處尚未被「儒家文化」侵蝕的「野性而自然的」生命力和創造力，企望在這個起點上重新鑄造民族的靈魂。這是一次負載著現實功業和精神超越的雙重期待、但註定無果而終的運動，因為作家們所乞靈的是一塊虛妄的「人類理性的處女地」——即超乎尋常的野蠻與自然之力在人身上的顯靈。它是一種被中國人無限憧憬地名之曰「血性」和「仙風道骨」的東西，它的反抗秩序的美學外表被罩上種種富於魔力的光環：力的舞蹈，無羈無絆，征服一切，行俠仗義，自由自為，出神入化……歸納起來，便是山林精神、道家風骨和人倫溫情，它們是尋根的作家們所追索的「根」，是我們這個古老民族的邊緣文化傳統。尋根派作家們似乎沒有意識到：山林精神的「血性」蠻力與其說是勇氣的結果，毋寧說是對「強力征服」的潛意識信奉（當代作家至今竟然仍有認同此理者，比如今年余華在蘇州大學的「小說家講壇」上竟會說：毛澤東有霸氣是應該的，因為江山是他打下的，沒有這個實力的人而仍要有霸氣，那就不是「霸氣」，而是「匪氣」了。被譽為以悲憫愛人之心寫作的余華竟會說出如此有違現代民主精神的話來，真令人難以置信）；與其說是個性意識的高揚，毋寧說是理性缺席的混沌不分。至於棋王王一生式的「道家風骨」，與其說是因雄守雌以柔克剛，不如說是對壓抑而無奈的生命作了美學與哲學的美化；與其說是悠遊天地得大自在，不如說是作家成功地規避了個體生命必須直面的外部和內心的真實困境與衝突。而「人倫溫情」，如果它不是從個人對世界、他人和自我的深刻瞭解中產生，如果它僅僅產生於某種血緣與地緣的自然聯結，如果它竟成為人們在陷入原子化的孤立境地時唯一的救命稻草，那麼它又折射出多麼可悲歎的一種現實境遇而非一種可讚美的「文化特異性」呢？

因此，「尋根」所尋到的無聲結論是：在我們的民族傳統中無法找到理性、獨立與自由的主體性力量，我們不曾存在過這樣一條可資汲取力量的、源遠流長支撐人心的「根」。作家們雖然塑造了一個個富有美學魅力的人物形象──健壯如「我爺爺」、「我奶奶」，飄逸如棋王王一生，龍行虎步如土匪陳三腳，仁義動人如少年撈渣……但是這些孑世遺民絕無能力繁衍子孫，他們僅僅是一些美麗的文化標本而已。作家們找到的這些最為燦爛的形象失去了後代，那麼活在世上的是些什麼樣的人呢？

讓我們看看王安憶的回答。在《小鮑莊》裡，她塑造了一個天然的善性化身——少年撈渣。在他的墳墓之上，他的親人們享受他犧牲生命帶來的甜蜜果實。撈渣的自然美德在一年一度「文明禮貌月」的宣傳中被扭曲成說教的榜樣。村人們在日益物質化的生活中日漸遺忘了那個善良孩子的真面目。在這部作品中，王安憶追索的是我們民族的道德存在原型。純真自然重義輕利的道德範式遺失了，道德虛偽和物質慾望卻瘋長起來。這是《小鮑莊》所揭示的發人深省的精神景觀。

令人遺憾的是，如此清醒無畏的精神光亮，在王安憶後來的作品裡竟杳不可尋。有時，她沉浸在世俗生活的表像之中，以擺脫她在向精神腹地掘進時焦灼不安的虛無之感。而在她津津樂道於張長李短市民瑣事的同時，她的超越渴求又驅使她尋找永恆精神的歸宿之地。這種精神超越衝動，使她寫下諸如《神聖祭壇》、《烏托邦詩篇》、《叔叔的故事》、《傷心太平洋》、《紀實和虛構》等作品，出示了一個否定既定秩序的藝術向度。

正如馬爾庫塞在其著作《單向度的人》中所指出的，藝術的使命在於達到「藝術的異化」:「馬克思的異化概念表明了在資本主義中人同自身、同自己勞動的關係。與馬克思的概念相對照，藝術的異化是對異化了的存在的自覺超越。」[5]這種藝術的異化一直「維

[5] 馬爾庫塞：《單向度的人》，重慶出版社，1993 年，第 51 頁。

持和保存著矛盾——即對分化的世界、失敗的可能性、未實現的希望和背叛的前提的痛苦意識。它們是一種理性的認識力量，揭示著在現實中被壓抑和排斥的人與自然的向度。它們的真理性在於喚起的幻想中，在於堅持創造一個留心並廢除恐怖——由認識來支配——的世界。這就是傑作之謎；它是堅持到底的悲劇，即悲劇的結束——它的不可能的解決辦法。要使人的愛和恨活躍起來，就要使那種意味著失敗、順從和死亡的東西活躍起來。」[6]

在王安憶的精神超越的作品中，我們找到了那種接近於「藝術的異化」的東西——心靈烏托邦的構築與棲居。她在小說集《烏托邦詩篇》前言中說過：「當我領略了許多可喜與不可喜的現實，抵達中年之際，卻以這樣的題目來作生存與思想的引渡，是不是有些虛偽？我不知道。我知道的只是，當我們在地上行走的時候，能夠援引我們，在黑夜來臨時照耀我們的，只有精神的光芒。」這種光芒在《烏托邦詩篇》中是一個朦朧的信仰與人性的溫情良知的混合體，它象徵了王安憶的全部精神理想和存在的意義，傾注進她發自肺腑的詩意祈禱和存在自省：「我只知道，我只知道，在一個人的心裡，應當懷有一個對世界的願望，是對世界的願望。……我心裡充滿了古典式的激情，我毫不覺得這是落伍，毫不為這難為情，我曉得這世界無論變到哪里去，人心總是古典的。」

在王安憶的精神超越之路上，濃重的焦慮之感始終包圍著她。《烏托邦詩篇》是個詩意的例外，它直接出示了一種理想情境，儘管這理想如此模糊而漂移。在其他作品中，王安憶將超越的慾望直

6　同註5。

接訴諸令人不滿的現實本身。相對於完美而永恆的理想真實而言，現實永遠是不真實的、片面的、腐朽的存在。王安憶難耐現實的圍困帶給她的焦灼，以致她無暇塑造她的理想幻象，直接訴諸對現實殘缺性的認識來化解她的焦灼：

在《神聖祭壇》中，她借女教師戰卡佳和詩人項五一之口揭開作家痛苦的自我意識——一個不健全的、缺少行動能力的精神痛苦的販賣者，一個「侏儒」。這「侏儒」卻是美好藝術的創造者。創造者與創造物之間醜與美的矛盾，是王安憶自身最醒目的存在焦慮之一。說出焦慮即完成了他者與自己分擔的儀式，在分擔和傾訴之中，焦慮被消解開來。

在《叔叔的故事》裡，她以「審父」、「弒父」的形式作了一次精神的自審與救贖。「叔叔」既是「我」的父輩，又是「我」自己的一部分。這篇充滿言論的故事透徹地描述了當代中國作家的尷尬處境：其命運在政治的波濤中不能自主地浮沉，其寫作的實質是對自身經驗的背叛性和虛假性的利用；作家由於寫作這一目的而使自己的人生非真實化和非道德化。正是在傾訴這種自我意識的過程中，王安憶精神超越的焦慮得到化解。一面在揭發自己的致命局限和鬼把戲，一面毫不懈怠地在此局限中耍自己的「鬼把戲」，這種道德意識和其實踐籲求是相互矛盾的。當道德不是作為一種實踐而是作為一種言說的時候，連言說者本身都會感到不安。但是當這種不安的聲音被放大到公眾能夠聽到的時候，這種不安也就得到了解脫。

王安憶在尋求超越的道路上，「技術化」的傾向也在加強。這個問題集中在頗受好評的《紀實和虛構》裡。在這部長篇中，王安憶系統地構築了自己的烏托邦。她從自己的生命慾望出發，從虛構祖先的金戈鐵馬強悍血性中，滿足她作為一個作家虛構自己的共時性（存在）和歷時性存在的創造慾望。王安憶試圖在這種虛構中抗拒都市的貧瘠、狹隘與歸化，抗拒現代人生命力的萎頓，抗拒永恆的「孤獨與飄浮」。作品以單數章節敘寫「我」的人生經歷——出生、成長、寫作經驗和「我母親」的片斷身世；雙數章節是從「茹」姓淵源開始的漫長尋根活動。「我」的生活世界被描寫得狹小晦暗卻充滿質感，「我」的家族史則由壯麗瑰奇的語言建構成一個虛構感很強的歷史烏托邦，它雖然充滿具體的情景，卻總被「我想」、「我確信」之類的插入語納入一個純粹的假想境界，強化它的虛空不實。描繪現實世界時多用實體性物質性語彙，密度極大，意象凡庸，家長里短；描繪歷史的想像世界時大量揮灑詩意幻覺性辭彙，意象稀疏、鮮豔、雄偉、空靈，由此產生出強烈的對比效果，現代人生存的窘迫和無奈躍然紙上。對烏托邦式的「歷史」圖景的描繪，成為王安憶背向現代都市的一次理想逃亡。

在這場逃亡中，「祖先」符碼意義單純，代表作者的理想真實——野性、自由、廣闊、英雄氣概。他們在名目不同、面目相似的戰爭中，拖著一長串古怪的名字，橫槍躍馬，景象壯觀，卻意義單一而重複。這些祖先僅僅作為一些過程性的血緣鏈，為了「科學完整」地將最初無名祖先的血緣傳遞至「我」而存在。這樣，「我」的「橫向的人生關係」和「縱向的生命關係」的建立和描述就缺少一個發自血肉和心靈的生命追索貫穿其中，而僅只成為一種處於生命核心外部的知性探求，和一種單一的「敘事技術」的操練。王安憶未能從往事經驗的敘述中提煉出照亮今天的存在體驗。而對「我」

的人生經歷中一幕幕表像化的生活場景的熱衷，則遮蔽了其內在靈魂的貧乏，從而使現實生活敘述和「祖先」敘述一樣，成為外在性的而非內在性的表達。

王安憶的這句話道出了她構築這個精神烏托邦的初衷：「我們錯過了輝煌的爭雄的世紀，人生變得很平凡。我只得將我的妄想寄託於尋根溯源之中。」[7]在這場向烏托邦的逃亡中，技術化的智力運作轉移了她真實的存在焦灼，而僅僅將其轉化為生存性的寫作焦慮。隨著寫作的高速行進，隨著對烏托邦理想的不斷強調性描繪，這種寫作焦慮（「怎麼寫？寫什麼？」的焦慮）被化解，根本性的存在焦慮亦煙消雲散。

王安憶自 1988 年以後多次強調文學寫作和文學批評多搞些機械論、實證論的工作，雖然於整個文學界有合理性和必要性，但是於她自己卻有矯枉過正之嫌——其結構的嚴謹縝密與血肉豐滿的存在關懷之間，一種深刻的裂痕在逐漸加深。究其原因，大概和作家精神資源的貧乏有關。儘管王安憶在小說的物質邏輯層面能夠層層推進，超越了「了悟」式的一次性完成的簡陋思維，但是她的精神思考和價值體系卻仍是一個單線條的、非縱深的、缺少精微層次與深刻悖論的存在，因此其小說會呈現出與強大的邏輯性不相稱的精神的簡陋。小說說到底還是精神格局的外化，「邏輯推動力」等物質形式只是精神格局的產物之一而已。小說家在學習域外傑作的過程中，如果不擴展精神的廣度與深度，而只在物質形式上打轉，恐怕就會上演現代版的「買櫝還珠」。

---

[7] 王安憶：《紀實和虛構》，人民文學出版社，1993 年，第 173 頁。

於是，王安憶那種屬於「藝術的異化」的成分——那份存在焦慮，就在滔滔不絕而又隱諱躲閃的傾訴中，消解了。

焦慮被消解的結果是：藝術創造對既定秩序的遵從——遵從現實的「合理性」。

三、固化的社會生物學視角

對王安憶而言，精神超越之路表現為一種帶有烏托邦抒情色彩的傾訴，這種傾訴的精神脆弱性導致作家最終對現實「合理性」的遵從；與此並行不悖、甚至互為因果的是王安憶對世俗敘事的癡迷。隨著寫作經驗的積累，精神超越的線索逐漸隱沒在世俗敘事的線索之中——越到後來，對世俗生活畫卷的精細描摹在王安憶這裡越上升到價值性的高度，而對個人精神維度的追尋則越最大程度地退隱。

王安憶的世俗敘事就題材而言，都是市民生活的「邊角料」，那種以宏大事件為題材的宏大敘事不是王安憶的風格。在這種敘事中，王安憶展現人類關係和生活表象本身，將精神意義「懸置」了起來。於是這些「邊角料」便具有了生物學意義的永恆性質。對這種永恆性質的人類關係的描述和佔有，就是對永恆的佔有。這也許是王安憶充滿虛無之感的寫作生涯的潛在慰藉。我們甚至可以將王安憶文本中的「時代生活」挖空，總結出幾種基本的人性關係：

（一）情愛與性愛

在純粹的物質關係（性）中，人與人之間能走多遠？《小城之戀》、《崗上的世紀》從兩個相反的方向作出了探索。情愛是什麼？《錦繡谷之戀》說，情愛就是一個更新自我的舞臺，等到這幕「婚外戀」的佈景撤去，重回到往日的生活秩序時，一切又如春夢了無痕；《荒山之戀》因為主人公們的性格，得出這樣的認識：愛情產生於「在這樣的時間、這樣的地方，遇到了這樣一個人，正與她此時此地的心境、性情偶合了」；愛情其實是「對自己的理想的一種落實，使自己的理想在征服對方的過程中得到實現。」《香港的情與愛》把一個地點「香港」設定為這場情愛的性質，於是在這個漂泊不定的地方，「情愛」由「物物交換」的關係（男人要求女人的性和陪伴，女人要求男人的去美護照）逐漸變成愈來愈深的恩義親情，這全是因為同是天涯漂泊者的共通心境使然。

（二）「追求者」

「追求者」在王安憶文本裡完全是被嘲諷的對象。從王安憶早期作品《冷土》中農民出身的女大學畢業生，到《妙妙》裡的時尚守望者妙妙，再到《歌星日本來》中追求成功的無名歌星山口瓊，最後到她的新近作品《新加坡人》裡的周小姐，我們可以看到一個有趣的「追求者」形象系列。在《新加坡人》中，王安憶把「周小姐」這個可憐的北方女孩奚落得好狼狽，讓心地寬厚的人不忍卒讀

——她敗在上海摩登女孩的光輝下；她穿著細高跟鞋逛博物館；她化著濃妝穿著睡裙闖進新加坡人的房間做最後的「肉搏」而未遂；她佔便宜般地揮霍賓館裡的服務，把它記在新加坡人的賬上，然後和一班新認識的法國人揚長而去……「追求者」形象使我們發現，王安憶雖然只是旁觀人世，卻真正是揣摩人情世故的專家。從她對於這些「追求者」的敘述語態和評判立場上看，這時候的王安憶已不能像處理其他主題的王安憶看起來那樣具有文化姿態和超拔精神了，她的揶揄是刻薄和毫不留情的，她的目光是世故和充滿優越感的，她的立場是站在成功者和強勢者一邊的，她的同情是傾向於「新加坡人」們的。「追求者」是一個意願自我與實際自我相錯位、並在追求中對此毫無察覺、直至成為物質慾望和個人弱點的犧牲品的一個族群，王安憶對她們的刻劃雖然維妙維肖，其意味卻無非是一個「有身份的人」嘲諷那些「沒身份的人」不夠「安分守己」而已。這種處於世俗經驗層面而非精神象徵層面的意味，觸目地表現出王安憶精神境界的有限性與物質性。

（三）民間日常生活

王安憶把放眼全人類的目光收回來，落在她的城市上海和上海市民身上。她認為任憑歷史怎樣前行，民間的人性精神總是變化不大的。在都市高速飛轉的經濟生活邊緣，在無數雞毛蒜皮家常瑣事之間，在心機算計眼色口角衣著飲食之上，是上海人幾百年來穩定的脾氣性格。《好婆和李同志》、《悲慟之地》、《好姆媽、謝伯伯、小妹阿姨和妮妮》、《鳩雀一戰》、《逐鹿中街》等對上海的「市民性」做了種種精微的描摹。

在王安憶的短文章裡，她曾經表達過對上海物質化的精神氣質的不以為然。但是，《長恨歌》的問世，表明她已從這種評價中走出，找到了另一個觀察和體驗上海的角度——她試圖刻劃一個風華絕代而又滿懷滄桑、多情善感而又寡情善忘的上海魂。正如羅蘭・巴爾特用他的符號學話語闡釋了日本一樣（《符號帝國》），王安憶用她的作家話語闡釋了上海。她把上海的靈與肉抽象起來，再重新賦予上海每一塊肌體以提煉過的精魂。她把精魂分給上海的弄堂、流言、閨閣、鴿子、片廠，又從這些東西裡面提煉出一個完整的魂、上海滄桑的背負者——王琦瑤。王琦瑤的一生是上海生活史的見證和上海性格的化身。她周圍的一切人物都象徵了上海的一點內容：李主任是權力，他使王琦瑤作了女寓公；程先生是上海寧死不屈的一點優雅、紳士、摩登與鍾情；康明遜則是上海典型的小開精神，中看不中用；王琦瑤的女兒薇薇代表了一個嶄新的摩登時代，盲目新潮又粗製濫造；她的女友張永紅則是新一代的王琦瑤，雖然先天不足卻秀外慧中，她是上海千變萬化表像下的一點不變的魂魄，因為她的承傳，蒼老的上海永遠不死；老克臘象徵著這個失去歷史的時代的病態的自覺，但是回歸歷史之路卻是那麼骯髒可怖——和一個衰老的女人交歡使他感到沮喪噁心；長腳則是這城市這時代的「虛假繁榮」的化身，一旦支撐臺面的東西失去，就露出貪欲和殺人的本性來。王琦瑤死在長腳手中。王琦瑤之死宣告了一個城市古典的摩登時代的終結，一種文明的終結——它雖然在本質上虛榮浮華而又卑微低賤，但是站立出來的畢竟是一個風姿綽約、精緻迷人的形象，因此她的逝去是那麼令人扼腕可惜。

陳思和先生認為這部作品的深刻之處在於：「《長恨歌》寫了家庭和社會的脫離。事實上，除了官方的，顯在的一個價值系統，民間還有一個相對獨立的價值系統。幾十年來，上海市民的生活實質沒有多少改變，它有自己的文化獨特性，《長恨歌》寫出了這種獨特的生活規律。」[8]它同時也可以解釋王安憶所有世俗敘事的價值動機。王安憶認為，上海人活在生活的芯子裡，穿衣吃飯這些最瑣碎最細小卻最為永恆的活動，最能體現本質的人性。她寫這些生活，便是在寫人性的本質。我們也發現，的確，王安憶敘寫的人性本質不但在她描述的當代背景中成立，而且即使換到遙遠的過去與虛設的未來，這一切也會一如既往。

讓我們審視一下這種「民間的相對獨立的價值系統」和「永恆」的實指——它實際上指的是民間生活的「日常性」，即與人的日常生活相關的那些基本穩定的生存常態。這種常態裡的確隱含著它自身的價值觀念——維繫生存的物質至上觀，和指導行動與價值判斷的利益至上原則。它當然與官方的意識形態至上觀有著基本的不同，並往往在冷酷的環境中顯示出頑強而溫馨的生命亮色。但是當國家對社會擁有絕對權力時，「民間價值系統」本身的脆弱特性便呈現出來，它立刻會變為一張馴順無聲的白紙，任憑權力隨心所欲地塗寫，而那種所謂的「生命亮色」也只能降低到生物學的水平。關於民間個人的生活習性、情趣愛好在後極權社會中仍然謀求頑強

8 祝曉風：《王安憶打撈大上海，長恨歌直逼張愛玲》，《中華讀書報》，1995年11月1日第1版。

存在的情形，王安憶的《長恨歌》和楊絳的《洗澡》均有所表現。不同在於：楊絳側重這種個人空間被損害後的殘缺性，王安憶則側重個人空間在被擠壓中的相對完整性。楊絳的「殘缺」是因為主人公的精神人格獨立訴求遭到摧折與毀滅，因此其伴隨物「情趣存在」也殘破凋零；王安憶的「完整」是因為主人公根本沒有這種精神人格的獨立訴求，因此作為其全部生命內容的「情趣存在」如果能保持完整，就意味著生命保持了「完整」。可以說，《長恨歌》寫了一個專門為物質繁華而生的族群。因此，所謂「永恆」的、「相對獨立」的「民間價值系統」實際上是濾掉了終極性的精神之維後的人的「物質形態」，它既「獨立」於國家意識形態，又「獨立」於自由個人的精神價值。它超越了歷史，而展現為一種社會的「生物學」。

王安憶的世俗敘事表現的正是這種社會生物學圖景，同時，也展現出王安憶觀察和解釋歷史的社會生物學視角。雖然從時空背景上看十分廣闊，但是其精神意蘊卻十分單一。作家們在處理歷史與人物的關係時，大體有兩種視角：一種是「從歷史到個人」——將複雜的歷史境遇（或曰存在境遇）作為人性動作的舞臺、人性形成的原因和人性內容的一部分，從人的存在境遇的瞬息變化來推動複雜多變的人性變化，這是許多小說大師經常採用的方法。因為歷史情境總是千變萬化不可逆料的，所以由之而引起的人性變化自然也就帶有不可逆料的性質，正是這種不可逆料性產生了創造活動的冒險般的魅力，因此這種作家更像是歷史的「不可知論者」和人性的「懷疑論者」。另外一種方法是「從個人到歷史」——這種方法隱含了一種「人的『本性』是歷史發生的根源所在」的觀點，也就是說，這種觀點把「人性」看作一種靜止定型的事物，並以「萬變不離其宗」的意識展現世界的圖式。持此觀點的作家用歸納法總結人性的模式，又用演繹法推導臆想中的該人性模式影響下的歷史，因此這種作家更像是一位「全知全能者」，其筆下的世界是一個必然的、沿著作家的預設前進的、不會發生意外的世界。王安憶無疑是屬於後面這種類型的作家。

王安憶選擇了一種社會生物學的視角來構造她眼中的世俗世界，世俗世界則以她的社會生物學邏輯來展開。這裡「社會生物學」是個比喻的說法，是指作家在描述個人時採取離析具體歷史情境對個人的影響的辦法，而只表現其人與歷史無關的穩定特性。也就是說，在王安憶的觀念中存在著一種超越於具體歷史情境之外的「原子人」，他（她）不受任何力量的制約和影響，而能夠單純完整地表現出自己的「本性」。這是作家觀念所虛構的神話。當然，問題不在於它的虛構性，而恰恰在於這種虛構導致一種意義的匱乏，導致了個人與世界的關係在文學作品中的簡化，和一種順時應天的虛無主義認識。我認為這是王安憶世俗敘事的一個最大問題。社會生物學視角一旦固定化，就阻止作家對其描述的世界進行超出該視角之外的豐富、深入而真實的思考，歷史存在情境為個人的豐富性所提供的無限可能也難以進入作家的敘述。這樣，作家對個人和歷史的敘述就陷入一種僵化的困境。

可以說，王安憶的世俗敘事無意之間表現了民間個人在歷史中的失名狀態。這種「失名」，首先是由「歷史」的禁忌性導致的——它不允許自己被真實地講述，也就是說歷史本身是「失名」或曰被「偽命名」的；其次，「個人與歷史的脫節」是 「個人失名」的真正原因。這種「脫節」，這種個人對歷史的逃離，本是不自由的個人上演的不得已的慘劇，也可被看作一幕幕椎心刺痛的悲劇，但終究不是自得愜意、自我選擇的喜劇。遺憾的是王安憶的《長恨歌》所流露的恰恰是最後一種含義。

從這一點上說，王安憶是一位虛無的樂觀主義者，她把個人對歷史的忍耐力——而不是個人在歷史中的創造力——看成人的最高實現。「忍耐」，它並沒有作為一個明確的主題出現在王安憶的作品中，但是在她把以人情世故為本體的敘事賦予不可抗拒的美學感染力時，也就自然而然地把它轉化為對現世情狀的悠然把玩，而這恰恰是另外一種形式的「忍耐」，對歷史侵犯力和異化力的忍耐。在一個特定的歷史語境中，這種忍耐是致命的無力。

四、不冒險的和諧

無力而無意識的忍耐精神，使王安憶的近年小說呈現出一種「不冒險的和諧」面貌。由於她的敘述語言秉承了母語的美感，甚至可以說秉承了准《紅樓夢》般的語言格調，這些作品的「和諧之美」便很容易被認為是對中國古典文化傳統的承緒與光大。對於導致這種表層美學效果的深層精神成因，我願意運用「冒險」這一極具魅力的文化概念，加以審慎的辨析。

這裡「冒險」並非一個封閉的文化概念，正如哲學家懷特海自始至終所強調的那樣：「沒有冒險，文明便會全然衰敗。」「以往的成就都是以往時代的冒險。只有具有冒險精神的人才能理解過去的偉大。」[9]它主要指涉的是：在一個其合理性、公正性和創造性已日漸耗盡的秩序中，那些挑戰這一秩序的安全、常規與邊界的創造性思想與行為。當偽現實主義的僵化文學樣式、瞎浪漫的「革命」思維模式統治著中國文壇的時候，八〇年代的一些先鋒詩人和小說家展開的「形式革命」與「微觀敘事」就是一種生機勃勃的冒險，是創造性的藝術實踐；但是，九〇年代以後，當形式修辭與私人生活領域的禁區實際上已不復存在，而在社會思想領域卻雷區密佈、公共關懷遭遇阻礙、絕對權力導致的社會不公與苦難真相被強行遮蔽的時候，藝術上不觸及任何群體或個人的真實險境的「形式革命」與「微觀敘事」則不僅不是「冒險」，不是創造性的藝術實踐，而且恰恰相反，它們充其量只能算「取巧」而已，對於整個文明說不上有什麼貢獻。因此，在這種語境下，在藝術作品中表達「自我」對「真實」的觀照與創造，以及「真實」對「自我」的影響與穿透，才是真正富有生命力的冒險。

當然，何謂「真實」，又是一個糾纏不清的概念，我更傾向於一位紀錄片工作者對「真實」的界定：「形而上的真實也許是深不可測的黑洞，無法被現實的光穿透。或許，為了理解的方便，我們可以和應該用另一個問題來表述：我的真實是以什麼樣的方式建立起來的，是基於什麼立場上的對真實的調查？說到底，真實是一種敘述方式，它必定要把藏在它背後的敘述者暴露出來，不管它是以什麼樣的方式隱藏著或躲避著，因為它一定是存在著的。那麼，於此存在的就是敘述者的立場、觀點和方法，所以真實其實是一種價

[9] 〔英〕A・N・懷特海：《觀念的冒險》，周邦憲譯，貴州人民出版社，2000年10月第一版。

值判斷，它是基於價值立場上的敘述，它本身就是對價值立場的建構。」[10]對於作家來說也是如此。選擇何種價值立場，便意味著選擇何種「自我」，何種「個性」，何種「真實」，何種敘述。在當下我們所身處的權力－市場化空間裡，強勢集團對公共利益強行掠奪所造成的社會不公正氛圍，弱勢群體由於幾無容身之地而產生的生存與精神危機，從整個社會的畸形生態中生長出來的實利主義與蒙昧主義相結合的價值取向，使良知尚存者恥於站在權力者一邊。站在無權者、被剝奪者的一邊，站在「沉默的大多數」一邊，是渴望真實的寫作者真正的冒險。

是的，站在沉默的大多數一邊，對「真實」進行忠直的描述與勘探，在真實判斷之上反對愚蠢、無趣和謊言，進行勇敢的智慧、反諷與想像力的實踐，——如此底線性的寫作立場，竟然是我們這個社會的一種精神冒險。這種冒險不僅僅是對「責任感」、「使命感」、「道德感」等等存在於生命本能之外的倫理籲求的遵從，更重要的是，它是一個自由、健全而廣闊的生命自我對於難度和有趣的必然要求。渴望有趣就會渴望難度、渴望「反熵」。在一個良知、真實和智慧均受到挑戰與否定的社會中，最有「難度」、最「反熵」的事就是反對愚蠢、無趣和謊言，就是追尋良知、真實和智慧；只有這種負重而冒險的行動才會誕生自由生命的真正張力，才會在人類文明的鏈條上接續自己無愧的一環。那種把「有趣」、「冒險」和「創新」局限於修辭領域的主張，實際上是一種盆景價值觀的產物，其結果是對自由廣闊的個體生命之域的人為貧窄化。相反，若

[10] 呂新雨：《什麼是記錄精神？》，《東方》雜誌，2002 年第 10 期。

把反對愚蠢、無趣和謊言的精神冒險實踐於文學創作的意義層面，則作家在思想和創造力的自由與解放中發出「真實之聲」的同時，必會帶來真正的修辭領域的創新。

但同時，道德主義的教條化則也可能給「精神冒險的文學」帶來禁錮與傷害。如果「良知寫作」、「草根寫作」有朝一日蛻變為苦難與不公的平面展覽、憤怒與淒苦的廉價呼號，它也就失去了任何的文學價值。文學是作家對世界的心靈介入，他（她）須首先瞭解的是自己的豐富的心靈，而非越過自己的內心，轉向對外部世相的博物學搜集。她（他）只有以自身豐富的內心體驗來描述自我與他人的世界，作品才會有「心的探討」、「生的色彩」與「力的表現」（顧隨語），他（她）才會寫出真的文學。「如何始能有心的探討、生的色彩？此則需要有『物』的認識。既曰心的探討，豈非自心？既曰力的表現，豈非自力？既為自心自力，如何是物？此處最好利用佛家語『即心即物』。自己分析自己探討自己的心時，則『心』便成為『物』，即今所謂對象。天下沒有不知道自己怎樣活著而知道別人怎樣活著的人，不知自心何以能知人心？能認識自己，才能瞭解人生。」[11]把「自我」作為「客體」、「對象」來探討，而非拿它當作自戀、自足的戲子來表演，——並在對自心的深刻認知之上，延伸作家對整個世界的體認與表現，這是文學的魅力所在。在對自我和世界的真實而無遮蔽的「心的探討」中，我們這個充滿禁忌的精神虛弱的世界，必將對此探討設置重重阻礙與困境，許多真

[11] 《顧隨全集3・駝庵詩話》，河北教育出版社，2000年12月第一版，第5頁。

實的思想必被禁止說出，許多真實而刁鑽的形象必被列為非法，許多汪洋恣肆的想像必不可以浮現。但是，也只有這種冒險性質的探討才是這個世界的精神精華，它們必須浮現。回避這種冒險，一切皆在現有的規範框架內進行的文學，實際上違背文學的真正倫理與真正的精神。

以此維度考察王安憶的小說寫作，我無法不產生一種深深的失望與遺憾之情。雖然從她的近年作品中，我們能看到她寫作技巧的純熟、對東方之美的敏感、把握人情世故的精准和捕捉生活細節的神通，就如同一位爐火純青的大內高手，或者一位技藝精湛的音樂家，意到手到，絕無力不從心之感；但是，在這些技術表象之下，一種真正禁錮創造力的「遠離冒險」的保守主義情結已凝聚為她作品的靈魂，換句話說，王安憶作品呈現出來的 「不冒險的和諧」面貌，瓦解了她的寫作本身的價值。這種「和諧」，借用懷特海的話說，就是「在相對缺乏高級意義客體的經驗中的那種性質上的和諧。……這樣……派生出的和諧是一種低級的和諧類型——平淡、模糊，輪廓和目的都不突出。在最好的時候，它只能以一種陌生感激動起來，而在最糟的時候，它便凋零為無意義的東西。它缺乏任何能激動深層感覺的強烈而興奮的成分。」[12]

「在相對缺乏高級意義客體的經驗中的那種性質上的和諧……它缺乏任何能激動深層感覺的強烈而興奮的成分。」——這句否定性的話語雖然不那麼中聽，但我個人認為它的確適於評價王安憶近年文本的「和諧」特性：她近年小說的主人公，其個人主體

---

12 〔英〕A・N・懷特海：《觀念的冒險》，第 329 頁。

性被極大地弱化，其靈魂世界不被呈現，其行為嚴格遵循日常生活的機械生存準則，在《長恨歌》、《富萍》、《上種紅菱下種藕》、《新加坡人》等小說中，「日常生活的機械生存準則」被提升到存在本體論的地位，並以一種「東方奇觀」的形態出現在讀者的視野之中。——這一切不能不說是缺乏「意義」和能激動深層感覺的成分。同時，在作家對人物和環境的敘述態度裡，則隱含著她無處不在的「世俗規範性」思維，隱含著她對中國傳統的自然價值觀的回歸，這種意願無聲地體現在她營造的「渾然」與「和諧」的美學意境裡，構成一種對深受西方都市文明濡染的現代人（包括東方的與西方的）而言十分陌生的「東方情調」，以及由這種「情調」而引起的沉浸和迷醉，但是卻不能引起局內之人對此種充滿「物質性」或曰「精神貶抑性」的文化的必要省思。更值得指出的是：王安憶自《長恨歌》以後所寫作的長、中、短篇小說，其精神內涵、寫作手法、結構方式、語言形式等方面的單調重複，是顯而易見的——她似乎已形成一套關於「東方平民生存方式與價值觀」的表達語法，她的近年所有小說幾乎都是這種「語法」的變體。她的寫作寄身在這個無論是官方／民間、還是精英／大眾都沒有異議的「語法」裡，在其合理性已日漸耗盡的現實秩序和文化秩序中顯得既和諧又安全，沒有給沉睡的文化文學空氣以任何清新的刺激。對於一個被經典化的作家而言，這可以說是令人遺憾的。

或許會有論者認為：王安憶的這種「不冒險的和諧」恰恰是對我們這個地域、時代和社會的一種高度寫實，正如羅伯—格里耶所表現的「人的物化」也是該作家的「高度寫實」一樣。關於羅伯—格里耶式「高度寫實」的寫作，索爾·貝婁引用康拉德的話表達了他的批評態度，在此也可用以表明我對「王安憶式的寫實」的批評態度：藝術家所感動的「是我們生命的天賦部分，而不是後天獲得的部分，是我們的歡快和驚愕的本能……我們的憐憫心和痛苦感，是我們與萬物的潛在情誼——還有那難以捉摸而又不可征服的與他人休戚與共的信念，正是這一信念使無數孤寂的心靈交織在一起……使全人類結合在一起——死去的與活著的，活著的與將出世的。」[13]

如果文學是一個無法進行價值判斷和價值選擇的領域，那麼我就應當對王安憶式的寫作和康拉德式的寫作同樣地尊重；但是，如果讓我進行價值選擇，那麼我就會毫不猶豫地站在後者一邊，並說出對前者的不滿足感。

最需要強調的一點是：在《長恨歌》之後的創作裡，王安憶的弱化主人公精神主體性的傾向有增無減。這或許可以解釋為：作家的小說寫作已跳出創造「個性人物」的狹小目標，而讓小說中的一切元素——包括人物——服務於她的表達文化觀念的需要。在這方面，同樣以表達文化觀念為使命的赫爾曼・黑塞的長篇小說《玻璃球遊戲》，在人物塑造上與王安憶恰成對照。為了尋求人類精神的「共同的公分母」，黑塞創造了約瑟夫・克乃西特這個玻璃球遊戲大師的形象，他沒有太多的個性，因為他是個為了服務於人類精神之成熟和美好而自願消除表面個性的人，他的「消除個性」是在已經高度發展了自我精神主體性之後而採取的有意識的犧牲行為，是

---

[13] 〔美〕索爾・貝婁：《赫索格》，灕江出版社，1985 年 7 月第一版，第 479 頁。

「精神主體性」的理性果實，由此，黑塞賦予了他一個如宇宙般廣闊的靈魂，隨時準備啟程前往新的生活領域。

王安憶筆下的主人公們——譬如滬上名媛、普通市民、女大學生、富商巨賈——也都是些「沒有個性的人」，但卻是被「日子」所裹挾的人，是精神主體性尚未發育、由「物質世界」決定其精神存在的人，也是沒有靈魂空間的人，他們服務於王安憶的表現東方平民生存價值觀的目的，而這種所謂的「東方平民生存價值觀」——我暫且這樣概括吧——與其說是現實地存在並為王安憶所「反映」的，不如說是王安憶自身對「東方平民」想像的產物。問題不在於它是一種想像，而是在於王安憶對這種「東方平民生存價值觀」所取的文化態度——它帶有文化建構的意味，帶有文化相對主義的意味，它以一種「記憶」和「記錄」的面目呈現，似乎在給一切跨文化的當代觀察者提供一個個具有「文化特異性」的奇觀文本：我們東方人、我們中國平民百姓就是這樣子生活和思想的，我們沒有那些形而上的焦慮，沒有那些戲劇性或悲劇性的衝突，我們對那些天下大事不感興趣，我們就是生活在物質裡、瑣屑裡，我們就是這樣一個族群，我們就是這樣一種文化，我們在這種文化裡生活得很悠然，我們這種文化有一種獨特的優點，因為她的這種優點，她是可讚美和應當長生不死的。現在，她遭遇到「現代性」這個強大的敵人，她被逼到了末路，而這一切是極可哀婉的。我以為這是王安憶小說文本的潛臺詞。

具體來說，《長恨歌》寫的是四〇至八〇年代滬上名媛「王琦瑤」及其相關者的日常生活，《富萍》寫的是六、七〇年代「奶奶、富萍、呂鳳仙、舅父、舅媽」等上海底層市民的日常生活，《上種紅菱下種藕》寫的是八、九〇年代市場化轉型期的浙江鄉鎮人家的日常生活，《新加坡人》寫的是當下上海新貴及其周圍人等的日常生活……值得注意的是，王安憶把這些「日常生活」的廣闊時空裁剪為單一的「物質生活」的一角。對於她筆下的人物，作家不表現他們任何帶有「精神主體性」的情感悲歡，不揭示任何現實歷史帶給他們的精神與物質生活的變故，不觸及任何 「日常生活」裡蘊藏的豐富而複雜的內心生活和靈魂戲劇。當然，所謂的表現、揭示和觸及「他們的精神主體性」，其實正是作家自己的精神主體性。作家在小說中放棄了對「自心」與「他心」的探究，而選擇了從「物」（其中，「規則」是「物」的一種）的角度、非智力化與非精神化的角度，若即若離地揣測和解釋世界的秩序。

於是，底層如富萍們、小康如照顧秧寶寶的李老師一家、資產階級如「新加坡人」，他們觸摸的是物，思考的還是物——簡陋的物：帳本、布頭、飯菜、家務、鄰里關係……；繁華的物：酒店、飯局、俱樂部、摩登時尚、階層社交……在敘述這一切的時候，作家的秩序意識——或曰「世俗規範」意識——時時流露出來，有時是無形的流露，有時則是流露在行文裡，流露在那種中產階級式的、「規則掌握者」的優越感語調中：「那兩個小妹妹都有些呆，做夢人的表情。這是年輕，單純，生活在小天地裡，從來不曾接受過外人饋贈的小姐。所以，對自己得不著的東西想也不敢想的。這就是本分。別看這城市流光溢彩，繁華似錦，可那千家萬戶的寶貝女兒，都是這樣的本分人。其實是摩登世界磨煉出來的，曉得哪些是自己的，哪些是人家的，不能有半點逾越，這才能神色泰然地看這世界無窮變幻的櫥窗。」「到底是自知沒有驕人的青春，很識相知趣，一點不放縱任性。」[14]「雖然在上海生活了三十年，奶奶並沒有成為一個城裡女人，也不再像是一個鄉下女人，而是一半對一半。這一半對一半加起來，就變成了一種特殊的人。她們走在馬路上，一看，就知道是個保姆。」[15]「本分」、「識相知趣」、「一看，就知道是個保姆」……雖然這些只是一種認不得真的敘述語調，但是它們表明王安憶觀察人與外部世界的角度——階層標誌、世俗規範已成為她晚近作品的核心內容。如果說文學的重要價值之一，就在於打破世俗等級規範加諸人類的物質羈束，代之以只有在上帝面前才會有的精神平等與靈魂自由，那麼王安憶的近年作品則表明她已放棄這一價值路向，轉向了對世俗規範和現實秩序的認同。如果追溯得遠些的話，王安憶的這種認同，可以說是對「絕聖棄智」的道家自然主義傳統和「長幼有別，尊卑有序」的儒家等級傳統的回歸。在一個權威主義和國家主義盛行的時空裡，一個經典化作家選擇此種價值立場是令人扼腕的。（當然，無庸諱言，我的如此感歎也是源於另一種意識形態的立場。）

作為一個成熟的作家，王安憶在小說裡從不直接出示她自己的價值判斷，但是她的靈巧之手編織出來的一幀幀細節圖景，她的溫婉疏淡不動聲色的語調，會導引你走向她認定的去處。在長篇小說《上種紅菱下種藕》中，她似乎是在講述一個浙江鄉鎮小女孩眼裡的世事人情，但最終，她是要為即將逝去的「鄉土中國」及其相應的生存方式和倫理體系唱一首輓歌。在小說的結尾，秧寶寶隨父母離開鄉鎮到大城市去，一聲歎息在秧寶寶的身後悄然升起：「這鎮

[14] 王安憶：《新加坡人》，《收穫》，2002 年第 4 期。

[15] 王安憶：《富萍》，湖南文藝出版社，2000 年 9 月第一版，第 5 頁。

子漸漸地拋在了身後……它是那麼彎彎繞，一曲一折，一進一出，這兒一堆，那兒一簇。看起來毫無來由，其實是依著生活的需要，一點一點增減，改建，加固。……它忠誠而務實地循著勞動、生計的準則，利用著每一點先天的地理資源。……你要是走出來，離遠了看，便會發現驚人的合理，就是由這合理，達到了諧和平衡的美。也是由這合理，體現了對生活和人，深刻的瞭解。這小鎮子真的很了不得，它與居住其中的人，彼此相知，痛癢關乎。……可它真是小啊，小得經不起世事變遷。如今，單是垃圾就可埋了它，莫說是泥石流般的水泥了。眼看著它被擠歪了形狀，半埋半露。它小得叫人心疼。……」[16]可以說，《上種紅菱下種藕》表達的是一種文化的憂思。在王安憶的敘述中，這個江南小鎮的居民為了獲取利益而經商，而投身到內地大都市或者國外去，逃離和背叛了他們的鄉土中國，他們的人倫親情。一種極其「合理」、「諧和」、「平衡」的文明，就這樣被逐利的世道人心吞沒了，這是王安憶的含蓄的哀傷。

這種文明的哀傷，從一種旁觀者的視角來看是可以成立的，或者借用王安憶文本中的話——「你要是走出來，離遠了看」——是可以成立的，正如公子王孫在烈日當頭之時感歎「農家樂」是可以成立的一樣。但是，如果你「走進去」呢？如果你就是這片鄉土中國上的一個辛勞而無收益的「農家」本身呢？如果你一年的艱辛還不夠交稅，更不能給愛子以求學和成人的未來，自己的晚景也無法保障呢？——你還能哀婉人們對鄉土的逃離和對這種文明的背叛嗎？還能讚歎這種文明的「諧和平衡的美」嗎？那些生長在鄉土上

16 王安憶：《上種紅菱下種藕》，《十月》，2002 年第 1 期，第 224 頁。

的人，他們為什麼遠離了故鄉？他們為什麼孜孜於對財富的追逐？他們心靈的荒蕪起因於何？他們承受著歷史和現實強行加諸他們身上的多少重負與困境？他們在重重困境中殺出一條血路，需要犯和被犯多少罪孽，需要忍受良知與情感的多少創傷？……這些疑問，或許不是沒有價值的，但是我們沒能在王安憶俯瞰式的敘述中找到她對此種精神命題的思考。在她的敘述與真實生存的人們之間，有著一層牢不可破的隔膜。

因此，如果說赫爾曼・黑塞式的寫作是致力於尋找東西融合的路徑，致力於探求人類精神「共同的公分母」，那麼可以說，王安憶式的寫作則致力於建構一種因「特異」和「不可通約」而被觀看、而重要的文化，致力於製作各種固態的文化標本。黑塞式的寫作是過於艱難了：在法西斯主義橫行的年代裡，他以人道和自由為底線的尋求人類文化之新可能性的探索，實在是危難叢生的精神冒險。但是，王安憶式的寫作又是過於容易了：在這個以實用功利主義和蒙昧主義為價值導引的權力—市場化社會，在這個人道和自由的底線漸趨模糊的時代，一個被經典化的作家作為沉默而模糊的一分子，為這個社會貢獻出與它的時尚趣味相一致的精神產品，畢竟是沒有任何「風險」可言的——它既不必激發自身的不安，也不必激發他人的活力，一切是如此平靜而安全。

當然不能說，作家必須要成為「冒險家」或曰「搗蛋鬼」，但是，一個對自身的創造力和文明的更新力抱有責任感的作家，卻一定在某種程度上是某個僵死秩序的「害群之馬」(米蘭・昆德拉語)。他（她）會以自身的才華、智慧與道德的勇氣，剔下陳腐文化秩序上的沉渣朽肉，在仍有活力的傳統之軀上，生長自己健壯的骨血與肌體。挑戰外部的與自我的邊界與局限，這是寫作的最具魅力的冒險。

《當代作家評論》2003 年第 1 期

1996 年 5 月初稿，1999 年修改。

2001 年 3 月以《失名的漫遊者》為題發表於

「世紀沙龍網」與「詩生活」網站。

2002 年 10 月據王安憶近年新作最後改定。

悖謬世界的怪誕對話

——從過士行劇作探討嚴肅文學「共享性」的擴展

我們的權利就是喜劇。

——狄倫馬特

楔　子

2004 年 6 月底，我看了中國國家話劇院上演的話劇《廁所》。過士行編劇。林兆華導演。觀眾們歡暢的會心的黑色的笑聲穿過了整場演出，臨到終場之時，凝成一片悲欣交集的靜默。然後是經久不息的掌聲。身著黑衣的演員們雕像般側坐在不規則排列的現代抽水馬桶上，接受著觀者的致敬與狂喜。已經多年沒看到這樣酣暢有力的原創話劇了，接下來的結果是：《廁所》上演兩輪共計二十八場，場場爆滿——這還要考慮禁止北京媒體宣傳該劇的因素。在這部作品面前，專家和普通觀眾達成了罕見的共識。上溯九〇年代，過士行的《鳥人》、《棋人》、《魚人》和《壞話一條街》上演時，也是觀者如雲，一票難求。如此票房效應當然與導表演的功力有關，但是過士行劇本確是全劇的靈魂，其臺詞的爆炸性、其劇本本身給人帶來的閱讀快感，是極其強烈的。在一個經歷了現代主義的分裂體驗、不再相信文學藝術「雅俗共賞」之可能、主流嚴肅文學又幾已「自絕於人民」的時代，「過士行現象」提醒了這樣一個事實：我們必須承認「有趣」和「對話」的價值正當性，是它們的原始魔力將嚴肅文學從孤獨的咒語中解放出來，擴展其「共享幅」，並使其向人潮洶湧的「民間廣場」奔瀉而去。在本文中，我杜撰了「共享性」這一概念，用以指涉嚴肅文學的美好特質與接受者的精神能力之間的積極關係——也就是「作者」可共通的精神創造性通過「作品」在「讀者」那裡激發的精神愉悅，以及此種精神愉悅在文學創作—接受領域中的互動與擴展，簡言之，就是創作者和接受者對共通的創造性智慧的接近、抵達與欣賞。關於嚴肅文學的共享性特質，自由作家王小波是這樣描述的（雖然他未如此命名）：「從某種意義上說，嚴肅文學是一種遊戲，它必須公平。對於作者來說，公平就是：作品可以艱澀（我覺得自己沒有這種毛病），可以荒誕古怪，激怒古板的讀者（我承認自己有這種毛病），還可以有種種使讀者難以適應的特點。對於讀者來說，公平就是在作品的毛病背後，必須隱藏了什麼，以保障有誠意的讀者最終會有所得。考慮到是讀者掏錢買書，我認為這個天平要偏讀者一些，但是這種遊戲決不能單方面進行。尤其重要的是：作者不能太笨，讀者也不能太笨。最好雙方大致是同一水平。假如我沒搞錯的話，現在讀者覺得中國的作者偏笨了一些。」[1]我還想補充一句：但是中國的作者卻往往在預設讀者比自己笨的前提下寫作。在此前提下，作為「庸眾」的讀者勢必永遠不可能理解「精英」作者，因此，道德高尚的作者決定教育他們，性情孤傲的作者決定不理他們，於是大家都關起心門來幽閉地寫作——即使寫的是「廣闊天地」，其精神關懷也是封閉的。因此，當下純文學是如此缺少「有趣」和「對話」，以至於純文學作者之外的普通讀者幾乎不再閱讀它們。純文學成了圈內人自娛的遊戲，這種情形真是十足無趣。

當然，必須把「有趣」和「對話」與創作者為了適應受眾的智力惰性而投其所好的「揮刀自宮」區別開來，前者實是某種汁液豐沛、開放敏感的不安分創造力自然外溢的結果。——聯想到純文學界近年來為改善門可羅雀的處境而提出的「好看小說」的救市概念，強調這一點分外重要。現在看來，「好看小說」的寫作實踐多是把沉悶不及物的內傾性純文學，改造成保持了純文學「精神沉悶性」的半通俗小說而已，可說是故弊未除，又添新恙。

在我看來，純文學「共享性」喪失的原因大致有二：

第一、1970 年代末至 1980 年代，中國文學界尚未在精神層面完成「文化現代性」的本質性轉化，便已開始對西方現代主義進行「剝離技巧」式的臨摹吸收，那些從「上帝已死」的語境中誕生的表達人類破碎體驗的技巧，與源自中國前現代傳統的虛無體驗生硬地結合，從而形成了蔚為大觀的「新潮文學」，其封閉性和崩解性的語碼系統與國人千百年來的自然藝術傳統發生斷裂。文學作品既

---

1 《王小波文集》第 4 卷，《〈懷疑三部曲〉後記》，中國青年出版社，1999 年出版，第 336 頁。

不再能陶情冶性消煩解悶，也不再能成為想像性介入國運民瘼的移情之所，而是成了各種「頹敗體驗」的會聚地，普通讀者的快感期待受到毀滅性挫折——這種快感期待究竟有多大價值可以討論，同時我們得承認，它也未能得到嚴肅文學更有價值和更富魅力的導引。而且，隨著現代自由意識在公眾中的日漸生長，嚴肅文學不但未能參與這種精神成熟的培育過程，相反，它在整體精神上仍處於停滯的未成熟狀態，而被現代公眾精神成長的腳步愈甩愈遠。

第二、1980年代後期以來，「現代主義孤僻個人」的內傾獨白模式逐漸居於中國嚴肅文學的價值制高點，本體論意義上的孤獨、絕望、虛無被確認為靜止的真理，它將人的內部世界與外部世界割裂開來，於是作為呈現對象的「內部世界」逐漸成為喪失了外部世界原始動力的枯竭之水（回憶一下易卜生《培爾・金特》那個撕洋蔥頭的譬喻吧，個性如洋蔥頭之芯，非本質的經驗之皮層層剝開，最終的內裡空無一物）——這除了是現代主義思維的邏輯結果，同時也是作家們積累經年的意識形態－社會現實厭惡症的病理性發作，寫作主體在歷史的暴力面前多陷入打擊－逃離的簡單條件反射模式，而未發展出有力整合分裂體驗和悖謬現實的新的藝術智慧。

於是，在文學中存在了無數世代的馳走於民間廣場的活潑有力的「對話性」，自此猝然死去，文學共享性的精神紐帶也隨之消亡，嚴肅文學「門前冷落鞍馬稀」也便成為自然之事。正如秘魯作家馬里奧・巴爾加斯・略薩所說：「如果小說不對讀者生活的這個世界發表看法的話，那麼讀者就會覺得小說是個太遙遠的東西，是個很難交流的東西，是個與自身經驗格格不入的裝置：那小說就會永遠沒有說服力，永遠不會迷惑讀者，不會吸引讀者，不會說服讀者接受書中的道理，使讀者體驗到講述的內容，彷彿親身經歷一般。」[2]

現在，純文學界似乎在從兩個方向上重尋文學的「對話性」，於宏觀上便也顯現出兩種隱憂：一是「現實關懷」的表面化，關於弱勢群體的生存敘事、與當下處境暗相對位的歷史敘事漸成主潮，與之相應的問題是敘事技巧的陳舊化（好像現代主義經驗和技巧從未發生過似的）和精神肌理的道學化、民粹化與粗鄙化，在「苦難」、「悲憫」和「正義」的上空，徘徊著不會笑的「新階級論」的幽靈；二是世情敘事的半通俗化，壞就壞在這個「半」字上，即它殘留著純文學孤冷的修辭姿態，卻秉持著世俗人功利的精神境界，而純文學奇思高蹈的精神和通俗文學酣暢通達的優點卻未留下。總之，是中國文化的反智傳統在文學領域裡的氾濫。「智慧」和「有趣」仍然是最稀有之物。「對智慧問題的關注在當代文學中只扮演著一個很小的角色。在我們這個時代最敏銳的那些人中，大多數只停留於描繪混亂狀態，超越這一狀態以期達到某種智慧，一般來說已不再是現代人的做法。」這是瑪格麗特・尤瑟納爾當年對法國當代文學的看法，挪用到我們的當下文學上來，也依舊合適。

正是基於此，我認為過士行作品的廣泛共享性具備探討的價值——它們是由其有趣性和對話性（而非肉麻性和封閉性）激發欣賞者的認同的，而這對於增進普遍的精神成熟有益。由過士行的創作探討嚴肅文學之共享可能的問題，可能會引申出對嚴肅文學在價值

[2] 略薩：《給青年小說家的信》，上海譯文出版社，2004 年出版，第 31-32 頁

層面上的片面深刻原則和反趣味主義的懷疑與顛覆，而這也許正是本文最終的目的。

其實在嚴肅藝術的共享性問題上，比過士行更顯著的例子是文學領域裡的王小波和電影領域裡的周星馳——因為智慧和有趣，前者由「精英的殿堂」衝向「大眾的廣場」，後者由「大眾的廣場」邁進「精英的殿堂」。過士行戲劇並未被如此鋪天蓋地地共用，但這並不妨礙其作品的精神特質所潛藏的強大的共用可能。

一、對話與冒犯

過士行 1952 年 12 月 12 日生於圍棋世家，其祖父過旭初和叔祖父過惕生是我國二十世紀二〇至六〇年代的圍棋國手，圍棋界當年有「南劉北過」之說，「過」指的就是他的叔祖父過惕生。他當過知青、車工、記者，後成為中國國家話劇院的專業劇作家。1989 年他創作了第一部話劇《魚人》，之後至今又寫了《鳥人》、《棋人》（此三「人」被稱作「閒人三部曲」)、《壞話一條街》、《廁所》和《活著還是死去》(又名《火葬場》)，最後一部尚未上演。縱觀其作品可知，過士行是一位在每部話劇裡都對這個世界進行「怪誕」的整體觀照的劇作家，而不是對局部世界進行現實仿真和是非判斷、或者以形式符號的無限能指運動覆蓋存在真實感的劇作家:《魚人》探討人的自由巧智和征服意志與自然的和諧延續之間無法調和的矛盾，《鳥人》思考人的無人可以倖免的「異化」問題；《棋人》探究「天才」與「生活」之間你死我活的對立；《壞話一條街》追問文化的發生、保存和揚棄與人的靈魂塑造之間糾纏不清的關係；《廁所》以人之心靈的荒蕪淪落質疑「發展」和「進步」的神話；《活著還是死去》則直搗當下社會道德體系的核心病灶──公平、正義和真實的缺失。總之，這是似假還真的情境、變動不拘的氛圍、放誕鮮活的人物和黑色幽默的氣質構築的難以言說的形象世界，這個世界與我們生活其中的現實世界之間，構成了一種強烈而複雜的對話關係。

（一）「獨白」與「對話」

借用巴赫金的觀點，文學與世界之間存在著「獨白」和「對話」兩種基本的關係──他是以譬喻的方式來使用這兩個詞的，因為除了神話中的亞當，沒有任何人能真正地「獨白」，即能「始終避免在對象身上同他人話語發生對話的呼應」（巴赫金語）。當作家在作品中稱述對象世界時，他總是要與其他觸及了這一世界的作品與觀點相逢，他總是要與已有的話語發生直接或隱性的交流──「同意一些人，駁斥一些人，或者與一些人匯合交叉」，於是「對話」便開始了。但是對話態度本身又有明顯的區分：那種僅僅在自我話語的核心深處運動，而把與其話語向心力方向不一的其他現實與雜語摒棄在外的話語方式，即是「獨白」──比如用以實現「文化、民族、政治上的集中化任務」的意識形態性詩歌和小說，不及物的、只有「自我」的腹語式現代派作品，等等。意識形態獨白（包括官方意識形態獨白、反官方的意識形態獨白、宗教和準宗教色彩的道德訓誡等）的排他性表現在它是以自身權力的方向為方向的；現代主義獨語的排他性則體現在另外的維度，即對個性內心之外駁雜「不純」的社會、世界和宇宙的排斥，它傾向於把人類的內心封閉為一個自給自足的小宇宙。當某種「獨白」話語成為主宰性力量時，它「只能消滅語言和思想，兼併真正的個性，或阻礙其發展」（趙一凡語），因而不能建立藝術與世界之間的健康關係。

相反，那種既指稱著自我和外部世界，同時又與其他主體的話語相呼應的交流方式，即是「對話」。對話的文學是一種交響著不同精神意識的開放的文學，它在寫作者、接受者和整個世界之間，架起了體驗、同情與認知之橋，它不認同存在的終極虛無性，相反，它是在深切領悟了存在之荒誕的同時，仍對改善世界的新可能性和人類存在的精神價值表現出堅韌的信念。正如瑞士劇作家狄倫馬特所說：「誠然，誰認識到這個世界的無意義，無希望，誰就會完全絕望。但這一絕望並不是這一世界的結果。相反地，它是個人給予世界的回答；另外的人的答覆可能會不是絕望的，可能會是個人決定容忍這一我們生活於其中的世界，就像格利弗生活在巨人之中一樣。他也實現了時間的距離，他也退後兩步來測定他的敵人，準備自己和敵人戰鬥呢還是放他過去。這仍然可以顯示出人是個勇敢的生物。」這是未被虛無吞沒的現代作家面對世界的一種態度，它導致作家承擔世界並與世界的複雜性進行不懈的對話。

在對話的文學中，作者放棄了全知全能的「獨語的上帝」角色，而成為與「他人的真理」平等交流的人，以及各個不同的「他人真理」的「中立」的呈現者，在不同真理的碰撞和衝突中，作品呈現出沒有答案的終極困惑。正是這種困惑，喚起人對存在的真實而詩性的感知。如果說文學有其「功利目的」的話，那麼這種精神感知的喚醒即是。這時的作者是一個多重世界、多個他者的匯聚所，就像陀斯妥耶夫斯基所說：「我不能沒有別人，不能成為沒有別人的自我。我應在他人身上找到自我，在我身上發現別人。」[3]也正因如此，他筆下的人物「不是無聲的奴隸，而是自由活動的人物，他們與作家並肩聳立，非但會反駁自辯，而且足以與之抗衡」。

由是觀之，對話的文學實是自由精神的產物，同時也是自由精神的孕育者與傳佈者。閱讀過士行的劇作，更加深了我對這一觀念的體驗。眾所周知，戲劇本身即是一種多聲部的文學體裁，與其他文學種類相比，戲劇的對話性和公共性更強——因為它直接面對聚攏在一起的活生生的公眾，它的藝術呈現只有直接擊中觀看者的現實處境和精神處境，才能在劇場中產生共鳴。也正因此，在一個健康自由的社會裡，戲劇才擁有了「社會論壇」的功能，人們才在這裡直接交流和自由呈現對於政治、社會、藝術、宗教等的看法和體驗。也正是由於此種特性，戲劇在大陸難以發達，因為若要在嚴格的話語禁忌中遊戲，必得具備更高超的表達智慧和更頑強的道德勇氣，否則，不是劇作無法上演，就是上演的儘是些無關痛癢的虛飾之作。不幸的是，這也正是大陸當下戲劇的主流狀況。不幸中的萬幸是，還有一個明顯的例外，那就是過士行。過士行如同技藝超群的走鋼絲者，在那根纖細搖晃的話語鋼絲上翻轉騰挪，酣暢嬉戲，在我們以為他會跌入禁忌深淵之地，他奇蹟般地凌空而起，在我們認為他將脆弱無力之處，他總能當胸給我們重重一擊。在當下有限

---

[3] 轉引自趙一凡：《歐美新學賞析》，中央編譯出版社，1996 年 9 月出版，第 64 頁。

的話語通道上，他以敏捷的身手與這個世界進行著多個層面的精神對話，並在對話中釋放著他冒犯性的精神動能。

可以說，「對話與冒犯」是過士行的寫作姿態。對話，是他與世界在社會現實層面和精神本體層面的對話；冒犯，則是他對一本正經的冠冕謊言的冒犯，對「唯生存準則是從」的民間劣根性的冒犯，對僵化停滯的藝術惰性的冒犯，對凝固不動的「唯一真理觀」的冒犯。在眾聲的交響中，他服從的既非「草根的正義」，亦非「官方的道德」，他追求的既非「先鋒戲劇的形式快感」，亦非「現實主義的生活氣息」。他在對話與冒犯中表現出來的精神獨立性與藝術創造力，有時是令人驚訝的。

（二）社會現實對話性

我們可以逐層分析他的對話性。先說最表層的「社會現實」對話性。這是過士行戲劇受到公眾歡迎的主要原因之一，也是大陸劇作家在當下語境中最難實現的一個方面。過士行的獨得之秘在於，他掌握了「邊緣」與「中心」的微妙平衡——他的戲劇人物及場景是極其邊緣的，然而內涵所涉卻觸及到了公眾關注的精神核心；所涉是公眾關注的精神核心，然而觀照方式和表達姿態卻是自我邊緣化的，即不採取黑白分明的「道德衝突」與「真理激辯」模式（就像亞瑟・米勒所做的那樣），而是在是非不明的灰色地帶進行「多重真理」的含混多義而又機鋒迭出的立體呈現。

這種「邊緣性」直觀地體現在過士行對戲劇場景的安排上。與其開放的對話精神相應，他的場景永遠都是「交往領域的世界」，即社會各色人等交流聚集的場所；然而這交往之地又與趨向中心的官方性的堂皇地帶毫不沾邊，而是自由散漫無法「收編」的民間場所，它帶有拒絕升格、放浪不羈的粗俗氣質：《魚人》是在釣客雲集的湖邊，《鳥人》是在養鳥家雲集的鳥市，《棋人》是在光棍棋人何雲清的家裡，這個家已不具備私人性質，完全成了棋迷們的對弈場；《壞話一條街》不消說是一條充斥著流言蜚語和刁鑽順口溜的平民街巷；《廁所》劍走偏鋒，是在上世紀七〇、八〇、九〇年代人出人進的公共廁所；《活著還是死去》則將「偏」推向極至，索性讓各色人等來到火葬場悼念室接受死亡的拷問。

與場所的民間邊緣性相匹配，人物也都處於權力中心之外的邊緣地帶：沉迷於個人嗜好的社會閒人（釣魚能手，養魚把式，退休將軍，教授，經理，不得志的京劇演員，心理醫生，鳥類學家，孤獨的圍棋國手），民謠搜集者，精神病人，胡同大爺大媽，廁所看管人，小偷，同性戀者，自由撰稿人，搖滾歌手，殯儀館老闆，魔術師，含冤而死的愛滋病感染者，壯志未酬的足球運動員，歌廳小姐……人物數量龐大，身份龐雜，居於聚光燈下的主人公最是位於社會「陰面」的冷僻角色，不但不承擔主流價值觀的象徵功能，相反，其存在本身倒是對「陽面表述」的映照、質疑與反諷。然而過士行戲劇的人物覆蓋面也有一個衍變的過程：在「閒人三部曲」裡，是清一色的民間閒人，人物之間的緊張關係是由「超社會性問題」所導致；到了《壞話一條街》中，人物的民間色彩一如既往，然而多了一個異樣的角色「神秘人」及其規訓者「白大褂」，「神秘人」前半部分像是民間輿論的監視者，後半部分又現身為拼死維護文明遺產的先知，他與胡同居民的緊張關係實是超功利的「文明」與功利的「生存」之間的緊張，然而先知即是世人眼中的狂人，於是終歸要被象徵著日常秩序的「白大褂」拘拿而去；到《廁所》和《活著還是死去》中，主要人物仍是遊蕩於社會主流之外的邊緣人，但是和「神秘人」色彩相近的人物在這兩部戲中有了變異性的延續——那就是《廁所》裡的「便衣」和《活著還是死去》裡的「偵探」（「神秘人」的另一半變身為「偵探」的對立方「楚辭」），此二人色彩詭異，猶如陰沉天際的隱隱雷聲，又似一部交響曲中的黑色音符，總是作為「中心意志」的象徵代理人出現，每當民間世界發出搖撼了僵化秩序的旁逸斜出之音，他們的身影便會幽靈一般應聲而至，成為「監控者」的諧謔化身——過士行戲劇的社會對話性因此一形象的誕生而增加了張力與深意。值得注意的是，監控者的幽靈最終都如「化身博士」一般隱遁而去——輿論員警「便衣」在市場經濟的九〇年代，成了出身於小偷的防盜門廠老闆「佛爺」的跟班，始終代表義憤填膺的秩序真理的「偵探」直到劇終「白大褂」登場，才讓我們知道他原是精神病院裡逃出的病人。對「恐怖力量」進行這樣的輕逸化處理，乃是創作主體對自由之敵的祛魅與戲謔（在其他作家的敘述中，「自由之敵」形象要麼缺席，要麼是將其巨靈化和恐怖化，兩種情況都是嚴酷現實作用於創作主體所產生的內在精神恐懼的變形投射）。在《活著還是死去》的結尾，一副手銬從空中緩緩落下，與「偵探」的魅影漸相重疊，黑色的禁錮意象是作家對我們真實處境的冒犯性命名。

就這樣，一群邊緣人在邊緣性的民間匯聚場所，以層出不窮的變幻樣態觸碰著現實社會的真實核心。這種觸碰不是義正詞嚴一本正經的，相反，它是亦莊亦諧和惡作劇的，它通過人物的爆炸性臺詞，將虛偽光鮮的現實地表炸得千瘡百孔。

不妨現舉一例。在《活著還是死去》裡，第六場下半場是一群小姐追悼一個跳樓自殺的姐妹，變身為「化妝師」的楚辭主持追悼儀式。在他準備讚美她們的「真實」之前，先詢問一番眾小姐在幹這一行之前都是做什麼的，於是有了下面的對話：

> 眾小姐：「（七嘴八舌）我學花樣游泳的，我學音樂的，我學外語的，我學耕耘的……」
>
> 小姐甲：「什麼耕耘，不就種地嗎？」
>
> 眾小姐：「是呀！種地的最不值錢，賣完糧食拿的都是白條，提這個幹什麼！」
>
> 化妝師：「種地的就應該拿白條，因為我們從來提倡的就是只問耕耘，不問收穫。好啦我們不要再糾纏細枝末節了。我要說的是妳們才是最真實的。」
>
> 小姐乙：「我們這裡有人二十六了老說二十一，有人得了性……」
>
> 小姐甲：「SHUT UP！」
>
> 化妝師：「無傷大節。當我們去醫院輸血得了愛滋病的時候，當我們耕耘的是假種子的時候，當攔河大壩用了標號不夠的水泥引起滲水的時候，當我們的戰士在戰場上用了劣質子彈打不響的時候，當高考題洩露的時候，當會計做假帳的時候，當處女都被定為

嫖娼者的時候，當藥都是假的的時候……什麼還是真的？」

眾小姐：「哎！什麼還是，什麼還是？」

化妝師：「這個世界還有真的！那就是妳們！妳們是真的，妳們的血是真的，妳們的肉是真的，妳們出賣的肉體是真的，妳們的青春是真的！那是真正青春年華的肉體，那是學過美術、音樂、播音、花樣游泳、外語，哦，還有耕耘等等本領的肉體。妳們用自己的青春滿足了大規模流動人口的生理需要，換回了無數良家婦女的人身不受侵犯。當房地產業，大中型企業給國家造成大量不良貸款的時候，妳們不要國家一分錢，百分之一百的空手套白狼……」

惡毒的嘲謔和悲憫的關切、尖刻的冷眼和熾熱的襟懷、沒心肝的爆笑和摧心肝的狂怒交融在一起，如同難以化合分解的灼人液體。過士行劇作就是以這樣不拘形跡的方式，實現其艱難而酣暢的社會現實對話性的。「你說的一切與我們有關。」——這是其作品的公眾「共享性」的基礎。

（三）精神本體對話性

然而更深層的共享性則存在於作品與世界在精神本體層面的對話之中。那些轟動一時而事後淹沒無聞的作品，就是此一層面的匱乏導致其藝術生命的短暫的。而過士行戲劇的獨異性也源於此：

它們是劇作家對世界進行怪誕的整體性觀照的產物，同時，他與他的對象世界之間的關係也是醒目的——那是一種若即若離、既外且內的關係。應當說，「是否和如何對世界進行整體觀照」以及「作家在對象世界面前位置如何」這兩個問題，對於作品的精神位格意義重大。如果作家對世界不作整體觀照，而是精神活動的起點—過程—終點始終附著在局部現實的形而下碎片上，並且作家與其對象世界之間並不拉開「超我」的審美距離，而是其「自我」或「本我」總在其中利害相關，則該作品將很難具有精神的純度，而勢必染有世俗的雜音。這是當下所謂嚴肅文學煙火氣重、精神混濁的一個原因。相反，若作家是在對世界作獨特的整體觀照前提下表現對象世界，且既與對象世界拉開「超我」的審美距離，同時又能潛入其內部揣摩和表現每種存在的相對合理性，則他（她）的作品必會抵達一個晶瑩浩瀚的世界，通往無限幽深之處。

與一些當代作家的精神觀照越來越微雕化和物質化不同，過士行與世界的精神本體對話是大開大闔、自由往還的——他的每部劇作都揭示出人之存在的一種悖論狀態。所謂悖論，即意味著事物的任何合乎邏輯的一面都存在著與它正相反對的同樣合乎邏輯的另一面，此二者相生相剋，互為「生死之因」，互為不可解決的絕境，因此，世界本質上即是由各種悖論所構成。對過士行戲劇而言，「悖論」的呈現本身又經歷了階段性的變化。

在「閒人三部曲」中，過士行專注於探究人之存在的超社會—歷史性悖論。《魚人》揭示的悖論在於：人的自由意志與智慧衝動（它由「釣神」代表）必將驅使人征服自然以致破壞自然與人的和諧；而自然（它的意志由「大青魚」和「于老頭」代表）若要被認知，則又需要人的自由意志與智慧衝動。「人」與「自然」的相生相剋關係，在「釣神」和「于老頭」惺惺相惜、雙雙死去的結局中得以寓言。《鳥人》揭示的悖論在於：人終是自身慾望的囚徒與病人，但正是這些並不體面的慾望支撐起一個參差多態的世界——在此劇中，「鳥人」有馴鳥慾，「心理學家」有規訓鳥人的窺陰慾，「鳥類學家」有對鳥標本的佔有慾，洋人查理有監督慾，他們的慾望背後都有難以啟齒的病態動因。但是，人們若要根除其「病」回歸「健康」，則勢必也會失去生命的基本動力而淪為空殼，這個參差多態世界，也勢必變成只有一個正確答案的單一世界，其空蕩無聊，就如同《鳥人》最後，眾人被三爺審問得啞口無言、曲終人散一樣。《棋人》揭示的悖論在於：天才（此劇中，「天才」由孤獨棋人何雲清和青年病人司炎所象徵）若要追求智慧的極致，必將縱身躍入智慧的黑洞而損害「生活」 的邏輯（「生活」由司慧所象徵），這是一個「反熵」過程；「生活」若要達成自身的圓滿，則必要人遵循日常的邏輯而離開對極端之物的追尋，這是一個「熵增」過程。此劇的司炎實是死於人類「反熵」與「熵增」運動對他的爭奪與撕裂，而何雲清與司慧的落寞則暗示了「反熵」與「熵增」運動各自隔絕所導致的枯萎。此三種悖論超然於特定的社會—歷史規定性之外，是過士行戲劇與「放諸四海而皆準」的隱蔽「真理」之間的對話，而非與具體的此岸世界的對話，他的對話姿態是暗帶譏諷而又冷眼旁觀的，非介入性的。

在《壞話一條街》裡，過士行半步踏進社會—歷史之維，半步踱進超越之門，揭示出人之存在的文明悖論：在一個培植「惡」的文明傳統中，文化保守主義者出於文明的焦慮若要保存這文化，則該文化族群的人性劣根亦勢必被保存下來（文化保守主義者「耳聽」費盡心機搜集民謠，「神秘人」千方百計阻止拆遷，卻反被「槐花街」居民所閒話和圍攻。這裡「民謠」和「四合院」是文化傳統的象徵）；若要消除劣根，清潔人性，則勢必要斬斷該文明的傳統之根，使人找不到自身的來路（文化理想主義者「目明」以消去「耳聽」磁帶裡充滿「壞話」的民謠，來實現其「清潔人性」的目的，在「耳聽」看來卻有「倒髒水棄嬰兒」之憾）。這一文明悖論自「五四」以來一直是中國知識份子糾纏不清的夢魘，竟然在過士行這部發生於平民胡同的「貧嘴劇」中得以呈現，實是奇蹟。

在《廁所》和《活著還是死去》中，過士行實現了對以往的「超越性觀照」的超越，他終於從一個不涉是非、本乎個人的超社會一歷史的精神空間，毅然邁進是非纏繞、沉重渾濁的社會一歷史空間，將他本乎內心的道德感，與天賦而來的複調智慧相結合，揭示出後極權社會裡「個人尊嚴」（自由，平等，生命，愛情，榮譽，真實的認知權利，必要的生活條件……）與「整體秩序」（安定，馴服，可規範，可預料，「思無邪」，任宰割……）之間的悖論關係──個人一旦產生尊嚴籲求並身體力行，秩序必會發生驚悚的鬆動並動員自身的反作用力，阻擋和摧毀尊嚴的實現（比如《廁所》中，史老大剛憤怒地說出這個國家在「作」，「便衣」就立刻應聲而至，將其帶走）；秩序一旦膨脹自身的權力意志，則尋求尊嚴的個人就會決意抗爭，直至遭遇無理性的禁錮與毀滅（比如《活著還是死去》中，象徵著秩序意志的「偵探」一叫囂：「我們活著就是要清理社會的各個角落，把那些垃圾都打掃乾淨，讓整個社會都生活在無菌環境裡」，象徵著秩序不穩定因素的「楚辭」就要落個被推進火化車間的下場)。這是具體時空中發生的限定性悖論，由此一悖論的呈現，觀眾或閱讀者得以追索和認知支撐這一悖論的無形而野蠻的悖謬力量。這種顛覆性的認知導引，乃是文學對現實世界所能做出的有力而富創造性的冒犯。

縱觀過士行戲劇，雖然它們在精神本體層面尚未達到精微深邃的境界，其群體性的社會現實情懷尚未轉化為個體性的精神存在本身，但是，它們呈現的精神世界卻超越了中國文學中習見的倫理道德領域和私人生活領域，也超越了慣常的善惡對立模式與家長里短模式，以一種智性的「悖論」模型，將人之處境的複雜、含混和多元寓言了出來。可以說，這是他在精神對話層面給中國當代文學的獨特貢獻。

二、怪誕懸念與詼諧思想

實際上，推動觀眾或讀者把一部戲劇從頭看到尾的，不是該劇所謂的深刻思想和善良的意圖——納博科夫有言：在文學中，所謂深刻的思想，無非是幾句盡人皆知的廢話而已——而是戲劇的懸念、節奏與趣味。這要通過戲劇動作、人物臺詞和戲劇情境的變化來實現。戲劇的被接受取決於懸念，「它可以由各種問題來表達，如：『下一步將發生什麼事？』『我知道將要發生什麼事，可是它將會怎樣發生呢？』『我知道將要發生什麼事，也知道將怎樣發生，但是 X 將對此怎樣反應呢？』或者是完全另外一種問題：『我所看到的是怎麼一回事？』『這些事彷彿都是按一定形式發生，這次又會是什麼形式呢？』等等」。[4]過士行戲劇本質上屬於讓觀眾自問「我看到的是怎麼回事？」這種情況，也就是說，他的作品表面遵從生活的外殼，而內裡卻按照自身的離譜精神一意孤行，最終讓觀眾疑惑於自己所看到的。之所以產生此種效果，是因為過士行的戲劇乃是由「怪誕」懸念所支撐，而怪誕的背後則是一種消解片面嚴肅性的詼諧思想。

何謂怪誕？л·E·平斯基認為，「藝術中的怪誕風格化遠為近，把相互排斥的東西組合在一起，打破習慣觀念，近似於邏輯學中的悖論。乍一看去，怪誕風格只不過是奇思妙想，滑稽可笑，然而，它卻蘊涵著巨大的能量。」[5]巴赫金則指出：「在怪誕世界中，一切『伊底』(即支配世界、人們及其生活與行為的異己的非人的力量。——引者注）都被脫冕並變為『滑稽怪物』；進入這個世界……我們總能感覺到思想和想像的某種特殊的、快活的自由。」[6]過士行戲劇中的怪誕，正是如此。

這位劇作家「把相互排斥的東西組合到一起」的手段是變幻不定的，現舉幾例：

（一）超現實元素與現實元素的自然交融與並置

《魚人》裡，一個尋常的北方秋天的湖畔和一群尋常的釣魚者和養魚工，與神乎其技的釣神和那條神秘的大青魚自然並置；《鳥

4 〔英〕馬丁·艾斯林：《戲劇剖析》，中國戲劇出版社，1981 年，第 39 頁。
5 轉引自《拉伯雷研究》，巴赫金著，河北教育出版社，1998 年，第 38 頁。
6 《拉伯雷研究》，第 58 頁。

人》裡，鳥人們自然而然的鳥市生活，被現實生活中不可能存在、卻在劇中「自然而然」建立起來的「鳥人精神康復中心」取代，而三爺審案一節，亦是既超乎現實又毫不唐突；《棋人》中，何雲清和棋迷的世俗生活與陰魂對何雲清的造訪（兩次出現：先是以一束光形象出現的司炎之父，後是已經自殺的司炎）自然並置；《壞話一條街》中，「互相說人壞話」的現實情境與民謠的形式化奔瀉、神秘人的出沒（尤其是神秘人將花白鬍子打量，摘下其鬚，與花白鬍子表演雙簧一段）、妞子奇蹟般地痊癒等超現實情境自然交融；《廁所》中，極度寫實的廁所生活，被某夜史爺窗外無跡可尋的「夜半歌聲」劃破，結尾多名黑衣人在戲仿電話轉接臺的「超高級馬桶」使用說明聲中默然靜立，也是超現實的黑色幽默之筆；《活著還是死去》中，追悼室裡鬧哄哄的現實氛圍，與魔術師楚辭戲仿現代彌撒超度死者，及死者短暫復活參與生者對話的荒誕情境的混合與並置……超現實元素對現實世界的侵入，使慣常的世界出現間歇性的短暫靜場，那些唯有從歪斜刁鑽的視角才能發現的真理，由此無聲地洩漏。超現實因素出現在過士行戲劇的自然進程中之所以並不顯得突兀和不可信，與其戲劇主題都是與世界的整體性對話有關，表達大困惑，唯有依靠大變形和大偏離才能達到，拘泥於生活的日常邏輯，就沒有足夠的空間容納荒誕古怪的精神追問；同時，還與營造氛圍、從開始就敞開超現實的可能性、敘事空間運行邏輯的首尾一致等多種技巧的運用有關。

可以說，過士行戲劇不是由日常想像力所支撐，而是由變形與偏離的想像力所構建——那是一種由詼諧思想帶動的變形與偏離。利希滕貝格指出：「把真實的各種微小偏離現象看作真實本身，乃是整個微分學的基礎，這一巨大技巧也是我們的詼諧思想的基礎，如果我們用一種哲學的嚴謹性來看待各種偏離現象，那麼我們這種詼諧思想的整體常常就會站不住腳。」[7]這段話也可以視作過士行戲劇的方法論。「把真實的各種微小偏離現象看作真實本身」之所以會產生詼諧，是因為「偏離」給人造成的錯愕和「看作真實本身」所表現出來的若無其事之間，存在著巨大的張力，這種張力的直接後果導致「笑」，以及舉重若輕的從容氣度。同時，詼諧的真實觀打破了拘泥於事物常相的單調邏輯，建立了一種自由奔放、充滿意外和歡樂的想像力，將人從常規的價值觀念和等級觀念的囚禁中解放出來。這是詼諧思想的價值所在。

（二）情境與語言之間的「錯位」

這種「錯位」最集中地體現在《壞話一條街》裡。此劇將文明批判（也可說是國民性批判）的意圖化為「耳聰」採集民謠的動作線索，於是民謠在各種情境「藉口」下如泡沫一般飄向空中，其貌似不搭調的「錯位感」強化了情境的詼諧。可以隨便舉出一段：耳聰把她所崇拜的神秘人藏在了自己屋子裡，鄭大媽循聲察看，神秘人躲到床下。鄭大媽坐在床上，問耳聰為什麼屋裡有聲？耳聰聲稱自己在背民謠。鄭大媽每欲彎腰，耳聰都搶上前去背上一段，由正常地背，變為「咬牙切齒地」背，進而「一步搶上，與鄭大媽並肩而坐，摟住鄭大媽」地背，直至「急跪在鄭的面前，抱住鄭的雙

[7] 轉引自〔瑞士〕狄倫馬特：《老婦還鄉》，外國文學出版社，2002年，第3頁。

腿」,「如泣如訴地」背:「山前住著崔粗腿,山後住著崔腿粗,兩個山前來比腿,也不知道崔粗腿比崔腿粗的粗腿,也不知道是崔腿粗比崔粗腿的腿粗。」[8]

《廁所》第一幕則更為典型:七〇年代的公共廁所,外面已排起了等待的長隊,裡面排便的人們則一邊四平八穩地蹲坑,一邊有聲有色地交談:

張　老:「對待尼克森的態度就是不冷不熱,不卑不亢。」
胖　子:「(關上半導體,唱京劇)他神情不陰又不陽。」
張　老:「文件上不是這句話。」
胖　子:「基辛格喜歡肚皮舞。」
張　老:「你從哪裡聽到的?」
胖　子:「《參考消息》。」
張　老:「要看他的主流,他對我們中國還是友好的嘛。」
胖　子:「您是說肚皮舞不好?」
張　老:「這是一種下流的舞蹈。」
胖　子:「下流在哪兒?」
張　老:「用肚皮……」
英　子:「肚皮舞非常性感,並不下流。」
胖　子:「非得看了才能知道。」
張　老:「那得到中東去。你是去不了了。」
胖　子:「那我就光看肚皮,舞,再說啦。」

[8] 過士行:《壞話一條街——過士行劇作集》,中國國際廣播出版社,1999年,第273頁。

英　子：「是這樣的……」

英子學肚皮舞。

三丫兒：「別屌我這邊兒嘿。」

廁所是物質—肉體生活的「終端」場所，「接受排便」是其天職，但是人們卻在這裡交流著中國的外交、張伯駒的命運、公費醫療、社會風氣和未來前景，精神活動與下體活動滑稽地難分彼此，這種滑稽感對那個時代壓抑滯重的精神氛圍形成了無言的反諷，這種錯位之感也產生了特有的過氏詼諧效果。

（三）「自我廢黜」的形象

這是過士行為中國戲劇創造的獨有形象，也是極具超現實色彩和形而上意味的形象，他們是《魚人》裡的于老頭和《活著還是死去》裡的楚辭。于老頭為了守護自然的生生不息與天人和諧，在勸阻釣神失敗、眼看他要釣起大青魚之際自毀生命，偷偷跳入湖中「替大青魚和釣神玩耍」，結果二人為了各自的生命追求雙雙瞑目。楚辭作為「陰面」世界（無權者的世界）的一個不安分的撫慰者，在火葬場追悼室——這個陰陽交界之地——以致悼詞的方式，為那些在「陽面」世界（按照權力者邏輯運行的世界）遭受不公平對待的陰魂實現了帶有「冥幣」性質的替代性公平，雖然只是「冥幣」，也仍被秩序的象徵者「偵探」認為是擾亂了陽面世界的金融秩序，因此他向楚辭發出了推進火化爐的「判決」，以看看他的存在到底是「真實」還是「虛幻」，楚辭沒有反抗，戴上手銬躺在停屍床上被推了進去。

于老頭和楚辭都是以自我廢黜——雖然他們可廢黜的只有自己的生命——來阻擋「陽性世界」對「陰性世界」之侵毀的形象，這與狄倫馬特創造的「自我廢黜」形象有異曲同工之處——狄氏劇作《羅慕路斯大帝》中的羅慕路斯以自己對羅馬帝國的怠工和最終的被黜使異族人民免於自己統治的帝國的荼毒，《物理學家》裡的默比烏斯則由於意識到自己的發明將給世界帶來毀滅而把自己關進了瘋人院。過氏與狄氏的不同在於，狄倫馬特人物的「自我廢黜」是為了不使自己成為毀滅世界的「伊底」，過士行人物的「自我廢黜」是傾全部微力反抗「伊底」對世界的佔據。兩者的選擇都是勇敢決絕的，只是前者的形象散發出一個主體性豐饒的人自由的光輝，後者的形象則充滿了柔弱者飛蛾撲火的無奈，由此可見出東西方文化性格的差異和現實生活給予作家的不同暗示。

（四）民間俗文化的運用

對民間俗文化的使用給過士行戲劇注入了奇氣。過士行精通釣魚，養鳥，喂蟲，下棋，諳熟民間俚語、裡巷之事，當文化記者時看過上千部戲，採訪過上百位表演藝術家，在他還不知道自己將要寫作的時候，侯寶林們就已把自己醇厚幽深的藝術世界掀開了給他看。與民間俗文化有關的交往生活是他生命的一個自然部分。在過士行的戲劇裡，民間俗文化不像有些「京味作家」、「民俗作家」那樣成為表現目標本身、並最終「物化」作品的精神活性，而是把它們作為人物交往和戲劇動作的起點：《魚人》、《鳥人》、《棋人》裡的人物交流是以釣魚、養鳥和下棋的常識為前提的，《壞話一條街》

是以民謠作語言主體的，它們提供了一系列特殊的生活空間和人物群體，因此有力避免了當代生活表層經驗的雷同化（這種趨勢在當下文學中愈演愈烈），並賦予表層經驗以形象獨異性和精神豐富性。

在過士行劇作的關節處，那些關於魚、鳥和棋的精湛知識會成為營造高潮的推動力和塑造人物的血肉，——至於骨架和神經，就由作家的思想去承擔了——沒有它們，「釣神」、「三爺」和「何雲清」「司炎」就不可能塑造得如此神奇可信，如同凝結了天地奇氣的精靈：釣神和老於頭在大青湖邊關於垂釣的半韻文體的問難對答，胖子、百靈張與三爺關於「啾西乎踩單，抽顫滾啄翻」的養鳥禁忌和「全套百靈」內容的交流，棋人何雲清以「走天元」開始的與少年天才司炎之間的生死對弈……都不是表面敷衍能夠完成的。《棋人》在日本上演時，圍棋大師吳清源作為觀眾在場，棋局按照過士行的設計在舞臺上一絲不苟地進行，力求每一步棋都經得住他的評判。對於這些「梓慶」式的人物而言（《莊子・達生篇》：「梓慶削木為鐻，鐻成，見者驚猶鬼神。」以形容那些神乎其技者），他們的「技藝」已成為他們形象和個性的一部分，作家對知識的掌握稍有閃失，形象的可信性就會土崩瓦解。而這些特殊知識在劇中的自然流溢，則給作品帶來了極大的活力和共享快感。尤為可貴的是，作者沒有停留於對「技」的炫耀性展示，而是抱著平常心，將「梓慶」和芸芸眾生們一道放在現代自由人文思想的光照下冷靜審視，以「技」背後的文化精神隱喻為旨歸，實現了題材特殊性和主題普遍性的「對立統一」。

然而對這位怪誕劇作家來說，更重要的是民間俗文化的形而上影響——很大程度上，是這個「俗民間」賦予了他「思想和想像的某種特殊的快活的自由」。過士行戲劇的「非集中化」結構和廣場狂歡氣質，我以為很大程度上得自於民間俗文化的生命狀態對他的天然暗示。「應知世間蓋天蓋地奇書，皆從不通文墨處來。」[9]「不通文墨處」，意味著逃離了思維規訓的文化處女地、泥沙俱下本真粗礪的市井民間、承載真實體驗但沒有話語權力的「沉默的大多數」……由於民間俗文化形成於「權威缺席」（包括世俗權力的權威和精神文化的權威）的語境中，它天然秉有平等精神、自由感受和狂歡氣質，與物質－肉體生活聯繫緊密，與官方世界和官方文化迥然有別。「一個世界是相當合法的，官方的，用官銜和制服組織起來的，表現為對『都城生活』的想往。另一個世界則是一切都極可笑而又極不嚴肅，這裡唯有笑是嚴肅的。這個世界帶來的怪誕荒謬，原來恰是真正能從內部連接一個外在世界的要素。這是來自民間的歡快的荒誕……」[10]歡快和荒誕的民間敞開懷抱迎接一切生命的參與和觀察，當別具慧眼的精神天才與它相遇，肉體－精神完美結合，最富活力和奇思、包孕著最豐饒的生命資訊的作品便會誕生。莎士比亞的戲劇，拉伯雷的《巨人傳》，卜伽丘的《十日談》，便是從這「不通文墨處」來的。它們帶著得自民間的詼諧精神，解放了禁錮於神權的心靈。進入現代以後，物質／精神的分化隔絕導致大眾／精英、俗／雅的僵化對立，肉體－精神的自然循環被阻斷，精英意識的絕對化使現代藝術成為自循環的產物，其精神觀照的封閉化和人工化造成活力和共享性的減弱。而一些文學藝術的實踐表明，物質—肉體化的民間因素一旦介入，精英藝術的孤僻症狀

9 《金聖歎批評水滸傳》，第十四回，齊魯書社，1991 年，第 273 頁。

10 巴赫金：《文本、對話與人文》，河北教育出版社，1998 年，第 16 頁。

便會重新消失，那種源自理念推導的形而上恐懼感，會被從大地上獲得的詼諧無畏所消解。這是民間俗文化對過士行戲劇最大的恩惠。它的不受拘管、天馬行空和樸素低調的精神，暗示劇作家去超越「非此即彼」的高調思維，以及對「伊底」的恐怖性想像。「恐怖，是詼諧所要戰勝的那種片面而愚蠢的嚴肅性的極端表現。只有在毫不可怕的世界中，才有可能有怪誕風格所固有的那種極端的自由。」[11]

過士行戲劇的民間俗文化世界，正是這樣一個「毫不可怕的世界」。遊戲精神主宰著這個世界，無論是形而上的追問，還是冷峻的社會批判，都在這種半真半假、面帶壞笑的遊戲中「順便」完成。

（五）向心力與離心力並行

向心力是指一部作品在情節、結構、語言、形象等方面向著一個意義核心集中而去的傾向；離心力則是指在這些方面與意義核心背道而馳的那種分散化傾向。西方戲劇的經典傳統基本是一個「向心力」的傳統——它的典型體現是時間、地點、人物高度集中的「三一律」。而中世紀的笑劇、愚人劇、十八世紀義大利的即興喜劇，以及二十世紀以來的荒誕派戲劇等形成的「邊緣傳統」，則呈現出意義和形象的離心傾向。離心力是對向心力的干擾和解構，在過士行戲劇中，兩個方向的力則共存並行，正如巴赫金對「雜語」所描述的那樣：「與向心力的同時，還有一股離心力在不斷起作用；與

[11] 巴赫金：《拉伯雷研究》，第 56 頁。

語言思想的結合和集中的同時，還有一個四散和分離的過程在進行。」[12]

這個特點在過士行所有劇作中都有體現，然而最突出的是《鳥人》。過士行自己說，這部戲是一個禪宗公案的結構。精妙至極。禪宗公案是「向心力與離心力共存並行」的極端表現。在一些禪宗公案中，曾有一些關於「佛是什麼？」的有趣對答，禪師們的回答千奇百怪：「土身木骨，五彩金裝。」「朝裝香，暮換水。」「貓兒上露柱。」「龜毛兔角。」「火燒不燃。」「三腳驢子弄蹄行。」「乾屎橛。」……荒誕不經，不著邊際，似在惡作劇。這是因為禪反對自語言形成以來即已開始的 「中心化」思維，以及由此種思維造成的生命枷鎖。因此，從精神世界的龐然大物開始，直到它裡面最微小的團塊，都是禪要消解和粉碎的對象，這是「禪」獲取精神自由的一種途徑，也是為什麼禪宗問答總是風馬牛不相及的原因，以及為什麼它總是以「離心力」的方式出現的原因——因為符合日常邏輯的對答本身就是在接受「中心化」的思維枷鎖。

然而悖論的是，禪師們在「反中心」的同時，其回答本身也有他自己的側重，自己的「中心」，而不是全無中心的「百物不思」——「若百物不思，當令念絕，即是法縛，即名邊見。」(《六祖壇經》) 禪所反對的「中心」，是那種由於人類陳陳相因的默認而嚴重僵化、不被質疑的「真理」，或曰存在已久的意識深處的「大一統」，它如死亡的磁石，將生的碎屑吸附其上，於是「生」也一同死亡。禪的目標是讓這些易被吸附的輕飄碎屑產生自身的力，產生飛翔的

---

[12] 巴赫金：《小說理論》，河北教育出版社，1998 年，第 50 頁

翅膀，變成生命的蜂鳥或鯤鵬，最終實現存在的自由。因此，可以說「禪」是一種以「說」來否定「說」、以「思」來否定「思」，並通過這種否定，來達到對無限真理的無限言說與沉思的一種方式，或者說，禪是一種以對「腐朽中心」的離心運動，來達成對「無限新奇」的無限種向心運動的思維方式。

《鳥人》正是這樣的方式。此劇中有四種人，四條精神線索：鳥人（以失意的京劇名角三爺為首），他們的「養鳥經」是反自然、反自由的「馴化」與「戀父」的中國文化傳統的象徵；精神分析學家丁保羅，他是一個把任何事都歸結為「弒父娶母」模式的以己度人的教條主義窺陰愛好者；鳥類學家陳博士，他以鳥類研究為名將世界上最後一隻褐馬雞製成了標本，是一個研究生命卻走向生命反面的工具理性主義者；國際鳥類保護組織觀察員查理，他一方面認為鳥人們的馴鳥是殘酷和違反鳥權的，另一方面卻給殺死褐馬雞的陳博士頒發鳥人勳章，是一個在邏輯上自相矛盾的監督癖患者。這四種人、四條精神線索是對這個充滿矛盾和悖論的世界的反諷性隱喻，每一種人都是一種片面真理的體現者，都有將自己和自己的真理絕對化的傾向——認識的迷障就是由相對真理絕對化所造成，破除這種「絕對化」凝成的僵硬團塊，將它的荒謬和有限性彰顯出來，這是《鳥人》的野心。禪宗公案的結構使它在很大程度上實現了這一野心：當鳥人（三爺和胖子等）、丁保羅、陳博士、查理在以動作和語言表達自身時，既是在消解其他的三種片面真理，也被其他三種片面真理所消解。這就是「向心力與離心力共存並行」的意思。丁保羅用他的聽起來荒誕不經但又不無道理的精神分析消解了鳥人三爺的絕對權威；三爺以京劇審案的方式，揶揄了丁保羅的精神分析、陳博士的鳥類研究和查理的鳥類保護監察，「而那樣地處理京劇，京劇本身也被消解了」(止庵語)。沒有一種人得以「全身而退」，其對待自身的那種鄭重其事的片面嚴肅態度最終無不以可笑的面目走向終結。然而這種對絕對化的片面真理的消解，並不導致一個虛無漂浮的相對主義世界的誕生，而是相反，這種時刻不停的否定意識，乃是基於對某種更加飽滿和無限的「絕對」的朦朧體認。這是禪的方式，它在過士行劇作中潤物無聲地運行，給過士行的「怪誕」增添了獨異的色彩。以我有限的閱讀，還沒找到任何一部與此劇結構相似的作品。

如果說那種高度集中化的戲劇結構是 「集權政府」，那麼過士行戲劇處處「離心」、枝蔓橫生的「非集中化」結構，則是一種「民主政府」，那些旁逸斜出的小角色的無關大局但是機智幽默的動作和對白，就像民主政府裡與總統意見不一的議員，張揚著「公民不服從」的權利。表面看似乎擾亂了富有效率的前進大方向，而真正的自由意志恰恰就蘊涵在這與整齊劃一截然相反的雜音式動作裡。這是怪誕的文學雖然拉拉雜雜卻能給人帶來無盡快感的「潛政治學」原因。

三、悲劇意識與喜劇精神

巴赫金這樣論述陀斯妥耶夫斯基小說的複調特徵：「眾多獨立而互不融合的聲音和意識紛呈，由許多各有充分價值的聲音(聲部)組成真正的複調——這確實是陀斯妥耶夫斯基長篇小說的一個基本特點，在他的作品中，不是眾多的性格和命運屬於一個統一的客觀世界，按照作者的統一意識一一展開，而恰恰是眾多地位平等的意識及其各自的世界結合為某種時間的統一體，但又互不融合。」[13]評論過士行劇作，或可借用這段話，雖然其人物主體性的深刻程度無法與陀氏相比。在眾多人物「地位平等的意識」組成的複調之上，還有一個大「複調」——悲劇意識與喜劇精神的複調：在他每一部劇作詼諧渾然的喜劇氣氛中，最後總有一股黑色的悲劇性彌散開來；在苦澀的悲劇意識裡，最後總有無法壓制的笑聲響起，如同疑問，如同冷嘲，通向若有若無的自由。葛列格說：「笑並非出於歡樂，而是對痛苦的反擊。」克爾凱郭爾則說：「一個人存在得愈徹底、愈實際，就愈會發現更多的喜劇的因素。」懷利・辛菲爾也指出：「現代批評最重要的發現或許就是認識到了喜劇與悲劇在某種程度上的相似，或者說喜劇能向我們揭示許多悲劇無法表現的關於我們所處環境的情景。」「我們對喜劇的新的鑒賞源於現代意識的混亂，現代意識令人悲哀地遭到權力政治的踐踏，伴隨而來的是爆炸的殘跡，恣意鎮壓的殘酷痛苦，勞動營的貧困，謊言的恣意流行。每當人想到自身所面臨的窘境，就會感受到『荒誕的滲透』。人被迫正視自己的非英雄處境。」[14]過士行的詼諧怪誕劇可以納入喜劇範疇中，但是這種喜劇的精神核心是一種對於時代、社會、人的痛苦感受。一種既分裂又交織的悲劇意識和喜劇精神共存於他的戲劇中。

---

[13] 《巴赫金文論選》，中國社會科學出版社，1996 年，第 3 頁。

[14] 〔英〕懷利・辛菲爾：《我們的新喜劇感》，載《喜劇：春天的神話》，中國戲劇出版社，1992 年 7 月，第 183 頁。

可以看到，過士行與社會現實和精神現實的對話程度愈深，其悲劇意識愈深沉，其喜劇精神也愈高揚，悲劇與喜劇共存於一體所產生的張力愈大，於是形成我們所常說的「黑色幽默」。這種張力更強烈地體現在他的近期劇作《廁所》和《活著還是死去》中。

《廁所》的表面結構是三個時代裡一群人各自不同的命運變遷，由此暗示著中國的時代變遷，而這一變遷集中展現在「廁所」這一粗俗的環境裡。我們可以看到該劇在物質和精神兩個層面的複調性呈現：從「廁所」的形貌上，可以看到從七〇年代人們相互打量和聊天的簡陋「便坑式」廁所、到八〇年代有隔板的沖水收費廁所、直到九〇年代豪華賓館的抽水馬桶免費廁所，廁所硬體裝備的與時俱進隱喻著中國社會的物質日益繁榮。但人物命運所揭示的中國人的精神境遇，卻並未隨著物質生活的「進步」而改善，而是由七〇年代的壓抑窒息、八〇年代的困惑猶疑，演化到九〇年代的荒蠻虛無；更意味深長的是，人與人的關係由七〇年代的「工人階級領導一切」，到八〇年代的「知青返城」，直到九〇年代又分出了「新的階級」，一切都是「物非人亦非」。物質生活的表面「可喜」與精神生活的深層「可悲」在劇中同時行進。

這些人物的境遇變化是富有意味的：七〇年代遊手好閒的三丫，到九〇年代成了深刻意識到「現在又有了階級」的體面的建築商；七〇年代的扒手「佛爺」，八〇年代是經營小本生意的員警眼線，九〇年代則成了程咬金防盜門廠的老闆，即便如此他還要「拳不離手，曲不離口」地隨時偷點東西，富有哲理地聲稱自己的使命「就是要教育人防盜。我用行動來給人以教訓。那些個盜人錢財的被人所不齒，而盜去人靈魂的人卻受人尊敬。我是寧肯偷錢包兒，也不去偷人家的心。」頗有狄倫馬特筆下人物之風。老實本分的廁所工人「史爺」在三個時代一直與廁所相守；他暗戀的美麗善良的丹丹，七〇年代是幸運的文藝兵，八〇年代因去雲南前線慰問軍隊踩上自家的地雷失去了雙腿，丈夫也在「對越自衛反擊戰」中犧牲，九〇年代與「墮落」的女兒靚靚決裂；靚靚八〇年代還是個淨如水晶的乖女孩，九〇年代則成了頹廢絕望駭人聽聞的「害蟲」樂隊女主唱。在第三幕，史爺看不過靚靚的「頹廢骯髒」，把她拉到茶座進行了如下對話：

史　爺：「咱們搭幫吧？」
靚　靚：「你功夫怎麼樣？」
史　爺：「什麼功夫？」
靚　靚：「床上。」
（史爺低下了頭，俄頃，又抬了起來。）
史　爺：「我說的不是這個意思。我是說咱們能不能跟《紅燈記》似的？」
靚　靚：「什麼紅燈記？你什麼意思？」
史　爺：「就是，以父女的名義生活在一起？」
靚　靚：「你幹過她嗎？」
史　爺：「誰？」
靚　靚：「還有誰，我媽呀。」
史　爺：「妳，怎麼說話呢！」
靚　靚：「多老的馬我都敢騎，可就是不能亂倫。你說實話，我是不是你親生女兒？」

史　爺：「妳這副德行，對得起死難的烈士，妳的父親嗎？」
靚　靚：「別那麼悲壯。現在咱們跟越南又哥們兒了，他那烈士，以後還真不好提了。」

有評論認為靚靚的形象如此極端和臉譜化，是由於作家不真正瞭解當下新人類的緣故。但實際上，作家並非意在表現「新人類」這種人物類型，而是要以靚靚的「無恥墮落」和嬉笑怒罵，追問當下國人精神荒蕪的現實根源。靚靚最後那句喜劇性臺詞引來觀眾的哄笑，但這笑聲背後，卻是對非理性的國家意志草率播弄個體生命的沉默抗議。公理不在，正義難尋，父親的犧牲和母親的殘廢都只是變化無常的政治戰略的微不足道毫無尊嚴的犧牲品，在直接的經驗中，靚靚不可能找到自身尊嚴的存在源頭。她——同時也是我們——所置身的世界，乃是一個沒有亙古長存的價值根基的世界，一個權力的巨手可以隨意分派無理厄運而不受懲罰的世界，一個是非不分、善惡顛倒、唯憑「實力」說話的遵循叢林規則的野獸世界。不是靚靚墮落，而是現實的悖謬讓人無法找到純潔的方法。佛洛依德說：「當幽默使嘲弄直指通常不會遭到社會批評的『神聖』領域時，幽默便成為『窮人』反對『富人』的武器。」[15]從佛爺、三丫兒、便衣和靚靚等反諷性形象看來，的確如此。

《活著還是死去》的悲喜複調更強烈，也更狂歡。此劇以火葬場追悼室為場景，以魔術師楚辭的行為為線索，是火車車廂式結構，就是說，鏈條鬆散，每一節都可以隨意裝上或卸掉，節數可以

[15] 梅爾文・赫利茨：《幽默的六要素》，載《喜劇：春天的神話》，第269頁。

無限增加，也可以減少。每場的主人公除了楚辭和時隱時現的「偵探」，就是那些蒙冤含恨、屍體不肯離去火化的死者——其中包括因在醫院輸血感染愛滋病而死的小夥子、眼睛因被老師指使的流氓打傷而找不到工作最後絕望自殺的青年、為了考職稱勞累而死的古典文學副教授、因自擺烏龍不堪球迷激憤含羞自殺的足球運動員、因父親與自己斷絕父女關係而含羞自盡的賣淫小姐。批判的鋒芒指向黑色荒誕的社會現實和文化傳統的方方面面，然而其表達方式卻是喜劇狂歡的。在第四場，楚辭以譯成白話的楚辭《招魂》為死去的古典文學副教授招魂，屈原作為聲音出現，弔唁者則作為「群眾」出場：

屈　原：「來來往往的人們追求的是私利，
　　　　我為此而萬分焦急。
　　　　衰老漸漸來臨，
　　　　怕美名來不及建立。」
楚　辭：「這是屈原的聲音！他本來應該講湖南話，但是為了推廣普通話，我們不准他使用方言。」
死　者：「我的正高職稱！」
學生甲：「這是我們先生的聲音。」
群　眾：「我們除了擂鼓還有什麼任務？」
楚　辭：「你們可以旁聽，也可以退場。」
群　眾：「我們不退場，我們看到底。」
楚　辭：「現在已經進入非常專業的祭祀階段，請沒事的群眾退場。」

群　眾：「我們要關心歷史，我們要積極參與！」

楚　辭：「你們沒有耐性，也不認真，三天打漁兩天曬網，以群眾運動出現的方式會帶有很大的盲目性。」

群　眾：「誰說我們沒有耐性！從街頭的吵架到最後一個電視節目播完，哪次我們不是把觀看堅持到底。」

這一場將楚辭《招魂》翻成長長的白話，是對文化傳統之貧乏的反諷；此段關於「群眾的盲目性」的借題發揮，則反映出作者對於「烏合之眾」的警惕和不信任。在《壞話一條街》中，「烏合之眾」的另一名稱叫做「人民」：

耳　聰：「你這是不相信人民。長城就是人民修的。」

神秘人：「長城也是人民拆的。……這裡的長城的城磚都被人民拆回去砌豬圈了。」

耳　聰：「我不信，拆長城的磚多麻煩呀。」

神秘人：「你不瞭解人民。人民是不怕麻煩的。」

過士行戲劇的民間精神和他對「民間」的實存——「人民」、「群眾」這一龐大空洞、難以指認的群體所抱有的懷疑與厭憎，存在著一種有趣的矛盾。「人民」在歷史中表現出來的馴服、盲從、毀滅力與非理性，是過士行對之取反諷態度的原因，然而作家的人道立場又使他必須站在權力的對立方說話。這真是一個複雜的悖論。

喜劇狂歡的風格總是東拉西扯、沒個正經的，在《活著還是死去》的第六場，楚辭為自殺的足球運動員安魂，對於「足球」這一糾纏了太多現實體制問題和文化心態問題的「國恥」，作者沒有讓楚辭從常規角度進入，而是先振振有辭地從「床上與場上的辯證關係」說起：

> 楚辭：（吟誦）沒有美麗的海倫，就沒有特洛伊戰爭；沒有瑪麗蓮•夢露，賈桂琳幹嘛嫁給希臘大亨；西施成就了越國，沒有任盈盈就光剩了令狐沖。要先發展足球寶貝，然後再提高足球水平！床上不能得分，場上焉能破門；（死者的下部癟了下去）英扎吉可以搶奪維埃里的女友，你們為何不向科斯塔庫塔的愛妻進攻。（死者的下部再一次鼓起）沒有女人世界盃有何成功！（隊員們跳躍，做比賽熱身）甲 A 聯賽要保存實力，配合黑哨掙錢為主。（隊員們應和：對！）世界盃要請外國教練，出不了亞洲由他承擔。但是我們自己的教練也要積極參與，不然真的拿著名次豈不笑我中華無能。他要求的我們不能全聽，他要的球員我們決不答應。他說的陣容一定要集體商定。但是責任要由他負，讓他一輩子都記住，中國人的錢不好掙！（隊員們：不好掙！不好掙！）……

《活著還是死去》是一部黑色喜劇，那些令人爆笑處，正是現實世界令人最感悲哀和荒誕處。正如狄倫馬特所說：「我們可以從喜劇中獲得悲劇因素。我們可以顯示出使人驚怕的一瞬間，如同突然裂開口的深淵。」[16]這部戲中，「突然裂開口的深淵」出現在劇

[16] 狄倫馬特：《戲劇的問題》，載周靖波主編：《西方劇論選》，北京廣播學院出版社，2003 年，第 599 頁。

終那副手銬從天而降的瞬間，它如同禪宗的棒喝，讓我們在離席散去之際參悟自由與禁錮的真諦。

過士行戲劇使人著迷之處在於：它們的命意無不嚴肅，而它們的過程卻無不幽默。但是「嚴肅」並不意味著它們只在道德領域打轉，而是意味著對這個世界的真實與荒誕進行毫不回避的智慧有趣而敏感有力的探究；「幽默」也決不意味著油滑，而是意味著「它尤其模棱兩可，它是價值的真空地帶，在這個真空地帶中，道德與暴力在捉迷藏，微笑同苦澀在捉迷藏，嚴肅同懷疑在捉迷藏以及怪癖與道德平衡在捉迷藏。」[17]具有幽默感是難的。「幽默感首先是自己人格中的一個知覺……事實上，這是一個良心或更為準確地說，這是一個自我尤其敏感的知覺，人們在別人的目視下才具有這個知覺，這一知覺可看成膽怯。實際上，它是一種廉恥。它既不排除惡意、戲弄，也不排除放肆，還不排除勇氣。這就是一個擁有幽默感的人的姿態，就是一個後來被人們稱之為幽默家的姿態。」[18]

誠然，過士行戲劇並非無可挑剔——在一些作品中，其黑色幽默的最終對象乃是有限有形的現實社會，黑色幽默的主人公乃是帶有群體化痕跡、表義功能過於明顯的個人，因此他的黑色喜劇空間，還未能成為一個深邃無形的精神之海，他的戲劇主人公，也還沒有成長為具有精神穿透力的自由精靈。他的戲劇尚處於形而下與形而上的交界處，還需要一個從天而降的契機，一場神秘無語的參悟，來把他推入無限之門。

---

17 〔法〕羅伯爾・埃斯卡爾皮特：《幽默》，商務印書館，2004 年，第 27 頁。
18 同注 17，第 28 頁。

但是不管怎樣，在過士行已經顯現的可能性中，我們已經看到了一位怪誕詼諧的劇作家以其充沛的才華和超越的心胸，創作出的給人帶來強烈歡樂的怪誕戲劇。這是他敞開心靈與這個充滿悖謬的世界進行真誠而狡黠的對話的結果。敞開的對話引來共享者無數。這不是向公眾的智力局限投降，而是與具備認識能力的知音一起狂歡酣醉，共同探索世界的隱秘核心。「需要還給讀者笑的能力，而痛苦剝奪了讀者的這種能力。為了瞭解真理，他應該回到人的本性的正常狀態。斯賓諾莎的座右銘是：「不要哭，不要笑，而要去認識。」對於文藝復興時期的思想家拉伯雷來說，詼諧就是要從模糊生活認識的感情衝動中解放出來。詼諧證明並賜予明顯的精神成熟。喜劇情感和理智是人的本性的兩個標誌。真理本身在笑，使人處在安詳、快樂、喜劇的狀態中瞭解真理。」[19]對於劇作家過士行來說，真理的樣子的確是一張笑臉。對於我們來說，恐怕亦復如是。

結　語

1980 年代後期以來，中國嚴肅文學逐漸成了寫作者自身之事，許多作家相信，寫作與讀者無關。起初，這是一種拒絕媚俗的直率姿態，但是很快它便成了媚俗本身——它使寫作者逐漸遺忘了文學乃是一種主體與世界之間創造性的精神對話這一事實。一些人把文學當作欣賞自身怪癖的場所和宣佈「生命無聊」的講壇，一些

[19] 平斯基：《文藝復興時期的現實主義》，轉引自巴赫金：《拉伯雷研究》，第161 頁。

人則把它看成展覽「精神脫水」之人的精緻蠟像館，一些人把她當作教育人民、宣揚政治或道德誡命的工具，還有一些人則把它看作承載民生疾苦、為民請命的容器。前兩者使讀者感到，自己對文學的圍觀是自討沒趣的，因為作者全部的心神都只在己身的痛癢，他根本沒打算和你說話；後兩者使讀者感到，自己再圍觀下去就等於承認自己是個需要教育和拯救的傻瓜，因為作者如此捶胸頓足、涕淚交流全都是為了你。這種「嚴肅文學」的寫作者在精神上是如此遲鈍、貧乏、武斷和封閉，以至於他們很難發現自己不熟悉、不習慣的未知事物並對之加以新鮮的探究，或者，他們很難站在不大喜歡、不想知道然而卻真實存在的事物的立場上思考和想像。他們似乎正在成為自己之「有」的犧牲品。他們已不能像一個成長的孩童，總是抱著明淨好奇之心面對無盡的世界。他們的經驗、思想、感受力和想像力正在逐漸老化，逐漸停滯，然而卻在老化和停滯中繼續勤奮地生產。這種精神產品看上去是追求深刻、追求意義、追求道德的，是不會笑和反趣味主義的。這種文學認為：「趣味」會使人玩物喪志，而「笑」則是墮落、放肆與惡意的標誌，而文學應使人純潔虔誠，道德高尚，或者應使人絕望深刻，杜絕幻念，換句話說，人應當心不旁騖地自我教育和自我改造，直至成為一個正義真理或末日真理的體現者或祭壇上的犧牲。應當說，這種「片面載道」的文學觀窒息了人向未知進發、實現自身創造力的無限可能，它忘記了人最終的目的是成為無限豐富和智慧的人本身。這種文學過分嚴肅的面孔讓我想起王小波的一句話：「最嚴肅的是老虎凳。」老虎凳文學讓人在心智和情感上飽受煎熬，無法共享，無怪乎一派天然的普通讀者離之遠去。

其實對中國當下的嚴肅文學來說，致命的問題已不在於「道德的文學」（在此僅指道德高調的文學）和「犬儒的文學」的分歧——在都不具備「精神共享性」這一問題上，兩者現在已驚人地一致——而是在於「有趣的文學」和「無趣的文學」、「智慧的文學」和「無智的文學」、「愛的文學」和「無愛的文學」的分歧，一言以蔽之，是「有創造力的文學」和「沒有創造力的文學」的分歧。顯然，後者的規模遠遠大於前者。這是中國文學的悲哀。對嚴肅作家來說，「創造力」是一個綜合問題，既不只關乎道義良知，又不只關乎寫作技巧，而是關乎智慧、有趣和想像力，關乎愛、幽默與笑的能力。誠如愛爾蘭劇作家沁孤所說：「在滋潤想像力的一切營養中，幽默是最需要的一種，要限制或毀掉幽默是危險的。波德賴爾把笑稱作人類邪惡成分中最大的表徵；而當一個國家失去了幽默，正像某些愛爾蘭城鎮正在發生的那樣，就會出現精神病態，波德賴爾的精神就是病態的。」[20]一切懂得「笑與良知的辯證法」的中國寫作者的存在表明，這個國家的精神病態還未入膏肓。因為這些寫作者知道，文學不是實現任何具體功能的工具——甚至連表達正義的工具都不是，如果文學一定要有一個最終的目標，那麼她的目標就是：建立一個人類之愛、智慧與自由的共和國——創造力的共和國。

2005年5月7日完稿

《當代作家評論》2006年第1期

---

[20] 〔愛爾蘭〕約翰・密靈頓・沁孤：《西方世界的花花公子》，載《西方劇論選》，第550頁。

未曾離家的懷鄉人

——一個文學愛好者對賈平凹的不規則看法

一

卡爾維諾在《〈奧德賽〉中的奧德賽》一文中提出了「遺忘未來」的主題：「尤利西斯從棗蓮的力量、塞喜的魔藥與賽倫的歌聲中所拯救出來的，不只是過去或未來。記憶的確很重要——對於個體、社會、文化來說都是如此——不過它必須將過去的痕跡與未來的計畫結合在一起，讓一個人可以去行動，卻不忘記他先前想做什麼，讓他可以成為，卻不停止保持他現有的存在，讓他可以保持現有的存在，卻不停止成為。」[1]這段話讀來拗口，但我喜歡它的意思。自由的元素。創造力的起舞。肯定性思維與否定性思維的螺旋交織。互為助力的過去、現在與未來……實際上，它是作家卡爾維諾對「生命意志」的重申。這位男子氣概的偉大作家終其一生看重

[1] 卡爾維諾：《為什麼讀經典》，李桂蜜譯，臺北：時報文化出版社，第12頁。

行動並不亞於看重寫作，且他把必將形成某種精神結果的寫作看成人類的嚴肅行動之一種。也因此，寫作在他這裡不能僅僅記憶和見證，而是更要開啟未來的精神之門，成為「有根之人」經由「現在」的行動創造「未來」之美好可能性的動力和養分。

那是一種理想的境況。在歷史失真、未來無著之地，記憶過往和見證當下卻不得不被賦予絕對的意義——它變成一份崇高的道德，一種艱難的倫理，即便在文學的虛構領域，其價值觀也是如此。但是，記憶和見證一旦被絕對化，便斬斷了其通往未來的生命之路。創造力先前被「謊言」所腐蝕，現在又被「真實」所挾制。在絕對而封閉的記憶和見證中，我們精心收藏的，可能只是過去和現時的風乾的屍體，而非奔赴未來的血肉之軀。

二

「高老莊」是一個污泥濁水、世故紛繁的村莊。在賈平凹的筆下，這個虛構的村莊石碑遍地，樹碑年代從宋至清，碑文關乎勸桑養蠶、修橋救荒、水道爭訟、剿匪安民、孝子節婦、官僚商賈……今天看來，淨是些喜劇色彩的雞毛蒜皮、日常流水，但在當時祖先眼裡卻是驚天動地的功業馨德，堪可勒石立碑，以成不朽。現在，這些意欲佔有未來的碑石，已失去「未來」之人的任何敬意——它們不再巍巍乎矗立以供仰瞻，而是倒伏在豬圈裡，斜趴在茅廁旁，變成了擱放盆罐的石桌面，或東倒西歪的栓馬樁……那些碑文，除了被一個名叫西夏的女人帶著考古學興趣記錄下來，已不再與後代村民發生任何關聯。

於是，頹敗的石碑在《高老莊》裡成了醒目的象徵物，在身材矮小、猥瑣世故的高老莊人中間，傳遞著祖先的文明業已死去的消息。一種標準的「遺忘未來」的文明。一種妄想通過給「當下」自我加冕以「霸佔未來」的文明。一種妄圖驅遣「未來」和「過去」以歸化「現在」的文明。一種一切只為「當下之我」卻冠以「列祖列宗」和「千秋萬代」之名的文明。

然而也可以換個角度看待這些碑文。不妨把它們看成一種寫作。它們只是一些對未來的可能性缺乏想像力和責任心的人們的寫作。寫作者只對自己眼前的事情感興趣，並且相信，只要把眼前事記錄下來，立此存照，對未來就有永久的價值。

但是未來告訴他們，不是這樣的。

因此也可以說，《高老莊》裡石碑的命運，是遺忘未來的「立此存照」式寫作之命運的寓言。

這寓言的結局是否會落到賈平凹本人的頭上？無論肯定還是否定，都為時尚早。然而賈氏小說的當下情懷中缺少未來意識，卻是真的。

三

「未來意識」何意？

即意識深處無時不埋藏著這一問題：我們意願擁有怎樣的未來？

這不是政治家的藍圖繪影。

也不是道德家的虛偽規範。

這是創造者為自己、為自己的造物在挖掘生命泉。

這是一條雙向奔湧之泉——經由過去、現在，流向未來；同時，它也從對未來的冀望出發，流經現在，並重塑過往。

四

在小說裡，賈平凹完全沉默。我是說從《廢都》開始的賈平凹。他幾乎是亦步亦趨地傳承了明清世情小說的敘事技法，藉以不厭其煩地描摹世道人情。但他野心大極，絕不滿足於「娛心」與「勸善」（魯迅：《中國小說史略・第十二篇》），而是想要勾勒一個個多義象徵的「中國圖式」。這位工筆藝匠懂得如何達成他的目的。他讓作品中的形象極其原生實在，作者聲音則完全消隱，故而它們的意蘊更其含混難言。這份觀感，也許正與賈氏的追求吻合——「我的小說越來越無法用幾句話回答到底寫的什麼，我的初衷裡是要求我儘量原生態地寫出生活的流動，行文越實越好，但整體上卻極力張揚我的意象。」（《高老莊・後記》）

傳統世情小說邀人賞玩，賈平凹的筆法使其小說也具備當代文學少見的可賞玩性，但歸根到底，他有更嚴肅的命意——「我的出身和我的生存環境決定了我的平民地位和寫作的民間視角，關懷和憂患時下的中國是我的天職」。（《高老莊・後記》）「我決心以這本書為故鄉樹起一塊碑子。」「我是作家，作家是受苦與抨擊的先知，作家職業的性質決定了他與現實社會可能要發生摩擦，卻絕沒企圖和罪惡。」(《秦腔・後記》) 放眼《廢都》之後的賈氏作品，說他對現實世界一直毫不退卻地持守著見證和批判的寫作倫理，當不為過；說他是中國當代文學寫實傳統的集大成者，亦屬應然。

五

賈平凹的寫作，表面看起來有著互為對立的雙重性：既主流又特別，既中式又西化，既嚴肅又放蕩，既寫實又「超現實」，既醜又美……賈氏與其他主流嚴肅作家最大的區別在於：他是一位最自覺於「中華本位」意識的作家。此種自覺，既可見諸其語言、技法，亦可見諸其整體的文學觀、文化觀、歷史觀乃至宇宙觀。「如果在分析人性中彌漫中國傳統中天人合一的渾然之氣，意象氤氳，那正是我新的興趣所在。」(《病相報告・後記》)

如是，既要「分析人性」，又要「天人合一」；既要「審惡審醜」，又要「意象氤氳」；既要展露現代意識，又要恪守「國族身份」；既要向西行去，又要徜徉於故園……整體看來，賈平凹是「中學為體，西學為用」在文學上的實踐者，是一位還未離家就開始想家的精神懷鄉人。

六

九〇年代以來賈平凹的七部長篇小說，所涉主題皆龐大深厚，極易落入空泛。然而賈氏深知規避之道：他勾畫「時代的圖像」時，從來都繞開「正」、「巨」之途，而走「偏」、「細」小徑。敘述模式常常是：一個歪七扭八的社會邊緣人，混跡於並不起眼的一個偏遠地（即便故事發生在「西京」，也要發生在帶著「流民」氣質的邊緣人群中），身不由己地裹進那紛紛擾擾的世事網路中，經歷了一段失魂落魄的尷尬事——此小網連結著一個無邊巨網，此處一瑣碎潑煩的事情，即是那無邊巨網之中心震動的回聲，由是，賈平凹意欲轉喻性地呈現此一時代的精神樣貌。在向此目標行進的途中，賈平凹的敘事絕無聲如洪鐘、正襟危坐之時，而是一個蓬頭垢面的羸弱漢子，捧著糙碗，蹲於地下，和你一邊吃著飯一邊東家長西家短地低聲嚼著舌頭根。他的樣子是憨厚而沒出息的，內心是狡黠而有追求的。因了這，你連他荒誕不經的鬼話都信了。

《廢都》之後賈平凹定型了他的敘事語言和風格。有時他用傳統說部的文白間雜的敘事語，比如《廢都》、《白夜》、《高老莊》；有時他用商州方言土語，比如《秦腔》；有時他也用當代標準語，但會吸收前兩者的語言風格，比如《土門》、《懷念狼》、《病相報告》。當他使用這種語言敘述當代生活時，其觀照目光既不來自當代，更不來自未來，而是來自古老中國的幽靈；新的、無根的當代生活，由此也變成了舊的、生根的歷史往事的延伸，從而使過於日常習見的當代人、事、物，得以陌生化。

《廢都》集中了賈平凹在此方面的嘗試，從中可以明顯看到他從《紅樓夢》、《水滸傳》、《金瓶梅》等說部偷來的手藝。開篇的「貴妃土生奇花」、「天有四日」，與《水滸傳》開篇相近；唱歌謠的老者與《紅樓夢》的「一僧一道」功能相同；孟雲房給周敏講說「西京四大名人」，簡直就是在克隆《紅樓夢》的「冷子興演說榮國府」。至於書中女性一律被稱作「那婦人」、「女人」，人物對白的句末喜用「的」字，無不來自說部遺韻；而整部書的情色描摹與《金瓶梅》的師承關係，則已多有評說。但更本質地表現出《廢都》與古典說部傳承關係的，是整體上的敘述視角、氣質和節奏；那種日常生活本身即是目的、排除一切形上空間而沉迷其中的敘事態度，實是一種前「五四」的說部態度。隨便舉出一段：

> 婦人在草叢中小解，無數的螞蚱就往身上蹦，趕也趕不走，婦人就好玩了這些飛蟲……提著來要給莊之蝶看，就發現了這一幕……見莊之蝶傷心落淚，也不敢戲言，……婦人說：「這阿燦肯定是愛過你的，女人就是這樣，愛上誰了要麼像撲燈蛾一樣沒死沒活撲上去，被火燒成灰燼也在所不惜；要麼就狠了心遠離，避而不見。你倆好過，是不是？」莊之蝶沒有正面回答，看著婦人卻說：「宛兒，你真實地說說，我是個壞人嗎？」婦人沒防著他這麼說，倒一時噎住，說：「你不是壞人。」莊之蝶說：「你騙我，你在騙我！你以為這樣說我就相信嗎？」他使勁地揪草，身周圍的草全斷了莖。又

> 說：「我是傻了，我問你能問出個真話嗎？你不會把真話說給我的。」婦人倒憋得臉紅起來，說：「你真的不是壞人，世上的壞人你還沒有見過。你要是壞人了，我更是壞人。我背叛丈夫，遺棄孩子，跟了周敏私奔出來，現在又和你在一起，你要是壞人，也是我讓你壞了。」婦人突然激動起來，兩眼淚水。莊之蝶則呆住了，他原是說說散去自己內心的苦楚的，婦人卻這般說，越發覺得他是害了幾個女人，便伸手去拉她，她縮了身子，兩個人就相對著跪在那裡哭了。[2]

人物行為、對話是以如此不帶景深的白描方式敘述，有一種陳腐、酥麻、抽離意識深度的「春宮話」風格。有趣的是，由於歷史感的介入，我們在閱讀傳統說部作品時，對類似的敘事方式並無陳腐之感，因為它正是彼時彼地文化風俗的自然產物。而賈氏如此道來，實質上卻是一種敘事方式的跨時空「引用」行為——當代的文化、風俗和精神形態與說部時代相比，皆已世異時移，「直接挪用」便成為不自然的。但賈平凹的「新說部體敘事」佯裝自然，而對其與當代語境的錯位忽略不計。這錯位恰恰形成了他的風格，並賦予其小說以強烈的文化和審美特異性。但是，這種刻意「去西方化」的寫作是否使賈平凹的作品獲得了更獨特的個人性？更新鮮的感受力？更蓬勃的想像力？更敏銳和深刻的精神洞察力？對此我並不樂觀。相反，對「民族性」的刻意強調與追尋，前設性

---

[2] 賈平凹：《廢都》，北京出版社 1993 年，第 418 頁。

地在文本形式和思維方式上努力於「中西之別」，已成為了緊箍在賈平凹頭上的咒語，一個先驗的精神之「圈」，抑制了這位作家的精神自由。

七

「我覺得文學更要究竟人的本身。人是有許許多多的弱點和缺陷的，比如嫉妒呀，吝嗇呀，貪婪呀，虛偽呀，等等等等。這類小說，或許說任何新的小說，卻都是應該有著民族的背景。」「這麼多年，西方現代派的東西給我影響很大。但我主張在作品的境界上，內涵上一定要借鑒西方現代意識，而形式上又堅持民族的。」「日本的川端康成是這樣，大江健三郎是這樣，馬爾克斯也是這樣，這些大師之所以為大師，是他們成功了，而我們僅僅是意識到還沒有完成自己獨特的寫作。」「必須加入現代，改變思維，才能用現代的語言來發掘我們文化中的礦藏。現代意識的表現往往具有具象的、抽象的、意象的東西，更注重人的心理感受，講究意味的形式，就需要把握原始與現代的精神契合點，把握如何地去詮釋傳統。一部好的作品關鍵在於它給人心靈深處喚起了多少東西，不在乎讀者看到了多少，在乎於使讀者想起了多少。」[3]

需要把以上所引和賈平凹的作品對照來讀，它至少可以使我們免於把其作品中一些極不悅目的特徵，歸因於作者下意識的「嗜痂

---

[3] 胡天夫：《關於對賈平凹的閱讀》，見賈平凹：《病相報告》，上海文藝出版社，2002 年。

成癖」、「陰暗心理」和「病態人格」等私德因素。一切都是有意為之——他意欲自己的作品成為省察國人弱點和缺陷的一面鏡子，是以《廢都》之後不見了他早期的純淨詩意，反被醜陋、骯髒和瑣碎的意象充滿。這是賈平凹基於自身對現實的認知與責任感而形成的「審醜」美學，是他對「現代意識」的理解與實踐。但由於其作品幾乎消彌了寫作主體和敘述對象之間的觀照距離，使「審醜」的「審」已讓人無法覺察，而只剩了「醜」，以至於其生命感常與明清說部「宣揚穢德」的「猥黷」相近。

在文本形式上，賈平凹作出了多層面的本土化探索：吸收話本小說的「散點敘事」手法，但撤掉了「說書人」的臺子及其高腔大嗓；撤掉了因明確的表演性質而設置的章回，而多編織流蕩漫漶的網狀結構，「說平平常常的話」；人物無深度思維活動，只顯現其行為言語；採取明清世情小說的敘事框架，「大率為離合悲歡及發跡變態之事……描摹世態，見其炎涼」（魯迅：《中國小說史略》，第十九篇），又間以「命意在於匡世」的譴責小說筆法，以形象塑造而非抽象議論的方式「揭發伏藏，顯其弊惡，而於時政，嚴加糾彈」（同上，第二十八篇）；不時「魔幻」一下，但為了避免「不夠中國」，也將其處理成鄉俗巫蠱，為民間所習見。在這一幅幅透著頹敗古意的當代風俗畫裡，賈平凹試圖埋下一個個催人警醒的危機陷阱。是的，是土質的陷阱。不是耀亮於天際並照人前行的信號彈。他寄望於摔跌的痛感帶給閱讀者以清醒，而不要閃亮的光彈予人的炫目。他怕讀者誤以為那是狂歡勝利的禮花。必須杜絕希望的幻念。必須攫住絕望的真實。這才是最深刻的認識。唯有深刻的真實，才能抵達文學的至境。這種邏輯的極端之作，便是 2005 年出版的長篇小說《秦腔》。

八

《秦腔》憂思深廣，敘事繁密，繪就了一幅鄉土中國之傳統崩潰、精神離散的末世圖景。在這部最大程度地「還原生活」的作品裡，創作主體拒絕對「真實」動用任何刀斧。小說以瘋子引生為敘述人，讓人物、生活直接說話——人物是那種真實得好像非由作者塑造、而是從現實「掉」進了小說裡的人物，生活是那種細節高度遵循常理、整體則瘋狂不可理喻的生活。表面上看，小說常玩一些「真魂出竅」、魔形幻影、顛三倒四的敘事遊戲，似乎十分的「超現實」，然而它大體可因敘述人的「瘋」而自洽，同時，其本質也無非是現實生活的投射而已。

小說的整體，是對鄉村「日子」的結構性模仿。這「日子」，在以清風街夏氏家族為重心的世俗關係網絡中緩慢沉滯地展開。它一掃既往鄉土文學的牧歌情調，從一開始就散發出鄙俗醃臢的土腥味，進而層層深入地複現鄉村日常生活的煩冗面目。它的煩冗是熬心的、磨人的、無意義的、被拋棄的、無光亮無盡頭而令人發瘋的。閱讀此書需高度的耐心和意志，寫作此書呢？恐怕需要超人的耐心和意志吧？更得加上入木三分的世俗洞察力。這個看似不加營構的文本層次繁複，難以描述，只好生硬地理出如下意義線索：

（一）關於權力等級秩序的集體無意識

這是籠罩全書的心理基調，它透過瘋子引生的眼睛，看見從清風街出去的名作家夏風娶了這裡最美麗的女人白雪；看見夏家從人上人的顯赫走向衰落；看見不同身份的同村人的喪儀和裝裹也分三六九等；看見夏君亭的強與秦安的萎，看見夏天義家的狗也只和鄉政府的狗談戀愛。小說在無數細節上提醒著權力等級意識對人物行為、處境的決定和影響。

（二）土地的衰敗與道德的崩解

小說塑造了夏天義這個「當代愚公」，他對蠶食耕地、無人稼穡始終無法釋懷，在和夏君亭關於「清風街村如何發展」的角力中失敗之後，他向天挑戰，「逆歷史潮流而動」，帶著僅有的兩個追隨者瘋子引生、啞巴孫子和一條狗，到七里溝淤地種莊稼。崖崩讓夏天義葬身土下，暗示著土地最終的衰敗命運。而「順應歷史潮流」建了農貿市場的君亭，後來免不了只是個酒樓上尋歡的腐化幹部；曾經的淳樸農家女，也因了「市場經濟」在鄉村的蔓延而出賣己身。與賈平凹早期謳歌商業文明之進步不同，現在的賈平凹則把城市－商業文明描述為道德崩解的淵藪。

（三）秦腔沒落，傳統逝去

夏天智這個整天在馬勺上畫秦腔臉譜的小學校長，在家事淒涼的境況裡鬱鬱而終；白雪這個「菩薩一樣」美麗的女人，也終落得劇團解散、四鄉走穴、家庭解體的悽惶。她和夏風生了個沒有肛門的畸形醜兒，作者在此埋藏何種寓意？小說多處照抄秦腔曲譜，想是欲為瀕臨消亡的秦腔多一個埋屍處？清風街人越來越愛流行歌曲甚於秦腔，白雪象徵的土地美德漸漸淪亡。

（四）農民的卑微與重負

農民狗剩率先在國家「退耕還林」地的樹苗間距上種了菜被罰款二百，因交不起罰款而喝農藥自殺。夏天智去責問鄉長，鄉長說：「這是在開會！」民官視民命如草芥之狀，躍然紙上。書的後半部分敘述「年底風波」，借著村幹開會將農民負擔專案一一列舉，村幹們到貧困農民家搶糧搶物以充稅費，如狼似虎的逼稅圖呼之欲出……對底層農民的卑微和重負，作家以平淡瑣碎的敘事表達其悲天憫人的同情。

（五）人心的貪婪

賈平凹最擅長寫人的吝嗇貪婪。夏天禮平日吝嗇，常暗以銀元換錢，以致被搶遭打，死不瞑目，但當銀元相碰的聲音響起時，他的雙眼立即閉合。梅花因貪黑車票錢致丈夫受罰，需五千元錢給上善去打點，她卻猶豫：「五千元呀？！」貪吝之狀形神畢現。

（六）愛之無能

小說裡瘋子引生是最富激情的人物，但他既無世俗資格去愛白雪，又無精神語言表達此愛，而只能訴諸千百種波濤洶湧、暗昧不潔的生理感受。「愛」在這個潑煩醃臢的世界裡，顯得如此多餘與無能。引生自閹是「愛之無能」的劇烈表達。

賈平凹一直致力於給文本注入多義性，在《秦腔》裡更是如此。塑造人物和敘述事件時，他會同時將幾條意義線索埋在一人、一事之內。比如寫夏天義時，（一）、（二）並舉，寫夏天智則（一）、（二）、（三）、（四）齊奏，寫白雪，（二）、（三）、（六）交織，寫引生，則（一）、（二）、（四）、（六）合鳴……小說的形象世界，因此而血肉飽滿，其內涵主旨，亦更加含混難辨。

關於「生存之煩」的密集敘事覆蓋了這些線索。作家有意不加揀擇，把當下鄉村生活的「本相圖式」巨細靡遺地複製出來，排除掉任何可能的形上空間；完全從外部描述人物實實在在的言語和行動，不展現人物的任何精神活動（敘述人自身不可避免，然而他的精神活動亦極其直白，多訴諸動作）；時常讓人物分泌穢物或遭遇穢物，以此種對讀者的感官刺激，來外化人物的尷尬情境或齷齪意識；以傳統說部特有的白描筆法，把人物的私人事件和公共事件都作「家長里短」、「人情世故」化的「私性」處理，一如這些事在鄉村所發生的形式本身，從而消除虛誇化的「宏大敘事」與深度化的「悲劇敘事」的任何可能性……這一切手段，都是為了「真實」，為了「究竟人的本身」。

賈平凹的確抵達了真實。那是「社會」的現實層面的真實，以及「人心」的社會層面的真實。那是「物質性寫作」抵達的「世相」

真實。在這種「真實」面前，賈平凹的寫作顯現出完全的精神被動性，作家的主體意志強度為零。

需要說明的是，此處所言「作家的主體意志」，非指作家在作品中直接現身說話、申明主旨，而是指在虛構過程中，作家對人物的個性、境遇和命運的安排，對敘事語調、敘述視角和故事走向的選擇，必定暗含了其對世界的整體判斷與意願。賈平凹的《秦腔》在判斷和反映「真實」的同時，卻泯滅了「意願」——那是主體意志虛無化的自我取消。它的文學結果，便是一種物質化語言觀的形成——作品的語言只為「還原真實」而生，每一字句自身未能獲得自主性，未能分享源自作者「精神自我」的靈性、直接性和對於心魂的觸動力，而是老老實實作為營造「真實世界」的一磚一瓦、構成「潛在意義」的零部件而存在。它們疲憊，灰暗，塵滿面，似乎已走到了可能性的盡頭。在對外部世界單向度的無限描摹之中，作家的主體意志遭到了窒息與囚禁。如何解救精神的囚徒？抑或無可解救？對此問題的回答方式，劃出了藝術的「複調性」與單向性的分野。

九

從《廢都》到《秦腔》，賈平凹的小說寫作走了一條「直面真實，立此存照」的扎實道路。這位當代中國寫實功力堪稱翹楚的作家，對不堪熱愛的生活飽含了虔誠的敬意，其筆下形象，似乎皆是他長久體驗和結識的對象，充滿無可湮滅的真切質感，也反射出其批判精神的光芒。我們能夠看到，強大的否定性思維賦予了賈平凹洞見現實黑暗的清醒力量，但是，也取消了他對抗黑暗、自我拯救的主體意志。絕對的「否定性」，這意識世界的靡菲斯特，它杜絕虛偽的幻念，但也否定上帝的真實。「上帝」，這個比喻的說法，祂的又一名稱叫作「存在本身」，乃是一切存在物賴以存在、賴以獲取意義和價值的源泉。這源泉滋養著肯定性思維，賦予人拯救自身、自由創造的原動力。顯然，這種肯定性思維在賈平凹那裡受到了靡菲斯特的抑制。他有些屈服於它的淫威之下。由於片面現代主義的轟鳴，他誤把靡非斯特的聲音當作了最高的真理。「真實！真實！醜陋的真實才是世界最終的面目！」他以為握住了那真實，他便得到了最後的昇華。他忘了世界上還有別的選擇，並不存在定於一尊的真理。如果他放眼於宇宙，當會相信創造者唯有兼具肯定與否定，才能既看破醜，又創造美，如同唯有上帝和魔鬼俱在，世界才能日以繼夜，生生不已。

賈平凹需要喚醒他心中軟弱的上帝。他應該知道，靡菲斯特的獨角戲已快要唱完。這個魔鬼並非對什麼都不屈服。當它把一切都認作虛無，它便最終屈服於宿命，於是它露出了創造力衰竭的慘相。上帝這時必須從睡榻上坐起，否則，一個死寂的世界將如何向未來運行？

2006 年 3 月 27 日凌晨寫畢

《當代作家評論》2006 年第 3 期

「你是含苞欲放的哲學家」

——論木心

獲得審美力量能讓我們知道如何對自己說話和怎樣承受自己。

文學研究的最終目的，即探尋能夠超越一時之社會需求及特定成見的某種價值觀。

——哈樂德・布魯姆

一、個人

迄今為止，木心在內地還只是出版現象，而非文學現象。內地文壇尚未做好準備來接納這位八十歲的「新作家」。或者說，木心的文學不符合內地文壇長期形成的精神尺寸——我們文壇的精神尺寸是怎樣的？木心的文學又是怎樣的？顯然，第一個問號如此龐大，無法詳加探討。第二個問題，我願意給出自己的答案。

目前，內地只出版了木心的散文集《哥倫比亞的倒影》、隨筆集《瓊美卡隨想錄》和短篇小說集《溫莎墓園日記》，他的詩集《我紛紛的情慾》、《巴隴》、《西班牙三棵樹》、《會吾中》、《雪句》和其他散文隨筆集《素履之往》、《即興判斷》等只在臺灣出版過，內地也將陸續出來若干。

對這位陌生的作家，我們現在只知道他不多的資訊：1927 年生於浙江烏鎮的富商之家，青年時期在上海美專和杭州藝專習畫，新中國成立後曾任上海市工藝美術中心總設計師。他的寫作生涯始於青年時代，「文革」伊始，他暗自寫下的二十部書稿毀於「薩蓬那羅拉之火」，他亦因言獲罪，兩次入獄達十二年之久。1982 年，五十五歲的他以「繪畫留學生」身份赴美，自此長居紐約。1983 到 1993 年間，他在臺灣和美國華語報刊陸續發表作品。此後筆耕不輟，但作品很少在大陸面世。直至 2006 年初，他的弟子陳丹青在內地將其高調推出，「木心」的名字始被這片孕育他的大陸所知曉。現在，他是被美國博物館收藏繪畫作品最多的華裔畫家，他的一些文學作品也被列入美國大學的文學教材。

木心的作品遠奧精約，是「五四」精神傳統充分「個人化」之後，在現代漢語的審美領域留下的意外結晶，卻與當代中國寫作的普遍套路毫無瓜葛。縱觀木心的寫作，可以看到他文學傳承的一條完整線索，那是一份融合著中國狂士精神和西方人文主義傳統的清單。以下的話，恐怕任何中國作家都不曾這樣想、並這樣表白過：「歐羅巴是我的施洗約翰，美國是我的約旦河，而耶穌就在我的心中。」（木心：《魚麗之宴》）陳丹青認為，木心乃是「將這一大傳統、大文脈作為個人寫作的文學資源和自我教養，在書寫實踐與書寫脈絡中始終與之相周旋，並試圖回饋、應答」的，實為中肯之評。

我們可能需要在當今的漢語語境中，來面對木心秉承的西方人文主義傳統——這是一種「人」的價值、尊嚴與完整性佔據核心地位的傳統，它對人類的智慧、自由和美感抱有無限的野心，主張超功利地探索宇宙和自我的種種奧秘。從古希臘的德爾斐神諭「認識你自己」，到文藝復興時期蒙田的家族徽章「我知道什麼？」，再到康德建議的啟蒙運動口號「敢於知道——開始罷！」（引自賀拉斯的詩句），直至十九世紀末尼采的「重估一切價值」，這一傳統對人類心智和本能做了全方位的發現與解放，並不斷增進著人類內在自我之成長。「智慧」，成為人類道德之基礎。獨立、自由的「成熟個人」通過自我引導擺脫了奴役和蒙昧狀態。對整體性存在的時時發問、探索與應答構成人類浩大而精微的自我意識。此乃人文主義傳統的偉大果實。中國現代作家曾以「立人」的使命自我期許，即是意欲橫移並接續這一傳統及其果實。魯迅、周作人、沈從文諸人的文學實踐已初露端倪，然而被救亡焦慮直至建國以後、「新時期」之前的集體功利主義文學所長期阻斷。以自由價值為基礎的「成熟個人」在中國大陸的文學、思想領域至此遲遲難以成型。那些愛智、愛美、愛人類、愛自由、為探尋人之無限可能而歷險和成長的主人公，以及以此為敘事態度的作家，在此一文學秩序裡未曾完整而舒展地生長。這是漢語文學在價值層面的先天缺陷。

「新時期」打破了國人的文化封閉，但中國文學如上所述的先天缺陷並未補足，自由價值遠未充分內化為中國作家的自我意識，「成熟個人」依然待立，就開始了剝離西方現代派技巧及其破碎體驗的「本土現代派」文學之旅。在文學傳承的鏈條上，1980 年代的中國大陸新潮文學是以卡夫卡、喬伊絲、艾略特、馬爾克斯等現代主義大師的作品為摹本的，然而本土作家顯然並未意識到，這是由否定性哲學支撐的新傳統。

「如果肯定的時期已過，他便是一個否定者。」尼采借查拉斯圖拉之口，惋惜地說起肯定者耶穌。但他一定知道，未曾經歷充盈「肯定」的人，他的「否定」也是衰頹的。對中國大陸新潮文學來說，命運便是如此。在這裡，蘇格拉底、莎士比亞、蒙田、康德、伏爾泰、孟德斯鳩們「肯定」人之價值與尊嚴的人文傳統還未及紮根就被翻頁了。現代主義的「非理性、分裂化和經常絕望的世界觀」[1]與中國式的世俗虛無主義結合，形成了中國當代新潮文學「洋得太土」（木心語）的基調與窘境。這種文學，其精神源頭不能回答「存在」的根本問題，其精神質地不能承受來自外部世界的紛擾與撞擊，其浮面的「現代性」註定其精神探索無法行遠，其精神果實，便是 1990 年代至今日趨保守而又物質主義的文學實踐。「五四以來，許多文學作品之所以不成熟，原因是作者的『人』沒有成熟。」木心此言，一語中的。

在這樣的漢語背景中審視木心的創作，可以發現他與中國當代主流作家的強烈差異：後者選擇的寫作素材多是集體性、物質性和地域性的，前者選擇的寫作素材則是個體性、精神性和世界性的；後者處理素材的態度多是社會化、客觀化和參與性的，前者處理素材的態度則是高度詩性、主體性與超越性的。中國主流作家習慣於探究和敘述微觀世態與個體私我，回避並遺忘了對宇宙、社會和人生作出根本性的思考與判斷。（「私我」和「自我」有何不同？——

1　〔英〕阿倫・布洛克著：《西方人文主義傳統》，董樂山譯，北京：三聯書店，1997 年，第 203 頁。

前者是大地上被禁錮的植物，它只與自己的物質存在有關；後者是「人」，除了自己的物質存在，他／她的意識關乎世界之總體性。）木心與之相反。他著迷於赤裸面對世界和自我的根本問題，他從不回避對整體存在和自我境遇作出獨異的描述與判斷，並且，他的觀點純然出自個體，與所謂民族、東／西方、社會、階級等群體／地域概念無涉。這是他作為人文主義之子必有的觀點——那種努力超越歷史、國族和私我之局限的自覺的「世界人」觀點：「我掛念的是鹽的鹹味，哪裡出產的鹽，概不在懷。」[2]

人文主義者歷來存在著人到底應「積極生活」還是「消極默觀」的爭議。表現在藝術觀上，便是「為人生而藝術」和「為藝術而藝術」的爭執。詩人艾略特在追悼詩人葉芝時說：「他竟能在兩者之間獨持一項絕非折衷的正確觀點。」這也是木心深以為然的觀點[3]。這意思是：對於「人生」，保持遼闊而熱誠的觀照，但將此「觀照」轉化為「藝術」之時，則虔誠服從藝術自身的律令。

二、母語

漢語曾經是一種多麼優美繁麗的語言！它無所不能至，無所不能形，只要你足夠貪婪強壯，想要得到的美都能滿足。此種美景直到二十世紀上半期還在盛放——那時的白話文可以毫無窒礙地從

---

[2] 木心：《魚麗之宴》，臺北：翰音文化事業股份有限公司，1999 年。

[3] 木心：《素履之往》，臺北：雄獅圖書股份有限公司，1993 年，第 34 頁。

古漢語和外國語那裡獲取支援，正在蓬勃壯大成既美且善的萬能系統。

可是突然，一場翻天覆地的語言變局隨政治變局而來——先前的語言方式，因其貴族階級的血統而成為有罪的；綜合了馬列譯著、工農口語和傳統民間熟語的新白話，自此一統天下。此一語體，搗毀了那個正在成長的既美且善的萬能系統，中國古典雅文化和西方文化的蓊鬱之樹被連根拔起，於是漢語沙漠的地面上，佈滿沙棘草似的「新白話」。它是如此貧乏乾枯，以至無法以這種語言確切描述複雜的人心與世界。反向地看，由於語言對人之思維的塑造作用，此種新白話孕育下的中國寫作，幾乎無法表呈無窮微妙的生命感受。有限的字詞——它們隨著《新華字典》的逐年改版而愈加減少——正在使國人的思維與感受力向簡單弱智的方向飛速「進化」。由此也可以解釋，何以當下中國的荒誕現實層出不窮，卻未能有一部窮形盡相、震撼人心的荒誕文學作品。有一種觀點認為，這是由於現實生活的豐富性超過了作家的想像力，此係不具文學常識的無稽之談。想像力的功能，不在於他／她能想像出稀奇古怪的事體，而在於他／她能在有限「世相」的空間裡，表達出異常敏感的微妙體驗。「微妙」是無邊之海，滋養萬物人心。沒有它，人心將為木，為石，漸入麻木殘暴之境而渾然不知。而微妙的心靈符碼由複雜的字詞組成，或者說，唯有把微妙的心靈訴諸言辭，心靈才能脫離晦暗不明、無以名之的潛在狀態，而成為存在。

正是在這一意義上，木心繁複微妙的語言乃是對當代漢語文學的挽救式的貢獻。木心作品的辭彙量巨大，生僻字詞極多，且頻頻用典，有論者稱「讀其書手邊需備好一本字典」。但《新華字典》殊不宜。試以古代題材短篇小說《五更轉曲》的幾個生僻字為例：

> 黃昏時分，應元與明選駕馬車，循西門，分送酒漿肴果，招呼道：「再唱一夜吧，五更轉曲都會唱了，都來唱！」
> 頓時城上歌咢大作，金鐵皆鳴，街坊聞知應元明選之意，於是全城百姓引吭放聲，那些個素擅絲竹的，急切檢出弦琴簫管，咿咿嗚嗚滿街邊行邊奏，梵剎擊鼓撞鐘以為應和，聲傳三里，勒克德渾步出營帳，對著月光，歎道：「漢人之心如此！」

此處「歌咢大作」的「咢」，音「餓」，為徒手擊鼓之意，現代漢語幾已不用此字，也沒有哪個常用字能表達「徒手擊鼓」的古意，故「咢」雖難認，在此處卻屬不得不用。

> 「那天，曙色遲遲不明，大雨滂沱，近午時，有赤光起土橋，直熛城西，牆垣俄陷，清軍從火焰雨眚中蜂擁進城……」

此處「熛」，音「標」，有三義：1、迸飛的火焰；2、閃動；3、疾速。在此上下文中，可將三義合併，理解為「迸飛的火焰疾速閃動」，此含義常用單字無法承載，若換成字串，則無法與下文「牆垣俄陷」音律對仗，亦失清簡鶻落的神采，因此亦屬不得不用的生僻字。生僻字若可與俗字互換而不失義理辭章之美，或可稱作者賣弄。

此處「眚」，音「省」，有四義：1、眼睛生翳，引申為日月蝕，災異；2、一種病名；3、疾苦；4、通「省」，減省。「雨眚」的「眚」當取第一義的比喻義，意為眼翳般的雨，既為凝練，與「火焰」一詞對仗，又富有表現力——陰雨如眼翳般遮住了清軍的視線，這意思只用「雨眚」二字即得以表達，多麼經濟。

「貝勒眴左右，傳卒橫槍刺應元小腿，骨折，撲地血流如注。」

此處「眴」，音「順」，即「以目示意」，一個字表達瞬間的暗示動作，很傳神。

「晼晚，雨住了，擔解應元至棲霞禪寺，鎖於空堂柱上。」

此處「晼」，音「晚」，指太陽將下山的光景，喻年老。不用此字，換作「晚上，雨住了」，意思未變，但從本篇敘事的時代氣質和人物風神所要求的來看，質木與直白會對作品形質造成雙重的損傷。

至於中外典故和文言辭彙在作品中的隨手運用，更是不勝枚舉。

木心作品冷僻字、文言辭彙和用典的功能在於：1、行文簡煉高貴，音調和諧精微，在字面的背後，發散大量本文之外的歷史和審美信息，雖然簡單字詞可約略替代其意，但音調、韻律、容量、氣質和確切度必大受影響。2、文學如欲超越，必得觸探獨異幽微之境，而這是非得用同樣獨異幽微的詞語才能做到。木心尋返久經失落的古典詞語，藉以拓展思維、感受和想像的邊界，由此，他創造了一種真正成熟、華美、豐贍而高貴的現代漢語，它有「五四」遺風，但其「個人化」和「世界性」氣質卻又超越了「五四」。

木心的這種語言形態，需追溯他與文化傳統的關係。木心是中國當代罕見的一位與中國古典傳統和西方文化傳統建立雙向、平等、親密和個人化關係的作家。因超脫於本土非此即彼、劍拔弩張的文化環境，他在中文書寫裡面對中國古典傳統的姿態是自由的、個人化的，並無「五四」先賢和當下內地知識份子基於「國家進步」和「平民救贖」的「偉大功利目的」，而對「舊文化」所抱有的意識形態緊張感。此種緊張感有其歷史和道德的理由，但我們亦應超越歷史，站在愛智愛美的自由個人之立場上，看到其相對和權宜的性質，從而撿回連同髒水一齊被倒掉的嬰兒——母語傳統中的美學精華和詩性精神。「中國曾經是個詩國，皇帝的詔令、臣子的奏章、喜慶賀詞、哀喪挽聯，都引用詩體，法官的判斷、醫師的處方、巫覡的神諭，無不出之以詩句，名妓個個是女詩人，武將酒酣興起即席口占，驛站廟宇的白堊牆上題滿了行役和遊客的詩……中國的歷史是和人文交織浸潤的長卷大幅……我的童年少年是在中國古文化的沉澱物中苦苦折騰過來的，而能夠用中國古文化給予我的雙眼去看世界是快樂的，因為一只是辯士的眼，一只是情郎的眼——藝術到底是什麼呢，藝術是光明磊落的隱私。」（木心：《魚麗之宴》）

以色列哲學家馬丁·布伯爾曾把人與世界的關係概括為兩種——「我—它」關係和「我—你」關係，英國歷史學家阿倫·布洛克借此指出，現代人的疾病即在於把人與人、人與上帝間個人的、主體間的「我—你」關係，降格為一種非個人的主體與客體的「我—它」經驗，從而導致「人」的孤獨與荒蕪。將這一觀點在中國現當代文學的領域加以發揮，我們看到，當代作家文化根脈的失落，即是由於現代以來中國知識份子以非個人的、客體化的「我—它」視點對待母語和西方傳統，從而失去了認知和體驗作為個體靈魂之化身的文化傳統的能力。木心則相反，他的全部寫作，都是他與古今中西一切經驗的「我—你」式相逢——他將疇昔文明和自我經驗復活為一個個血肉之軀的「你」，從而展開無數個「我—你」之間精神還鄉式的靈魂晤談，從而使「我」因「你」而成為更豐贍的「我」，「你」因「我」而成為更「現在」的「你」。這也是木心寫作的常用方法。

比如《瓊美卡隨想錄》中的《嗻語》、《呆等》對古今藝術家的品評（「別再提柴可夫斯基了，他的死……使我們感到大家都是對不起他的。」），《素履之往》裡許多段落對哲學藝術的探討，一些散文（比如《遺狂篇》、《愛默生家的惡客》等），一些古今對話的詩（《致霍拉旭》：「霍拉旭啊／床笫間的事物／不只是哲學家所夢想得到的那一些」）……都是顯在的例子。哈樂德·布魯姆說：「蒙田面對古人時並沒有後來者的感覺」，而木心說：「像對待人一樣地對待書……」（《魚麗之宴》）這種「我—你」關係的建立，不僅是一種寫作的修辭學，更重要的，它乃是一種啟示性的寫作倫理學。

這種「我—你」關係，本質上是一種愛，一種想像力，一種對詩性世界的深切鄉愁。這個詩性的世界，是以母親、童年、故國山川、舊友仇敵、人類「從前的生活」、往古的聖哲罪犯之面目出現的，木心以全副的投入，與它們作「我—你」之相逢。這種相逢的深邃玄奧和純然虛擬的性質，呈現孤獨，亦萌發召喚；令人心碎，亦散發慰藉。那是一種母語的慰藉。那不單單是母語的慰藉。

三、忤逆

這是巧合嗎？木心竟在博爾赫斯的背面：博氏皓首於「永恆」，木心竭誠於「瞬息」；博氏出離於情感，木心酣醉於愛欲；博氏的小說乃其隨筆評論的變體，木心的小說則是其敘事散文的演繹；博氏根在西方，卻遙借東方的神秘衣履，木心根在東方，卻汲納西方的強健精神，然二者俱顯詩人本色，哲人頭腦，兼擅散文、詩、小說、評論，尤擅短章，思維方式亦皆跳躍明滅、不事體系。只是，同樣面對「沒有上帝」的結論，虔誠的博爾赫斯終是「被迫承認」，如同一個絕望的棄兒；頑劣的木心則甘之如飴，有如無悔的逆子。

但木心卻是人文主義的虔誠子孫，他須臾未離對於「人」在宇宙中的位置，以及，「個人」之價值、使命與卓異可能性的形上思索──這是一種對整體性存在的思索，也正是中國當代主流作家的精神盲點。他們關注的是一種局部性存在，「宇宙」對於他們來說太大太遠，「個人」對他們而言又太小太近了。可人類心靈恰恰是在觀照這種大而遠、小而近的深邃存在中獲得充盈飽滿的自我意識，並成其為人。

對於使「人」陷入醜陋無知的幽暗力量，木心懷抱警惕與否定。以成熟個人的智慧瑰美和幽暗力量作自覺的較量，是他的文學的精神支點，用他自己的詞，這一支點叫作「忤逆」。

「生命的現象是非宇宙性的。生命是宇宙意志的忤逆。……去其忤逆性，生命就不成其為生命。」(《大西洋賭城之夜》) 這個「忤逆」序列，從作為存在之根本的宇宙和生命出發，在木心的文學裡持續延伸——生命是宇宙的忤逆，智慧是生命的忤逆，懷疑是宗教的忤逆，信仰是功利的忤逆，記憶是貧乏的忤逆，創造是衰退的忤逆，痛苦是麻木的忤逆，愛是死的忤逆……忤逆是一種「反熵」現象，一種「存在」的雄心，一種充盈的自我意識，一種對於文明沒落的憂患之思。木心以「智慧」成就其忤逆，「智慧至上觀」統馭著木心的價值世界，以至於他認為：「真正的黃金時代不是宗教與哲學的復活節，那是人類智慧的耶誕節……地球再遲十萬年冷卻，也許就能過上這智慧的耶誕節的黃金時代……」（《大西洋賭城之夜》）智慧的重重忤逆構成木心作品變幻無盡的風光，而最終，則也體現為他對文體界範的忤逆。

正是這「忤逆」使木心解放了散文。他把它變成一種萬能的文體，並將詩、小說和評論理所當然地融於其中。《哥倫比亞的倒影》和《遺狂篇》是這種探索的極端。《哥倫比亞的倒影》取意識流小說手法，全篇萬餘字，沒有分段，沒有句號，一「逗」到底。但這就是陳丹青稱其為「偉大的散文」的理由嗎？它真的「偉大」嗎？是的，偉大，但其偉大不僅在於文體之奇，更在其精神探討的包羅萬象。此文通篇看來似乎意緒飄忽無跡可尋，但其實山重水複皆有章法——意念的流動皆依賴敘述者行為動機的驅使、空間視點的轉換、意象的營造與聯想、詞語的重疊與岔路……繁縟的哲思詩思已把文體的外殼漲破，四處流溢飛散，翩飛之間，傳達出靈魂的浩大聲息。可以說，此篇散文幾乎涵括了木心作品的所有主題——對生命感衰退的憂慮（「心靈是蠟做的」），對昨日世界的鄉愁（「我絕不反對把從前的生活再過一遍」），對極權之憎惡（「太陽嫉妒思想」），對「不見而信」的信仰（「為了使世界從殘暴污穢荒漠轉為合理清淨興隆，請您獻出一莖頭髮」），對庸眾的懷疑（「赫胥黎向我舉起一個手指，『記住，他們一無所知』……才明白我原先的設想全錯了」）……最後，在孤獨漫遊者自我反諷的悲劇性的喜劇感中，所有聲部彙成一個恢弘的主題：對完整之「在」的信仰，對功利而衰竭的歷史潮流的忤逆。

「智慧至上」是西方文明的價值基石。「道德至上」是中國文明的價值基石，這一基石之在今日中國，演變為官方和民間知識份子的泛道德化意識形態，前者導致道德的崩解，後者使知識份子把一切中國問題歸於「道德問題」，所有爭論終以知識份子相互攻訐「道德墮落」而收場，這種「道德至上」並未增長我們對世界的認知和建設。面對道德和智慧之在中國的相悖，木心素來屬於後者：「世俗的純粹『道德』是無有的。智慧體現在倫理結構上，形成善的價值判斷，才可能分名為道德。離智慧而存在的道德是虛妄的，如果定要承認它實有，且看它必在節骨眼上壞事敗事，平時，以戕賊智慧為其功能。」（《素履之往》）

「智慧」在木心作品裡演繹著紛紛劇情，《7 克》是我所見最玄妙而透僻的散文之一。「釋家、道家、基督家都明白智慧與生命的不平衡是世界苦難的由來。他們著重思考生命這一邊……而今是否可以著眼觀照智慧那一邊呢。」木心用智慧與生命的「數字進位法」觀照智慧這一邊，關於生命的「1 克」與智慧的「10 克」、「3 克」、「7 克」之關係，彈撥得不可思議而妙趣橫生——如此抽象而具體，又如此具體而抽象，憑這，他已達到他所心儀的智慧之境！他如何達到了這「7 克」？這是一個令人著迷的謎！

《尖鞋》探討了智慧與痛苦之關係，又是另一番不可思議：「我」在積水的地牢裡，撕開舊襯衫為自己做鞋。這時，幽囚孤獨的他竟在這時想：現在外面的鞋子流行什麼式樣？他做成了尖型。幾年後，他透過囚車的縫隙，看到大街上時髦男女的鞋子都是尖型。他得意了——十字架、金字塔尖、查理曼的皇冠，自己的尖鞋，「是一回事中的四個細節」。與木心的這個「我」同質的主人公，在世界文學裡我至少見過三個：奧威爾《1984》裡的詩人，他為詩行能夠押韻用了犯禁的「god」一詞而鋃鐺入獄；尤瑟納爾《苦煉》裡的科學家澤農，他在死亡的過程中仍研究和記錄自己死之感受；卡爾維諾《樹上的男爵》裡那位強盜賈恩・德依・布魯基，他在絞架前仍惦念裡查森小說《克拉麗莎》主人公的結局。這些人物的共同之點，是以智慧欲求超越生命痛苦而企及神性，智慧已內化為堅定的人格，致力於自身的豐富美好而無視絕境。此種氣質的主人公在中國文學裡，只有小說家王小波創造過。而木心是真實的存在，不是小說中人。

四、強弱

當下中國作家寫小說時，多從社會、政治、歷史和生存等集體性、物質性的層面展開敘事，木心則相反：他的小說始於個人而終於個人，皆從微觀邊緣處落筆，呈現人類微妙難言的心靈角落，體積纖小，聲音輕細。你無法從所謂「主流現實狀況」（無論中國的還是美國的）推知木心作品的狀態，但如果你對當下「普遍性的存在感」有所體味，當能會心它們何以形成。《七日之糧》、《五更轉曲》是寫中國古人的吧？可這些古人深醇多致的「信」與「義」，卻隱然反照出「當代生存」的薄情寡味。《SOS》以沉船時刻醫生助產孕婦的義舉，捕捉人類死生之際的神性與徒勞，《靜靜下午茶》從一對英國夫妻糾纏了四十年的無謂隱私，透視人類無以名之的心靈尷尬，《芳芳 NO.4》由一個女子氣質面目的四次變化，勾畫人性的翻覆無常，《西鄰子》寫法不新，但格外搖曳著「敏感」、「猶豫」和「無用」的魅力……

與力量型作家解剖現實生活主動脈的做法不同，木心善於潛入人類心靈的毛細血管之中，以微觀指喻整體，於殊相隱含共相，其妙不在證明公理，而在揭示幽微，由是，精神之翼才可擺脫重力，不可見者方能可見——此種特徵，濃縮在他的短篇小說《溫莎墓園日記》裡。它是我讀過的最含蓄節制、最富奇思與哲思的愛情小說之一。但它不是愛情故事，而是「存在境遇」普遍愛情的觀照——對於「人類二十世紀之愛情」的觀照。

如此抽象的命義，怎樣完成？木心的才能就在於以感性的鋪張，達至形上的境界：「哈代曾說『多記印象，少發主見』……現在我用的方法是『以印象表呈主見』」（《魚麗之宴》）。誠然。如標題所示，此篇小說採用日記體（作為引文，也鑲嵌著書信，其結構因此兼具了自語的封閉性與對話的開放性），隱蔽地並列伏下三條線索：

一是常到紐約一座無名墓園散步的「我」與遠在瑞士的女友桑德拉平淡的情感關係；

二是借兩人通信談論華利絲‧辛普森的首飾之去向（她是二十世紀「最後一對著名情侶」中的女主角，溫莎公爵愛德華八世為她放棄了王位。他花去重金獻給她的愛之禮物，在她故世之後卻只能被零星拍賣，變回為商品），痛悼愛情的淪亡；

第三條線索設置之平常而奇異，令我驚訝木心冷僻超拔的想像力，猶如針尖上跳出的宇宙之舞：小說進行到三分之一時，「我」偶然在一墓碑上發現了一枚生丁硬幣，於是散漫的敘述悄悄移到了焦點——這生丁從此被「我」和一個未曾謀面的陌生人輪流翻面，日復一日，由無意而有意，以致「我」逐漸感到這種默契「已與愛的誓約具有同一性」，如果中斷這種交流，就是「背德的，等於罪孽」。為了在此守誓，「我」無限延宕了與女友相會的時間，直至一個冬雪之夜，「我」抱著「輪迴告終的不祥之感」奔赴墓園探看生丁，終於和那個冥契者相遇。

如此千回百轉的愛情獨角戲，在我的閱讀經驗裡是第一次遇到。

小說中的墓園明明是無名的，標題卻冠以情聖溫莎公爵之名，既在形上的層面隱喻著二十世紀的愛情之死，又暗示了這座墓園乃是主人公深沉奇妙的愛情誕生地。「往過去看，一代比一代多情，往未來看，一代比一代無情。多情可以多到沒際涯，無情則有限，無情而已。」（《瓊美卡隨想錄‧爛去》）《溫莎墓園日記》同時給我們看到了兩個世界：何謂「多情多到沒際涯」，何謂「無情而已」。由此，他把人與世界的「情」的關係，上升到了本體論的高度。佛家將世間生命呼為「有情」，以「情」為「如夢幻泡影，如露亦如電」的脆弱死門，籲請眾生超越而達彼岸。可對木心而言，此如露如電之物即是彼岸，即是心靈的深度、廣度與速度，即是瞬息萬端、浩瀚無盡的自我意識。也正因此，「自我」在木心作品裡既繁複柔弱，又不可褫奪，它於我們是如此陌生，竟似一種隔世的尊貴與傲慢。

有「情」即有痛苦。「極大的痛苦，痛苦到了無痕跡，中國的藝術是這樣的。」在《散文一集・跋》裡，木心借一個羅馬女人之口說。其實，這就是他自己，以及他的藝術。於木心而言，對痛苦的敏覺和觀照是自我意識的同義詞，是存在的源頭與深淵。「一個來自充盈和超充盈的、天生的、最高級的肯定公式，一種無保留的肯定，對痛苦本身的肯定，對生命一切疑問和陌生東西的肯定……這種最後的、最歡樂的、熱情洋溢的生命肯定……」（尼采：《看哪，這人》）

然而「痛苦」的體積在木心作品裡卻被壓至最小，最弱，最細，不動聲色，難以覺察，甚至相反，它看著有點淡漠，有點喜劇，有點甜，直至它被我們當作甘美之物吞咽，慢慢地，那椎心大慟始告襲來。這種由「弱」漸「強」所構成的閱讀張力，使木心作品難以被一次耗盡，相反，它潛在而深藏的磁場會召喚閱讀與感受不斷重返其中，一遍遍一層層體悟存在之味——愛，情慾，苦難，記憶，衰老，鄉愁，文明的沒落，生命的濃淡……

「我至今還是不羨慕任何出於麻木的平安。」（木心：《出獵》）此即木心對「豐富的痛苦」之認同。《同車人的啜泣》和《空房》是這種「麻木的平安者」遺忘和背叛「痛苦」的故事。《空房》尤巧：作者設置了一個謎面：為什麼一對生死戀人的信被拋棄在空房中？「我」似乎窮盡排列了種種的邏輯可能性，每種可能性都不能回答這個問題，於是小說結尾是「答案的空缺」。然細心的讀者會發現，答案其實就藏在「我」認為絕不可能的第三種可能性中——「要說梅先死，死前將良給她的信悉數退回，那麼良該萬分珍惜這些遺物，何致如此狼藉而不顧。」然而根據上下文，只能是「良」並未「萬分珍惜這些遺物」，才致死者情書狼藉遍地的。但此時作者並不明說，而是悄悄分身為二：一是那個直至暮年仍不得解的癡心人「我」，一是暗暗把無味的答案遞給我們、看透了人性浮薄並貌似無動於衷的作者本人。

《筆挺》、《圓光》、《童年隨之而去》、《草色》、《愛默生家的惡客》等篇則探討了種種痛苦的質地。《圓光》是我極愛的作品，因為它的四兩撥千斤的智慧、一葉一菩提的精妙和全拋一片心的摯誠。文章截取了三種「圓光」，舉重若輕地揭示出人世間三大苦境：基督和佛陀像頭頂滑稽虛誇的圓光；弘一法師圓寂前對人吐露掛念「人間事，家中事」的真聲時，在「我」心中煥發的靈犀之光；十年浩劫中，監牢的牆面被眾囚犯的頭顱天長日久磨出來的「佛光」。作者不議論，只敘述，間以「不明飛行物」之類不相干的輕鬆閒筆將苦澀弱化稀釋，直至終篇，沉厚的痛楚才一齊釋放出來。

最直接最強烈的痛苦與快樂，莫過於愛欲。木心是情詩聖手。我想強調他之於這個「世界」的「情人」身份。一個敏感多情、挑剔刁鑽、捉摸不定的情人。正如他所自稱，看這世界時，他用的「一只是情郎的眼，一只是辯士的眼」。我們目前能看到的木心情詩皆是他六十歲以後所作，其熾烈瑰美如天際盛放的焰火，證之於這樣的年齡，真可稱是「才華化作生命力」的奇跡。

「尤其靜夜／我的情慾大／紛紛飄下／綴滿樹枝窗檽／唇渦，胸埠，股壑／平原遠山，路和路／都覆蓋著我的情慾／因為第二天／又紛紛飄下／更靜，更大／我的情慾」(《我紛紛的情慾》)繁複熾烈的主題，卻外化為天真簡短的音節和綿長飄灑的意象。

在木心詩歌中，分量最重的當屬表達「昨日鄉愁」和「文明反省」主題的作品。「上個世紀的人什麼都故意／……／人是神秘一點才有滋味／世俗如我，暗裡／明白得尚算早的／無奈事已闌珊／寶藏的門開著／可知寶已散盡」（《還值一個彌撒嗎？》）「世界的記憶／臣妾般匽擁在／書桌四周／亂人心意的夜晚呵」（《夜晚的臣妾》）「童稚全真的假笑／耆翁偶現的羞澀／南極落難的青年夢中的花生醬／宮廷政變老手寥寥數句的優雅便簡／……／每有所遇，無不向我殷勤索證」（《索證者》）……木心的詩在表達文明憂思之時，並不使用抽象的句子和鏗鏘的音調，而是以可見可感的細節意象的參差羅列，借代或暗喻整體性的意念與判斷；同時以輕盈飄逸的語調，傳達沉重痛苦的歎息。此種強與弱、重與輕、抽象與具體、宏觀與微觀的辯證法，構造了木心詩歌精微而恢弘的品質。

「生命的劇情在於弱／弱出生命來才是強」。這是木心在《KEY WEST》裡獻給硬漢海明威的詩句，恐怕也是他自己生命和寫作的美學。的確，只有把握了生命最細弱微妙的呼吸，文學才能顯現其無量偉大與仁慈。

五、驚奇

木心的文學充滿「驚奇」。這恐怕是他與當代中國主流文學的本質差異之一。後者的本質是什麼呢？借用德國哲學家約瑟夫·皮珀的說法，是文學的「無產階級化」與「布爾喬亞化」。

「無產階級化」何意？它指的是「將自己束縛於工作歷程之中」，「也就是將自己束縛於『效益』的歷程裡，而且，由於此種束縛方式，工作人類的整體生命內涵因此而消耗殆盡。」「無產階級主義無異於是『卑從的藝術』領域中狹隘的存在和活動方式——不論這種狹隘是出於缺乏自主性、工作至上動力的驅使或是精神上的貧乏。」（約瑟夫・皮珀：《閒暇：文化的基礎》，劉森堯譯，新星出版社，2006 年。以下所引皮珀語句皆自此書）中國文學的「無產階級化」始於 1920 年代末開始的左翼文學，歷經延安時期、「十七年」、「文革」直至現在大部分的「底層寫作」，是一種將平等主義的政治倫理混同於藝術評判標準的文學。

「布爾喬亞化」何意？它「指的是一個人以既堅固又緊密的姿態附著於他所生存的環境（由當下生活目標所決定的世界），他把這樣一個行為當作一種終極價值看待，因而一切與經驗有關的事物不再顯得透明，同樣，一個更寬廣且更真實的本質世界似乎不再存在。總之，再也沒有『驚奇』，再也無法感受『驚奇』，他的心靈變得平凡庸俗，甚至麻木不仁，他把一切事物看成『不言自明』……他無法擺脫日常生活的迫切需求。」當代文學的「布爾喬亞化」是上世紀九〇年代開始的事，以「身體寫作」、「都市寫作」、「另類寫作」之名風靡文壇，其作品彌漫著「無法擺脫日常生活的迫切需求」的焦慮，也是此類作家私我的焦慮。

「無產階級化」和「布爾喬亞化」有一種相同的性質，即靈魂的「懶惰」，它是一種「軟弱的絕望」，是一個人「絕望地不想做他自己」。這樣的靈魂，不懂得何謂「驚奇」。驚奇是「一種懷抱希望的結構，而這正是哲學家和人之存在特有的本質。我們是天生的『旅行者』，我們一直『在路上』風塵僕僕，卻『尚未』抵達那裡。」「在平凡和尋常的世界中去尋找不平凡和不尋常，亦即尋找驚奇，此即哲學之開端。」

木心的文學正是從這一角度獲得了哲學的深意，並由此成為當代中國文學真正的「驚奇」。在他的作品中，世上的人、事、物，被解開了日常理性的粗壯枷鎖，而被他置於嬰孩和老者的雙重目光之下，經由其語言的中介，並連同其語言本身，發散出寂靜、晶瑩、多面而豁然的光輝，如同雨後空谷裡四處灑落的鑽石。

在漢語文學中，再也沒有比木心的俳句更善於和適於揭示世界之驚奇的了。這種借鑒於日本俳句的語體，是木心的一大發明，乃是一種高度「莫名」的單句——或僅是一個片語，或是一個句法完整的句子，或是不時斷裂、沒有標點的語句，中間的空格作為語詞的休止符，時時激起意蘊的迴響。在這種句子中，木心通過意象、意義、聲音的或突兀、或對立、或跳躍、或超現實的組合，把漢語的詩性爆發力和意義涵容量推到了頂點（但願不斷有更高的頂點），也把「作者」主體視點的束縛與自由發揮到了極端，由此而引發一陣陣感知的騷動。

這是最典型的句子：「寂寞無過於呆看愷撒大帝在兒童公園騎木馬」。句子如同層數繁多的精緻套盒，「寂寞」是最外一層，「呆看」在第二層，「愷撒大帝」在第三層，第四層，愕然奇觀出現了——「愷撒大帝在兒童公園」！這是能夠聯結在一起的人物和地點嗎？盒子繼續打開到第五層，更大的震駭來了——「愷撒大帝在兒童公園騎木馬」！這是這樣的人物在這樣的地點可以做的一件事嗎？至此，一種惟有用這些意象這樣組合才能表達的意緒，得以表達——「愷撒大帝」是「權力者」、「征服者」、「罪惡者」、「偉大者」的借代，「騎木馬」作為兒童的戲耍，是世間最微末最天真最無辜最被動之事的借代，二者跨越時空的對立組合，意象清晰可見，但其蒼茫寥落的況味，卻不是「退休的布希在兒童公園騎木馬」可堪比擬的。而如此寂寞的景象，還有人從旁「呆看」，那人的寂寞自然更勝一籌，那是真的「無過於」了。

這樣的句子是如此之多：

「首度肌膚之親是一篇恢弘的論文」
「生命樹漸漸灰色，哲學次第綠了」
「顫巍巍的老態，從前我以為是裝出來的」
「公園石欄上伏著兩個男人，毫無作為地容光煥發」
「日日慣勤於讀報的厭世者啊」
「平民文化一平下去就再也起不來了」
「現代之前，思無邪。現代，思有邪。後現代，邪無思」
「論精緻，命運最精緻」
「無知之為無知，在其不知有知之所以有知」
「紅褲綠衫的非洲少年倚在黃牆前露著白齒向我笑」
「紫丁香開在樓下，我在樓上，急於要寫信似的」……

這樣的句子有何意義呢？沒有什麼意義。它們不去擔當什麼，也不去依附什麼，它們只是溫柔盛開之靈魂的安謐的遊戲罷了。「神性的智慧一直都帶有某種遊戲的性質，在寰宇中玩耍繞行不止。」（《聖經・箴言篇》）但是，不要輕視靈魂的安謐，「在我們的靈魂

靜靜開放的此時此刻，就在這短暫的片刻之中，我們掌握到了理解『整個世界及其最深邃之本質』的契機。」（皮珀）

木心作品，就其全部來說，即是一個時刻對凡常生活保持哲學之驚訝的人的故事。先哲有：「哲學是灰色的，生命之樹常青。」但是對於懷抱存在之雄心的人而言，不能領會世界之總體性的生命，不配稱其為「生命」；正如不能綻放生命之花朵的哲學，不配稱其為「哲學」一樣。那麼，哲學和生命啊，你們可怎麼辦？那懷抱存在之雄心的人呀，你到底是什麼？你是——你是……「你是含苞欲放的哲學家」（木心俳句）。

2006 年 7 月 28 日寫畢

2008 年 3 月 24 日修改

原載 2006 年第 5 期《南方文壇》

不馴的疆土

——論莫言

二十多年的寫作生涯後，小說家莫言仍是一個叛逆的少年。他的作品天馬行空，變化無窮，似皆源自一個頑劣精靈對禁錮和衰竭的促狹與敵意。什麼都難以阻止他自我更新的衝動，他斜睨悖謬的狂癲，他柔弱善感的詩意，他嬉戲禁忌的童真。這位本性多嘴好動、卻因家庭出身而在早年飽受壓抑的作家[1]，終於在小說中安頓了他大逆不道的判斷與夢想。那是一個和荒誕的真實模型相同，卻與乏味的現實面目相反的世界。一個拒絕歸化的「野」的世界。當我走進這世界的腹地，目睹西門鬧、司馬庫、孫眉娘、「我爺爺」、「我奶奶」們生龍活虎的胡作非為之時，心中不由得湧起一隻家豬對一隻野豬的絕望的妒意。魯迅先生說：「真的猛士，敢於直面慘澹的人生，敢於正視淋漓的鮮血。」同理，一只有追求有理性的家豬，亦應敢於直面「家豬」的現實，忘掉絕望，按捺妒意，對這隻野豬之「野」，作出細緻的端詳與分析。

---

1 見葉開：《莫言評傳》，《當代作家評論》2006 年第一期；莫言：《月光斬》之《恐懼與希望（代自序）》，北京十月文藝出版社，2006 年。

一、「赭紅色的孩子」

在莫言的短篇小說《拇指銬》（1998年）裡，快要失去母親的孩子阿義，提著從藥鋪哀求來的中藥飛奔回家，卻在途經墓園時突然被一對男女捉住，小巧的拇指銬把他銬在了一棵大樹下。往來的人們對此或視若無睹，或無能為力，他們只顧低頭耕田。一場冰雹從天而降，母親的藥零落於泥，人們則為老天毀了自己的麥子而痛哭。可是，從昏厥中醒來的孩子阿義，卻聽到了頌讚麥子的高亢歌聲。「歌聲就是月光，照亮了他的內心。」他勇氣煥發，咬斷手指，拇指銬脫落，大樹不再能將他阻撓。他奔跑，卻頭重腳輕地栽倒了。這時，他看見一個小小的赭紅色的孩子從體內鑽出，揮舞雙手，收攏散藥。他撕一片月光，包裹了藥，如同飛鳥展翅般回到母親的身邊。「他撲進母親的懷抱，感覺到從未體驗過的溫暖與安全。」

這篇作品的前六分之五極盡黑暗，後六分之一則極盡揮灑月光之溫柔，最後，無助的孩子在童話式敘述中衝破絕境，實現了心願。當然，此結尾同時也可理解成：孩子與母親雙雙死去，唯在死亡前的幻像中，他才感到溫暖與安全——由此反證人間的冷酷。這一包含兩個截然相反之意味的奇妙結尾，同時蘊蓄著作家激憤的譴責和深情的祝禱。這裡，擔當主人公境遇轉折功能的元素是：

（一）**「冰雹」**，它秉承上天的意旨，以毀滅麥子來懲戒不義的人們（此處與基耶斯洛夫斯基的電影《永無休止》異曲同工：影片中，拒絕施助的駕車人卻在求助者的不遠處突遭車禍，看似因果報應的情景安排，實則暗含了「人類乃一命運共同體」的神秘主題）；

（二）**「歌聲」**，它對麥子的熱烈頌讚驅走了遍地的荒涼和內心的頹敗（在一篇訪談中，莫言說：「老是這樣悲觀，宿命，也不行……我們那裡，有一個窮人，過年時家家都接財神，他卻到大街上去喊叫：窮神啊窮神，到我家來吧，我們一起過大年！好玩的是，這個窮人的日子從此竟發達起來。這故事中包含著很多意思。我的小說裡也有這種東西。」[2]）；

（三）**「赭紅色的孩子」**，他讓不能挽回、無法實現的事得以挽回和實現，以無條件的善意，出人於絕望之中（在《豐乳肥臀》、《生死疲勞》等多部作品裡，總有「紅色的孩子」作為補償和慰藉的形象出現——他們從不現身在陽光下，從來都蹦跳於月色裡。關於莫言的「紅色的孩子」的來源，作家阿城《閒話閒說》所講可聊備參考：「八六年夏天我和莫言在遼寧大連，他講起有一次回家鄉山東高密，晚上近到村子，村前有個蘆葦蕩，於是卷起褲腿涉水過去。不料人一攪動，水中立起無數小紅孩兒，連說吵死了吵死了，莫言只好退回岸上，水裡復歸平靜。但這水總是要過的，否則如何回家？家又就近在眼前，於是再趟到水裡，小紅孩兒們則又從水中立起，連說吵死了吵死了。反覆了幾次之後，莫言只好在岸上蹲了一夜，天亮才涉水回家。這是我自小以來聽到的最好的一個鬼故事，因此高興了很久，好像將童年的恐怖洗淨，重為天真。」「天真」一詞用得極好，亦可用以形容莫言小說駁雜之下的潔淨精神）。

---

[2] 見莫言：《十三步》之《寫小說就是過大年（代序）》，瀋陽：春風文藝出版社，2003年，第8頁。

「赭紅色的孩子」柔弱虛幻但無可摧毀，或可看作是莫言作品中「詩學正義」之化身——面對強權主宰、罪謬遍地的國，莫言的寫作即是以這「孩子」的邏輯，在虛構世界裡呈現、詛咒、嘲諷和顛倒「強權之意志」，將淪落於現實和歷史之外的公平、誠實、溫柔與自由，一一收攏和包裹在月光裡。可以說，莫言的小說世界，即是一個「詩學的正義，法律的正義與歷史的正義」[3]相互齟齬的世界。以否定的形式揭示這齟齬的荒誕，撕破純文學在生活與政治面前貧瘠蒼白的輕，彰顯人性之中難以實現卻不可征服的善——此種精神欲求，乃是小說家莫言隱秘的寫作倫理。

二、「天堂」裡的聲音

長篇小說《天堂蒜薹之歌》（1988 年）構築了一個由官僚壟斷和員警槍桿所統治的地域模型——「天堂縣」。數千農民用身家性命養育的蒜薹，因當權者的瀆職，幾日之間變成了臭氣熏天的垃圾。鄉民不堪欺弄，起而抗爭，慘痛的故事由此上演。在第十章，懷孕的金菊陷入了絕境：父親死於非命，母親和戀人被冤刑拘，她腹中的胎兒卻急於降生。這時，在金菊和胎兒之間展開了一場令人心碎的超現實對話，其詩性結構如同一首「生命嚮往與人間冷酷」糾結吞聲的迴旋曲：

---

3 見王德威：《跨世紀風華：當代小說 20 家》之《千言萬語，何若莫言》，臺北：麥田出版社，2002 年，第 258 頁。

「讓我出去！讓我出去！你不放我出去，你算個什麼娘？」

……

「孩子，你看，那遍地的蒜薹，像一條條毒蛇，盤結在一起，它們吃肉，喝血，吸腦子。孩子，你敢出來嗎？」

男孩的手腳盤結起來，眼睛裡結了霜花。

……

男孩又蠕動起來，他眯著眼睛說：

「娘，我還是想出去看看，我看到了一個圓圓的火球在轉動著。」

「孩子，那是太陽。」

「我要看看太陽！」

「孩子，不能看，這是一團火，它把娘的皮肉都烤焦啦。」

「我看到遍野裡都是鮮花，我還聞到了它們的香味！」

「孩子，那些花有毒，那香味就是毒氣，娘就要被它們毒死了！」

「娘，我想出去，摸摸紅馬駒的頭！」

她抬手打了棗紅馬駒一巴掌，馬駒一愣，從窗戶跳出去，嗒嗒地跑走了。

「孩子，沒有紅馬駒，它是個影子！」

男孩閉死了眼，再也不動。[4]

---

[4] 莫言：《天堂蒜薹之歌》，海口：南海出版公司，2005 年，第 134-135 頁。

「棗紅馬駒」（這個形象與胡安・魯爾福《佩德羅・巴拉莫》裡馬駒的表現方法與功能相近，然已有它自身的生機）和「赭紅色的孩子」一樣，是一個虛幻的精靈、慰藉的形象，然而在這裡，它消逝了。生命完結了。莫言在表現弱勢者的苦痛絕境時，是一位毫不含糊的「超現實主義＋人道主義詩人」。

莫言的詩意總在人物的言行中、在看似不經意的自然景物描繪中、在詩性的韻律中溫柔綻放。然溫柔之後必有殘酷，綻放之後必有禍殃，此種張弛強弱的節奏安排，賦予敘事以魅人的張力。在小說第十四章，善良的順民高羊和硬心腸的四叔驅著牲口趕夜路送蒜薹，作者寫到月亮、樹葉、蟈蟈，月光由幽暗而微明，由微明而在高羊感恩的心裡激起希望：

> 月光其實還是能夠照耀到這裡的，難道那灌木葉片上閃爍的不是月光嗎？蟈蟈翅膀上明亮如玻璃的碎片上難道不是月光在閃爍，清冷的蒜薹味裡難道沒摻進月光的溫暖味道嗎？低窪處有煙雲，高凸處有清風，四叔唱道——不知是罵牛還是罵人：「你這個～～婊子養的～～狗雜種，提了褲子你就～～念聖經～～」[5]

溫柔的月光和暴虐的太陽是莫言作品中醒目的隱喻意象，暗示著兩個對立的世界，兩股相反的力量，兩種相互背離的價值觀（對月亮的頌贊一直延續到他的近作《生死疲勞》裡）。一段溫馨詼諧

---

[5] 同註4，第192頁。

的「月光曲」剛剛唱罷，殘酷的命運聞聲而至——由醉鬼開著的鄉長汽車「像座大山一樣向他們壓過來」，四叔死於輪下。

《蒜薹》構造了一個多聲部的世界，每個人物都有自己的個性和聲音：無奈的順民高羊勸勉四叔認命想開、說服自己自我滿足的聲音；四叔對待女兒和鄰人的兇狠冷漠的聲音；大哥二哥貪婪而奴性的聲音；高馬和金菊熾烈而挺拔的聲音；村幹部高金角和楊助理員官官相護、為虎作倀、恫嚇百姓的聲音；瞎子張扣貫串全書的不平則鳴的聲音：「說俺是反革命您血口噴人／俺張扣素來是守法公民／共產黨連日本鬼子都不怕／難道還怕老百姓開口說話」；縣政府廣場上，損失慘重的百姓們憤怒聲討瀆職官員的聲音，居高臨下的小官僚無視百姓、打著官腔的聲音；法庭上，青年軍官為百姓的無辜與公民的權利高聲辯護的聲音：「一個黨，一個政府如果不為人民謀利益，人民就可以推翻它！而且必須推翻它！」 審判長威脅恐嚇、壓制言論的聲音：「你……你要幹什麼？你是在煽動！書記員，記下他的話，一個字都不要漏！」……

在小說的末尾，《群眾日報》以標準的「新華腔」，宣告絕對權力操縱下的「法律正義」的勝利——瀆職者只受到象徵性的處罰，抗爭失敗、家破人亡的農民卻變成了「打砸搶的少數違法分子」。

莫言曾說，《檀香刑》寫的是聲音。其實，上溯十多年前，他自謙為「和報告文學差不多」的《天堂蒜薹之歌》 已開始寫「聲音」——生民之痛與怒，化作了瞎子張扣唱詞的聲音。只不過從形式感上，《天堂蒜薹之歌》的聲音尚是「單弦」，到了《檀香刑》，則壯闊為滿堂大戲。

《天堂》發端於莫言看到的一則關於「蒜薹事件」的新聞報導，憤怒使他放下正在寫作的家族小說，用三十五天寫成了這部急就章。因此，「天堂」裡的聲音，散發著義憤之作必有的道義緊張感與現實對抗性，但是它搖曳多變的視角和人稱、生機勃勃的人物與意象、殘酷中的詩意、慘苦裡的幽默，卻造就了文學表達柔韌而必要的審美彎度，由此，它避免了作家的道義感僭越文學的本體界範，而成為「社會正義」被動單一的傳聲筒。

「《天堂蒜薹之歌》使我明白了，一個作者的創作，往往是身不由己的。在他向一個設定的目標前進時，常常會走到與設定的目標背道而馳的地方。這可以理解成職業性悲劇，也可以看成是宿命。當然有一些意志如鐵的作家能夠戰勝感情的驅使，目不斜視地奔向既定目標，可惜我做不到。在藝術的道路上，我甘願受各種誘惑，到許多暗藏殺機的斜路上探險。」[6]

人間的情懷與藝術的律令，二者之平衡是難的，但卻是必須的。

三、「日月星辰，豐乳肥臀」

莫言是感官的天才，我必須向他元氣淋漓、狂放不羈的想像力致敬。這是一種背離日常邏輯與僵化真理的想像力，它令心靈和感官酣醉起舞、交合繁殖，由此創生出一個個恣肆汪洋的敘事宇宙，亦由此解放那些受縛於「習慣性強制」的被動主體。此宇宙深具強

6 同註4，《自序》。

烈而挑釁的肉身性——易見、易觸、易嗅、易啖卻又難以承受……將主體判斷反諷性地形諸感官化和意象化的敘事，乃是莫言展開其個體神話、外化其想像力的重要方式。「天上有寶，日月星辰；人間有寶，豐乳肥臀。」[7]這種想像力的體量之巨大與感知之微敏、形象之怪誕與質感之真切，在中國當代作家中堪稱獨步。

充盈的視覺性（或曰易見性）乃作品質感的關鍵，莫言深諳此道，尤以歷史題材和鄉村題材的作品為佳。《豐乳肥臀》裡有一段空間描寫，堪稱視覺性之典範：第二十三章，司馬庫的還鄉團和眾鄉親被獨立縱隊十七團關在司馬家的風磨房裡，曙色熹微中，以上官金童徐徐移動的視點，用一千七百字，將大磨房裡的情態從容描畫：從司馬亭開始，依次寫到老鼠，司馬家兵，斜眼花，獨乳老金，身材似蛇的女人；由她過渡到了一條銅錢花紋的「檸檬色的大蛇」，以老鼠的反常行為烘托這蛇的兇猛可怖：「老鼠們『喳喳』地數著銅錢，身體都縮小了一倍。一隻老鼠，直立起來，舉著兩隻前爪，彷彿捧著一本書的樣子，挪動著後腿，猛地跳起來。是老鼠自己跳進了蛇的大張成鈍角的嘴裡。然後，蛇嘴閉住，半隻老鼠在蛇嘴的外邊，還滑稽地抖動著僵直的長尾。」[8]交代了空間的兇險，又繼續勾勒人——司馬庫、二姐、巴比特、六姐，最後的目光落到最先出場的人身上：「在那扇腐朽大門的背後，一個瘦人正在自尋短見。他的褲子褪到腚下，灰白的褲衩上沾滿污泥。他試圖把布腰帶拴到門框上，但門框太高，他一聳一聳地往上躥，躥得軟弱無力，不像樣子。從那發達的後腦勺子上，我認出了他是誰。他是司馬糧的大

---

[7] 莫言：《豐乳肥臀》，北京：中國工人出版社，2003年，第450頁。

[8] 同註7，第159頁。

伯司馬亭。終於他累了，把褲子提起，腰帶束好，回過頭，羞澀地對著眾人笑笑，不避泥水坐下，嗚嗚咽咽地哭起來。」[9]視點落回司馬亭，表明金童已將這個雜遝紛亂的空間掃視了一整圈，歷歷可見而又超乎現實，似乎已經碰到了讀者的眼睫毛；而寥寥一百六十字即寫透自殺不成的司馬亭滑稽中的淒絕，莫言開闔自如的張力可見一斑。

卡爾維諾說得好：「有一段時間，個人的視覺記憶是局限於他直接經驗的遺產的，是局限於反映在文化之中的形象的固定範圍之內的。賦予個體神話以某種形式的機會，來源於以出人意表的、意味深長的組合形式把這種回憶的片段結合為一的方法。」[10]莫言作品的奇崛，即在於他能「以出人意表的、意味深長的組合形式」，將所需的存在與不曾存在的視覺形象結合為一。

除了視覺性，觸覺、味覺、嗅覺、聽覺連同五臟六腑神經末梢，都是莫言的感官敘事撫慰或蹂躪的場地——花的臭氣，大便的芬芳，人尿引子的高粱酒，炸得金黃的嬰兒宴，遙遠但卻轟鳴的昆蟲振翅，切近但卻微弱的兇狠戾罵，冷凍的屍體五臟和脂肪，一揪就撕裂流膿的耳朵，扒皮抽筋的酷刑已是小兒科，還得看喉嚨進肛門出欲死不能的檀香刑……扭曲，變形，誇張，褻瀆，直至用酷刑敘述挑戰神經極限，莫言感官敘事的刺激強度已超過西方虐戀經典《O的故事》。

---

9 同註7，第159頁。

10 卡爾維諾：《未來千年文學備忘錄》，楊德友譯，瀋陽：遼寧教育出版社，1997年，第65頁。

如何理解這種逾越感官極限的酷刑敘事？是否確如一些論者所說，一切皆緣於作者的病態趣味與病態玩味？我以為否。如果說《紅高粱家族》的扒皮之刑還是酷刑敘事的牛刀小試，那麼 1993 年《酒國》裡的「烹飪課」和嬰兒宴、2001 年《檀香刑》裡的檀香刑，則表明莫言的酷刑書寫已獲得民族省思意識的堅強支撐和獨特的心理學感受力。莫言是魯迅先生的精神追隨者，魯迅對國民奴性與吃人文明的尖銳批判，在他的寫作中得到了自覺的延續，此種延續絕非盲目因襲——今日之中國，雖然物質進步日新月異，卻依然是禁錮與蒙昧殺機四伏的殘酷叢林。魯迅曾經吶喊的「救救孩子！」，曾經冷嘲的「看客心態」，一無本質改觀，只是換成另外的頭臉罷了。在莫言的筆下，這些批判性判斷一一演變為敘事動機，推動著作家的感官化敘述，由此所構造的形象世界、所伴生的神經折磨與古怪快感，不啻為批判對象的某種形態對應物與「後果示意圖」。正是基於此種理念，《酒國》才得以隱喻權力腐敗與「嬰兒筵席」之關係，而《檀香刑》亦得以極端地揭示專制極權與「施刑／受刑／觀刑」鐵三角的因果鏈。

莫言曾經在一次聊天中談起過《檀香刑》的創作動機：魯迅先生寫過受刑者（革命者）和觀刑者（看客），只沒有剖析過「施刑者」。施刑者究竟是何種心態？那個割開張志新喉管的人，是一種什麼心態？那個往林昭嘴巴裡塞上膨脹球以防止她呼喊的人，那個把子彈射向她的身體、還向她的母親索取子彈費的人，是一種什麼心態？「假設當時讓我去幹這件事，並且告訴我這一切都是出於組織的信任、革命的需要，從此革命大家庭將對我永遠敞開懷抱，否則我將永遠被打入另冊，我會不會去幹？十有八九會的。每個人心裡都隱藏著一個趙甲。他的殘忍，是出於奴性，也是出於恐懼。他是專制社會的必然產物。」（引自筆者與莫言的一次談話）《檀香刑》裡的趙甲形象，因隱喻了國民性格中的「施刑者」成分而獲得了普遍的深意，他創意卓絕、技藝高超、殘忍可怖的施刑過程，亦由此化身為一場讓人寢食難安的另類反諷。由於「酷刑」描述使用了戲曲化的「間離」方法，呈現施刑過程的同時也為閱讀者創造了審視與反思的空間。

魯迅先生在翻看了諸多記錄殘殺酷刑的中國野史後，歎道：「有些事情，真也不像人世，要令人毛骨悚然，心裡受傷，永不痊癒的。殘酷的事實盡有，最好莫如不聞，這才可以保全性靈，也是『是以君子遠庖廚也』的意思。」[11]莫言非君子，他偏偏以「令人毛骨悚然，心裡受傷，永不痊癒」的殘酷敘事，冒犯正人君子的「莫如不聞」和卑躬健忘，此係莫言之倔強與忠直。

感官敘事呈現出嬉戲禁忌的解放與狂歡，而銀河瀉地般的酣暢語言本身，也構成勇往直前的狂歡節奏，一如《酒國》裡偵察員悍猛的行進：「從電光照亮烈士墓碑那一刻，一股巨大的勇氣突然灌注進他的身體，像病酒一樣的嫉妒，像寡婦酒一樣的邪惡軟弱，像愛情酒一樣的輾轉反側、牽腸掛肚，通通排出體外，變成酸臭的汗，腥臊的尿……他吃一口紅辣椒，咬一口青蔥，啃一口紫皮蒜，嚼一塊老乾薑，吞一瓶胡椒粉，猶如烈火烹油、鮮花簇錦，昂揚著精神，如一撮插在雞尾酒中的公雞毛，提著如同全興大麯一樣造型優美的

---

[11] 魯迅：《且介亭雜文・病後雜談》，見《魯迅全集》第六卷，北京：人民文學出版社，2005年，第172頁。

『六九』式公安手槍，用葛拉帕渣（Grappa）那樣的粗劣兇險的步態向前狂奔……這一系列動作像世界聞名的刀酒一樣，酒體強勁有力，甘甜與酸爽共寓一味，落喉順暢俐落，宛若快刀斬亂麻。」[12] 語流的跌宕、語速的峻急形成大開大闔、幽默斑斕的語言效果，此種能力與趣味實為當下國內作家所罕有。

莫言解放性的想像力創造出了許多不拘形跡的主人公：《紅高粱》裡的血性漢子余戰鼇，《紅耳朵》裡的自我共產型地主王大千（他用故意賭輸自己全部財富的方式，在巴山鎮均了貧富），《神嫖》裡的瘋狂奉獻型敗家子季範先生（他雇來全縣最好的五個裁縫不停地給自己做衣服，也不夠他出去分給叫化子的。他總是「光光鮮鮮出去，赤身裸體回來，寒冬臘月也不例外」。「在季範先生的時代裡，高密城裡穿著最漂亮的往往是叫化子。」），《野種》裡的匪氣連長余豆官（他奪了病號連長的兵權後，民夫連「由死氣沉沉的中年人變成邪惡而有趣的男孩子」，克服重重險阻抵達終點），還有《豐乳肥臀》裡的滑稽英雄漢司馬庫（他既勇敢又好色，既霸道又好奇，既熱心腸又好顯擺，既熱愛生命又好漢做事好漢當）……這些顯現出狂歡美學風範的主人公，源於作家對「個性和自由」的神會，以及對「強制與禁錮」的敵意。

從長篇小說《紅高粱家族》、《豐乳肥臀》、《檀香刑》、《生死疲勞》等可知，莫言的狂歡性想像力與時空遼闊、體量巨大的怪誕歷史敘事暗相匹配。此處「歷史」絕非事實性和公共性的時間概念，而是一個賦予怪誕的過去時想像以合理性和赦免權的空間。莫言的

[12] 莫言：《酒國》，海口：南海出版公司，2000 年，第 259 頁。

歷史敘事有兩個獨特之點：1、由創傷記憶和對話意識支配的悖謬抗訴；2、怪誕、繁複、密集、不斷膨脹和增殖的敘事空間。前者乃其精神推動力，後者乃其美學形態，二者融會為一。

怪誕敘事是一種化遠為近、把相互排斥的元素組合在一起的藝術風格，它打破習慣觀念，近似於邏輯學中的悖論。[13]在西方文學傳統中，以拉伯雷的《巨人傳》為怪誕敘事的集大成者，後來漸漸分化：一是從浪漫主義到現代主義的怪誕，因與感傷和絕望世界觀緊緊相連而向縱深獨語的方向發展；二是與諷諭、對話和幽默精神密切相關的怪誕，體現為怪誕現實主義（如布爾加科夫、貢布羅維奇的作品）、魔幻現實主義（如胡安・魯爾福、馬爾克斯的作品）、黑色幽默（如約瑟夫・海勒、庫特・馮尼格的作品）等，多用以揭示外部世界之荒謬。在民間故事中長大的莫言與怪誕現實主義和魔幻現實主義有天性的親近，同時，那種絕望氣息的現代主義怪誕也與他有不絕如縷的聯繫。

以體量最為巨大的《豐乳肥臀》為例。這是一部與悖謬說謊的正史書寫進行巧妙對話、駁詰、諷諭和抗訴的鴻篇巨製，一部以詩學正義追究歷史正義的智勇之作。小說設計了龐大的人物譜系——母親和她的八個女兒、一個兒子，以及各自的情債孽緣和不肖子孫，橫跨了五十多年的歷史時間，由此衍生出一個繁複巨大、枝蔓橫生、質感細密的結構。二十五個主要人物，每個人都有他／她神奇而合理的個性、遭際與命運，最後，所有人都被歷史洪流一一毀滅——只剩下那個喪失了陽剛血性的終生戀乳癖患者、世人的棄兒

---

[13] 參見巴赫金：《拉伯雷研究》，河北教育出版社，1998年出版，第38頁。

上官金童，苟活於世。作品宛如一幅荒野大地的四季長卷，從暮春的繁殖勃發（抗日戰爭時期，上官玉女、金童出生，大姐、二姐、三姐各有情事），到短夏的茂密蔥蘢（解放戰爭時期，司馬庫帶來了高密東北鄉短暫的歡樂），再到寒秋的蕭瑟肅殺（從土改、「大躍進」到「文革」，四姐、七姐、八姐都悲慘地死去，連積極進步的五姐也自殺身亡），直至嚴冬的寒涼死寂（物質繁榮、精神荒蕪的「新時期」，上官金童已完全不懂如何成為一個有尊嚴的人，母親在對金童的徹底絕望中孤獨死去，金童的侄輩亦紛紛因貪奢而死而刑）。這幅從春到冬的生命圖景，鐫刻著作家自身與整個民族揮之不去的創傷記憶，它的過程敘事生龍活虎，神采飛揚，它的終極意味卻深沉苦痛，如臨末世。

這部小說的每個人物都是漫畫形象與飽滿個性的統一體，此系怪誕敘事的重要特徵。作家為何安排主人公們一一死去，世界唯餘荒涼與頹敗？為何安排上官金童終生戀乳，永遠長不大？這位敘事人，與後來的《四十一炮》裡成人身體、孩童心智的羅小通，《生死疲勞》裡孩童身體、歷經數次輪迴的大頭兒藍千歲一樣，都在「不成熟的童性」與「衰敗的歷史性」之間怪異不祥地遊蕩，都在小說的終局，成為一個荒涼凋敗世界中的孤獨訴說者。這是作家自覺的設計，還是無意識使然？無論如何，這狂歡之後的寂寥、怪誕之下的衰敗，實可看作是對「遍被華林」的「悲涼之霧」神秘的「呼吸與感應」。

四、「我不是一頭多愁善感的豬」

「說實話，我不是一頭多愁善感的豬，我身上多的是狂歡氣質，多的是抗爭意識，而基本上沒有那種哼哼唧唧的小資情調。」[14]顯然，過分的自我表白並未損害西門豬的可愛形象，相反，就像該書另一饒舌人物「莫言」自我辯護「極度誇張的語言是極度虛偽的社會的反映，而暴力的語言是社會暴行的前驅」[15]一樣，都有一種煞有介事的睿智詼諧。

詼諧修辭在《生死疲勞》中是如此重要，以致我願意它優先於這部作品所有其他的要素。這部以反史詩的形式和意涵追求史詩體量的小說，把中國鄉村五十年的世態歷程，用民間「六道輪迴」的故事模型予以架構。此書的「六道輪迴」更像是對佛教「六道輪迴」在字面上的無厘頭戲仿：佛教所謂六道輪迴，乃指天、人、阿修羅、畜生、餓鬼、地獄等六道眾生，都是屬迷之境界，不能脫離生死，這一世生在這一道，下一世又生在那一道，總是像車輪一樣在六道裡輪來轉去，無法解脫，所以叫作六道輪迴。《生死疲勞》的「六道輪迴」，是被槍斃的地主西門鬧的靈魂在人界、畜界和地獄之間六次輪迴往生，如果沒有廣場說書式的詼諧，整部作品恐怕會窒息於主旨的沉重。同時，詼諧亦不只具有修辭功能，它以「笑」解放了緊繃的臉龐與僵化的意志，而向著更遼闊的自由意識奔去。

---

[14] 莫言：《生死疲勞》，北京：作家出版社，2006年，第246頁。
[15] 同註14，第261頁。

作品中，詼諧修辭有時體現為滑稽抒情：比如西門驢見到前生妻子白杏兒時，情動於衷，想發人言而不能，「我只好用嘴去吻你，用蹄子去撫摸你，讓我的眼淚滴到你的臉上，驢的淚珠，顆顆胖大，猶如最大的雨滴」。[16]「驢子」形象在古今中外的文本裡，稟有草根式的笨拙而自嘲、襤褸而智慧的品性，多愁善感的「淚珠」發於此種生靈，且以「胖大」形之，著實令人噴飯。

詼諧還來自敘述人物行動時，正常語序中異峰突起的一兩句評書駢體敘事——比如說起藍解放喂豬路上連跌兩跤：「一跤前撲，狀如惡狗搶屎；一跤後仰，恰似烏龜曬肚。」[17]「突然的可笑」間離讀者視點，改變敘事節奏，其不時閃現的說書人語態，勾起久遠記憶，亦賦予作品以民間廣場生機勃勃的粗礪氣息。

更多時候，詼諧效果起因於敘述人的理性與歷史之荒謬的反差。如西門驢在講述 1957 年「大煉鋼鐵運動」時，戲擬《舊約・創世紀》「有晚上，有早晨，這是頭一日。……有晚上，有早晨，是第六日」句式，勾勒高密東北鄉大煉鋼鐵的「大兵團作戰」場景：「在那條最寬的道路上，有牛車，有馬車，有人力車，都載著一種名叫鐵礦石的褐色石頭；有驢馱子，有騾馱子，都馱著一種名叫鐵礦石的褐色石頭；有老頭，有老太太，有兒童，都背著一種名叫鐵礦石的褐色石頭。」[18]以「創世紀」的莊嚴音調、排比複遝的齊整句式、巨細靡遺的「認真」羅列，諷喻全民投入的歷史蠢行，寓荒誕意味於無聲之中。

---

[16] 同註 14，第 74 頁。

[17] 同註 14，第 251 頁。

[18] 同註 14，第 70 頁。

莫言還善於用信口開河不知所終的誇張語流激揚文氣、沖決主幹，讓本來秩序井然的敘事驀地陷入無政府狀態。在第十七章，藍解放對大頭兒描述集市上遊鬥陳縣長的浩大聲勢：「大喇叭發出震天動地的聲響，使一個年輕的農婦受驚流產，使一頭豬受驚頭撞土牆而昏厥，還使許多隻正在草窩裡產卵的母雞驚飛起來，還使許多狗狂吠不止，累啞了喉嚨。」「『大叫驢』的嗓門，經過高音喇叭的放大，成了聲音的災難，一群正在高空中飛翔的大雁，像石頭一樣劈裡啪啦地掉下來。大雁肉味清香，營養豐富，是難得的佳餚，在人民普遍營養不良的年代，天上掉下大雁，看似福從天降，實是禍事降臨。集上的人瘋了，擁擁擠擠，尖聲嘶叫著，比一群餓瘋了的狗還可怕。……這場混亂，變成了混戰，變成了武鬥。事後統計，被踩死的人有十七名，被擠傷的不計其數。」[19]此種貌似邏輯謹嚴、實則荒誕不經的胡說八道，其「現實相似性」喚醒了人的歷史記憶，其誇張怪誕引發的「笑」又將人從歷史的悲哀窒息中解救出來，並得以新鮮視角理性反觀歷史本身，大有拉伯雷描繪巨人族的風采。

到了第十八章，又出現了無賴楊七在風高雪猛的大街上叫賣劣質皮衣的場景，他巧舌如簧的推銷辭占了滿滿一頁半，完全是「信口開河」的大炫技：「聽一聽，看一看，摸一摸，穿一穿。一聽如同銅鑼聲，二看如同綾羅緞，三看毛色賽黑漆，穿到身上冒大汗。這樣的皮襖披上身，爬冰臥雪不覺寒！……我擔保您在家裡坐半個時辰，您家房頂上那厚厚的雪就化了，遠看您家，房頂上熱氣騰騰，您家院子裡，雪水淌成了小河，您家房檐上那些冰淩子，劈裡啪啦就

[19] 同註14，第133頁。

掉下來了……」[20]楊七雖是次要人物，他如何賣皮襖也無關全書大局，但如此沉酣於賣弄嘴皮子的段落，卻使狂歡與快活本身即是目的。

楊七還要繼續口吐白沫，紅衛兵頭目藍金龍已帶著「四大金剛」閃亮登場：「我哥藍金龍在前雄赳赳，『四大金剛』兩旁護衛氣昂昂，後邊簇擁著一群紅衛兵鬧嚷嚷。我哥腰間多了一件兵器，從小學校體育教師那裡徵來的發令槍，鍍鎳的槍身銀光閃閃，槍身的形狀像個狗雞巴。『四大金剛』也都紮著皮帶，用生產大隊裡那頭剛剛餓死的魯西牛皮製成……那些嘍囉們，都扛著紅纓槍，槍頭子都用砂輪打磨得鋥亮，鋒利無比，紮到樹裡，費很大的勁才能拔出來。我哥率領隊伍，快速推進。大雪潔白，紅纓豔麗，形成一幅美麗圖畫……」[21]兵器象徵的「神聖」意味和兵器來路的可笑不堪，統一在虛誇的語氣裡，滑稽立現。

零星散落的亮點不時釋放著莫言的詼諧才能。第三十一章，寫到 1976 年為了配合高密縣「大養其豬」運動，貓腔團長常天紅創作貓腔《養豬記》，他「調動了他天馬行空般的想像力，讓豬上場說話，讓豬分成兩派，一派是主張猛吃猛拉為革命長膘積肥的，一派是暗藏的階級敵豬，以沂蒙山來的公豬刁小三為首，以那些只吃不長肉的『碰頭瘋』們為幫兇。豬場裡，不但人跟人展開鬥爭，豬跟豬也展開鬥爭，而豬跟豬的鬥爭是這出戲的主要矛盾，人成了豬的配角。」[22]常天紅還為劇中主角豬小白編寫了唱詞：「今夜星光燦爛，南風吹杏花香心潮澎湃難以安眠，小白我扶枝站遙望青天，

---

[20] 同註 14，第 153 頁。

[21] 同註 14，第 155 頁。

[22] 同註 14，第 305-306 頁。

似看到五洲四海紅旗招展鮮花爛漫，毛主席號召全中國養豬事業大發展，一頭豬就是一枚射向帝修反的炮彈我小白身為公豬重任在肩一定要養精蓄銳聽從召喚把天下的母豬全配完……」[23]。「人的邏輯」諷刺性地置換為「豬的邏輯」，不笑都難。正如弗萊所說：「諷刺具有兩種不可或缺的東西：一是機智或幽默，其基礎是離奇的幻想，或對古怪荒唐的現象的感受；另一是具有攻擊的對象。缺乏幽默地攻擊，或單純進行指斥，構成諷刺的一條界線。……要對某件事進行攻擊，作家與廣大讀者必須對其可理解性達成共識，即是說，大量諷刺作品的內容是建立在一個民族的愛憎，對勢利、偏見的不滿上的，而個人的慪氣是經不起時間考驗的。」因此，「諷刺家通常都遵循一種很高的道德準則。」[24]

《生死疲勞》的一大幽默源泉，還在「莫言」身上：這個與作者同名的人物討人嫌，愛顯擺，多嘴多舌，奸懶饞滑，生性好奇，想入非非。頑童之時，就夥同一幫小屁孩騎著樹杈、眯著眼睛、舉著喇叭對藍臉家打攻心戰，編順口溜，即便被藍解放的彈弓「擊落」在地，還要額頭鼓著血包堅忍不拔地回到樹上，繼續喊話：「藍解放，小頑固，跟著你爹走斜路。膽敢行兇把我打，把你抓進公安局！」待他長成青年，到養豬場喂豬，又以熱愛科學、獨立思考的精神，想要通過延長食物在「碰頭瘋」腸胃裡的停留時間，治好它們光吃飯不長肉的毛病：他先是要在豬的肛門上裝一個閥門，後來則將草木灰攪拌在食物裡，吃灰無效，又嘗試著往飼料裡添加水泥，「這

---

[23] 同註14，第307頁。

[24] 〔加拿大〕諾思羅普・弗萊：《批評的解剖》，天津：百花文藝出版社，2006年，第326頁。

一招雖然管用，但險些要了『碰頭瘋』們的性命。它們肚子痛得遍地打滾，最後拉出了一些像石頭一樣的糞便才算死裡逃生。」[25]在西門豬眼裡，「莫言從來就不是一個好農民，他身在農村，卻思念城市；他出身卑賤，卻渴望富貴；他相貌醜陋，卻追求美女；他一知半解，卻冒充博士。這樣的人竟混成了作家，據說在北京城裡天天吃餃子……」[26]光陰似箭，日月如梭，隨著莫言境況漸好，他又進城向縣城書店女售貨員賣弄自己的語言才能，「他喜歡把成語說殘，藉以產生幽默效果，『兩小無猜』他說成『兩小無——』，『一見鍾情』他說成『一見鍾——』，『狗仗人勢』他說成『狗仗人——』……」[27]「莫言」的「生性好奇，想入非非」，是莫言新近作品才出現的人物氣質，似乎，一個正待成長的開放而天真的肯定性空間，將要衝破他否定性的精神底色，而在今後的寫作中徐徐展開。

在這部作品中，「莫言」是作者和讀者打鬧開心的中介，每到故事沉重沉默處，「莫言」就被揪著耳朵來給看官解悶，調節氣氛，控制節奏，他偶爾也溢出本文空間，和作者莫言的現實際遇諧謔地對話，以達成趣味性的「個人諷喻」。直到小說的最後一部，「莫言」才終於真正地不可或缺，擔當起敘事人的角色。「莫言」進入文本的遊戲，早在《酒國》中就已玩過，有另一番趣味幽默。這種寫法，給過於堅實的結構打開一條輕鬆的縫隙，使遊戲本身成為目的，著實可喜。

《生死疲勞》本是一部沉重的作品，敘述一群鄉人五十年間的欲望浮沉——他們先是在絕對權力下的「革命」政治時期各顯其

---

[25] 同註 14，第 303 頁。
[26] 同註 14，第 302 頁。
[27] 同註 14，第 404 頁。

態，後在絕對權力下的「利益」政治時期各自終結，最後只剩下衰老疲憊的藍解放和西門鬧轉世的大頭兒藍千歲，在西門屯孤零零地講述各自的滄桑往事。這部作品的主題有一個二重奏結構——在宏大方面，講述了黑暗政治對人之生存與心靈的摧殘；在微觀方面，則訴說了貪慾對每個「人」的無情吞噬。如此黑暗的批判性主題，因借用了西門鬧轉世投生的「畜生」視角，而有了詼諧、幽默、諷刺的外貌。「重」在智力的作用下轉化為「輕」。

詼諧，幽默，諷刺，三者疆域不同，但有巨大交叉，即，都產生笑。根據柏格森的分析，人只有在毫不動情地冷靜觀照事物時，才會發笑；而人在極其細膩動情的投入狀態中，是不會笑的。[28]此外，人在恐懼、仇恨、激憤的劍拔弩張中，也不會笑並討厭笑，這時的人會在敵人的謬誤中確認自身的真理，並將此「真理」與「謬誤」一同絕對化，卻未意識到，在無限的「存在本身」面前，世間一切謬誤與真理的相對性與未完成性。笑，是理性的產物，是解放性的自由力量，是超然於自我和世界之外的智慧之果，它產生於「對扭曲的洞察力」（尼采語），它祛除恐懼對象的恐怖威力，而使之淪為毫不可怕的「滑稽怪物」（巴赫金語）。無論中國社會還是中國文學，長久以來都缺少這種智慧而無畏的笑容——魯迅這樣笑過，只是悲憤的擁躉未能看懂；王小波這樣笑過，可惜稚嫩的後生只學了皮毛。中國文學裡多巧笑，媚笑，諂笑，苦笑，冷笑，油滑的笑，皮笑肉不笑……在這些難看的笑臉中，莫言帶著誕生於民間深處的

---

[28] 〔法〕柏格森：《笑》，徐繼增譯，北京：十月文藝出版社，2005年，第3頁。

厚道詼諧，在一個沉悶窒息而又虛假狂歡的世界裡，發出了他樸質無畏的笑聲。

巴赫金曾指出「中世紀詼諧」的三個特徵：包羅萬象性；與自由不可分割的重要聯繫；與非官方真理的重要聯繫。[29]《生死疲勞》的詼諧分享了此種品性——它對中國當代生活林林總總的觸探，它的從「底部」打量和評述世界的目光，它對政治荒謬與靈魂腐敗所做的毫不妥協的對抗與冒犯，表現出作家強烈的自由意志和對「非官方真理」的自覺意識。雖然這詼諧尚未抵達自由精神的形上核心，但卻開啟了通往它的可能之門。

五、「那一畝六分、猶如黃金鑄成的土地」

莫言的力量源於一種怪誕的對抗性。這種對抗性或隱含在無所羈束、不可摧折的自由敘事態度中，或寄託在一些倔強不屈、放誕自主的主人公身上，《生死疲勞》裡的藍臉即是典型。

藍臉的臉皮膚色是藍的——「藍」這種冷淡理性的顏色，與那個時代沸騰癲狂的「紅」恰成對立——從藍臉的形貌上，即被賦予了奇異的象徵色彩。

顯然，「全中國唯一堅持到底的單幹戶」藍臉，是獨立的個性人格與政治態度的化身，在本書龐雜的人物譜系中，惜乎他因自身的「正確性」而少有妙趣橫生的表現——沉默，自尊，堅實，一直

[29] 巴赫金：《拉伯雷研究》，石家莊：河北教育出版社，1998 年，第 103 頁。

捍衛信仰般捍衛著「單幹」的權利。但藍臉單幹的精神動機，卻是全書的意志之核，作者一點點逐層剝開這個核：

初時，藍臉面對要求入社的集體壓力，倔驢似地進行著自由主義式的合法抗爭：「……毛澤東的命令是『入社自願，退社自由』，……我要用我的行動，檢驗一下毛澤東說話算數不算數。」[30]

光陰流轉，一起單幹的兒子藍解放因無法忍受孤立的境地，哭喊著問他：「你一人單幹下去，到底有什麼意義？」藍臉的回答已頗具樸素自由主義者的權利自覺：「是沒有什麼意義了，我就是想圖個清靜，想自己做自己的主，不願意被別人管著。」[31]這位單幹戶的生命意志是如此之韌，竟然叫囂：「想要我自己死，那是癡心妄想！我要好好活著，給全中國留下這個黑點！」[32]

在鐵板一塊的時代，藍臉的單幹最後已成為「個性主義」的行為藝術，只是這藝術要以身家性命為道具：「我就是喜歡一個人單幹。天下烏鴉都是黑的，為什麼不能有只白的？我就是一隻白烏鴉！」這個與人民公社潮流頑抗到底的人，連生活節奏都堅持與潮流相反，只在月色下勞作：「他把瓶中的酒對著月亮揮灑著，以我很少見到的激昂態度、悲壯而蒼涼地喊叫著：『月亮，十幾年來，都是你陪著我幹活，你是老天爺送給我的燈籠。你照著我耕田鋤地，照著我播種間苗，照著我收割脫粒……你不言不語，不怒不怨，我欠著你一大些感情。今夜，就讓我祭你一壺酒，表表我的心，月亮，你辛苦了！』」「在萬眾歌頌太陽的年代裡，竟然有人與月亮建

---

[30] 同註 14，第 101 頁。
[31] 同註 14，第 171 頁。
[32] 同註 14，第 174 頁。

立了如此深厚的感情。」[33]在莫言作品中，「太陽」象徵剛性、強制、滅殺個性的合法化世界，「月亮」則象徵著母性、溫柔、寬容異端的邊緣世界，「月光與藍」是《生死疲勞》的一個隱性主題。

到本書的最後，藍臉和西門狗，以及西門—藍氏家族和與這個家族親近的所有死者，都葬在藍臉一生獨自耕耘的「那一畝六分、猶如黃金鑄成的土地」[34]上。是什麼珍貴的事物，使那土地「猶如黃金」？是何種決然的願望，使那裡成為共同的歸宿？至此，藍臉這個現當代中國小說裡前所未見的形象，得以勾畫完成。他是一個以永不屈服地捍衛私產權來反對被設置的生活、捍衛「自我」之根基的倔強農民，他強韌的行動力與意志力，他的「獨立本身即是目的」的尊嚴意識和個體自覺，彰顯了中國文學從未賦予此一階層的一種新型道德。

回望中國農民的文學形象史，可以看到「蒙昧者」形象（如魯迅的作品），「被侮辱與被損害的」形象（如魯迅、蕭紅的作品），「革命者」與「落後者」形象（如丁玲、趙樹理、周立波的作品），「小農意識」形象（如高曉聲作品），「改革者」形象（如賈平凹早期作品），「衰敗者」形象（如賈平凹九〇年代以後作品）……這種形象的被動性與非個體性，乃是時代精神及其內在焦慮的對應物。莫言反其道而行之：他不圖解「自由乃不可能」的時代焦慮，他偏讓筆下人物一步步穿越遍地荊榛，在「不可能自由」的現實境遇中，創造和實踐「自由之可能」。藍臉形象，與王小波的《一隻特立獨行的豬》形成了精神的呼應——「我已經四十歲了，除了這只豬，還

[33] 同註14，第287頁。

[34] 同註14，第512頁。

沒見過誰敢於如此無視對生活的設置。相反，我倒見過很多想要設置別人生活的人，還有對被設置的生活安之若素的人。因為這個緣故，我一直懷念這只特立獨行的豬。」[35]同樣反對「被設置的生活」的藍臉，可說是這只「特立獨行的豬」投生為人的日常生活版。這是莫言以決絕之手抒寫的意志之歌。

此種決絕，來自莫言對歷史荒謬的清醒判斷與對抗。但是，「對抗」並未鈣化作家心中溫暖輕柔的愛意，亦未片面昇華為咬釘嚼鐵的「仇恨政治學」，而是讓「愛」與「和解」成為意義的最後棲息地。在第五十三章，親者與仇者紛紛死去，藍解放和龐春苗則有情人終成眷屬：「我們摟抱在一起，像兩條交尾的魚在月光水裡翻滾，我們流著感恩的淚水做著，身體漂浮起來，從窗戶漂出去，漂到與月亮齊平的高度，身下是萬家燈火和紫色的大地。」禮讚愛情的語言，面無一絲嘲諷。而當西門鬧的「狗道輪迴」結束，要求閻王把他投生為人時，閻王說了番意味深長的話，恐不只對上下文有意義：「這個世界上，懷有仇恨的人太多太多了……我們不願意讓懷有仇恨的靈魂，再轉生為人，但總有那些懷有仇恨的靈魂漏網。」[36]由此，小說試圖由社會－歷史性的問詰投入，朦朧走向宗教性的精神超越。

前文說過，《生死疲勞》是一部以反史詩的形式和意涵追求史詩體量的小說——時間跨度五十年，空間貫通陰陽界，故事線索縱橫交叉，人物關係繁複龐雜，它對歷史現實的獨特敘述，對人與土地之關係的深沉觀照，極富史詩的奇思與想像。但由此我也感到些

---

[35] 王小波：《一隻特立獨行的豬》，見《王小波文集》第4卷，第160頁。

[36] 同註14，第512頁。

微遺憾:「史」字傷害了這部小說。從建國到 2005 年的歷史脈絡,國人心中都有一套公共的劇情——土改、合作化、人民公社、「大躍進」、「文革」、改革開放到如今;在批判性知識份子的觀念裡,也有對此一劇情的共同價值判斷,它們構成民間歷史敘述的觀念核心。《生死疲勞》的敘事安排和價值判斷與這一觀念核心靠得太近,以致人物行為和故事進程不時給人過於「必然」之感,文學想像的自由、意外與驚奇因此而受損。同為他的史詩性作品,《豐乳肥臀》卻無此問題。臺灣小說家張大春曾言:小說是另類知識。意即小說乃一擺脫了公共言說的重力而向精神外太空飛去的輕逸之物。《豐乳肥臀》雖然也按公共歷史時間安排敘事,但它是心靈和感官的作品,人物和故事因此擁有足夠的原始力量,與核心觀念的吸附力相抗。顯然,《生死疲勞》是一部由「頭腦」寫就的小說,它對歷史現實的審視思考更為明晰自覺,更具公共性,然而恰恰是它的明晰自覺與公共性,傷害了小說應有的混沌和複調形態。藝術從困惑、悖論、各自有理、互不相讓的精神疑難中獲得生機;而固化的結論和立場,哪怕它們再正經正確正義,都有使藝術陷入單面與貧乏的危險。

那麼,小說應當與歷史現實和思想觀念無關嗎?小說家不應有自己的思想和價值判斷嗎?我以為否。也許,作家須得在擁有思想並忘記思想之後,再去寫作。他/她不必亦步亦趨地追隨歷史和思想的腳步,但他/她必得深味人類前世今生的「存在感」。虛構唯有建基於這精微浩瀚的「存在感」之上,才能達致自由而熱誠的境地;小說寫作,亦才能最終成為一種遊戲而嚴肅的形上生活。

不得不承認，評說莫言是難的。這位創造力卓著的作家，以汪洋之作表達著他對無限世界的尖銳意識，對複雜形式的本能狂熱，對現實悖謬的冷峻洞察，對民間袤野的忠直之愛。莫言的小說世界，乃是自由意志所墾殖的不馴的疆土。這片疆土遍佈著荒謬與不幸、大笑和哭泣，亦遍佈著無數可能，無數岔路。「在全部可能彙聚而成的十字路口，荒謬和不幸在它們本身之外指出了另一種法則，並使我們產生賦予它生命力的、難以抑制的要求。」[37]而這，也許是直面荒謬的寫作所能提供的最後、最美的救贖。

2006 年 9 月 30 日寫畢

載《當代作家評論》2006 年第 6 期

---

[37] 〔法〕羅傑・加洛蒂：《論無邊的現實主義・論卡夫卡》，吳嶽添譯，天津：百花文藝出版社，1998 年，第 174 頁。

一個作家的視野

——重讀王小波雜文

王小波（1952.5.13-1997.4.11）用雜文表達他的「信」，以小說承載他的「疑」。上世紀九〇年代後期以來，這位「文壇外」作家黑色幽默的文學風格和愛智惡愚的價值信念對國人影響日深，他所凝聚的精神能量，在當下話語空間中日益彰顯，並將深刻地影響中國的未來。但也正因王小波「超文學」的影響力，他作品的「文學性」反倒成為屢遭爭議的話題——在一些文學研究者的描述裡，他是被中國思想界和大眾傳媒按需塑造、聯手推出的一個自由主義文化偶像，其符號價值遠高於文學價值。我不認為這是一個確切公正的判斷。相反，正是文學魅力、精神人格與思維智慧的「三位一體」，構成了王小波的作品，並沉默地召喚著後來者走上他的「牽牛花之路」。這是一個長久的歷程，現在還剛剛開始。生命之血寫就的文字，必不會被生命所辜負——宇宙的公正，絕非轉瞬即逝的人世浮囂所能湮沒。

王小波一生寫作了以「時代三部曲」（《黃金時代》、《白銀時代》、《青銅時代》）和《唐人故事》等為代表作的長中短篇小說，一百五十餘篇、三十五萬字的雜文隨筆，以及舞臺劇本、電影劇本和社會學著作（與李銀河合著）等多種文類。雜文隨筆乃是王小波小說寫作的餘墨，也是他參與生活的方式——他以此表明「對世事的態度」，「這些看法常常是在倫理的論域之內」[1]。他申明，在此領域裡，首先要「反對愚蠢」，因為「在我們這個國家裡，傻有時能成為一種威懾」；其次，他「還想反對無趣，也就是說，要反對莊嚴肅穆的假正經。」[2]「假如一個社會的宗旨就是反對有趣，那它比寒冰地獄又有不如……羅素先生說，參差多態乃是幸福的本源——弟兄姐妹們，讓我們睜開眼睛往周圍看看，所謂的參差多態，它在哪裡呢。」[3]

當代雜文乃是針砭時弊、干預社會、關切民生的一種文類，王小波雜文的卓異之處在於：他以獨有的聲腔和文體，把「智慧」和「有趣」破天荒地納入社會倫理論域，同時，他也一再把道德判斷轉換為智力判斷，由此突破了社會倫理探討的單一道德向度：「倫理道德的論域也和其他論域一樣，你也需要先明白有關事實才能下結論，而並非像有些人想像的那樣，只要你是個好人，或者說，站對了立場，一切都可以不言自明。」[4]「智慧」作為蒙昧之敵，在王小波的作品裡受到了無以復加的擁戴——它成為道德的前提，更是道德本身，而與道德灌輸勢不兩立：「假設善惡是可以判斷的，那麼明辨是非的前提就是發展智力，增廣知識。」「我認為低智、

---

[1] 王小波：《〈思維的樂趣〉自序》，見《王小波文集》第 4 卷，中國青年出版社 1999 年 9 月，第 338 頁。以下對王小波的引文皆據此書，均只注篇目和頁碼，不具書名。

[2] 王小波：《沉默的大多數・序言》，第 2-3 頁。

[3] 王小波：《沉默的大多數・序言》，第 3-4 頁。

[4] 王小波：《道德保守主義及其他》，第 80-81 頁。

偏執、思想貧乏是最大的邪惡。」「假如上帝要我負起灌輸的任務，我就要請求他讓我在此項任務和下地獄中做一選擇，並且我堅定不移的決心是：選擇後者。」[5]在在顯示出他毫不退卻的啟蒙主義者立場。

在啟蒙主義屢遭清算的今日，重溫「啟蒙」的如下原則也許不失公平：「啟蒙肯定理性，認定一己以及共同生活的安排，需要由自我引導而非外在（傳統、教會、成見、社會）強加；啟蒙肯定個人，認定個人不僅是道德選擇與道德責任的終極單位，更是承受痛苦和追求幸福的最基本的單位；啟蒙肯定平等，認定每個人自主性的選擇，所得到的結果，具有一樣的道德地位；以及啟蒙肯定多元，肯定眾多選項。」[6]啟蒙信念貫穿著王小波的寫作，但他幾乎不用這一居高臨下的詞語，而是以中性的「智慧」一詞代替。在他那裡，「智慧」非關中國傳統式的機詐權謀、兵法思維，而與古希臘哲人「探尋萬物之理」的超功利求索同義：「追求智慧與利益無干，這是一種興趣。」[7]「很直露地尋求好處，恐怕不是上策。」[8]「智慧永遠指向虛無之境。從虛無中生出知識和美；而不是死死盯住現時、現事和現在的人。」[9]而追尋智慧之路，「用寧靜的童心來看……是這樣的：它在兩條竹籬笆之中。籬笆上開滿了紫色的牽牛花，在每個花蕊上，都落了一隻藍蜻蜓……維特根斯坦臨終時說：告訴他

[5] 王小波：《思維的樂趣》，第 24-25 頁。

[6] 錢永祥：《縱欲與虛無之上——現代情景裡的政治倫理》，轉引自崔衛平：《海子與王小波》，《當代作家評論》2007 年第 2 期。

[7] 王小波：《智慧與國學》，第 107 頁。

[8] 王小波：《智慧與國學》，第 106 頁。

[9] 王小波：《跳出手掌心》，第 64 頁。

們，我度過了美好的一生。這句話給人的感覺是：他從牽牛花叢中走過來了。雖然我對他的事業一竅不通，但我覺得他和我是一頭兒的。」[10]他用如此不竭的熱情，懇請讀者看到：智慧乃是人類幸福的源泉和愛的淵藪。

王小波的每篇雜文皆是他與社會思潮直接碰撞對話的結果，概括起來，大體涉及五個範疇：

針對上世紀九〇年代「人文精神討論」中，知識份子話語凸顯的權威欲和泛道德化傾向，王小波申明了他對知識份子環境與責任的看法——知識份子的職責是「面向未來，取得成就」[11]，而非成為輔助權力統治、營造精神牢籠、專事道德判斷的「哲人王」。「在我看來，知識份子可以幹兩件事：其一、創造精神財富；其二，不讓別人創造精神財富。中國知識份子後一樣向來比較出色，我倒希望大夥在前一樣上也較出色。『重建精神結構』是好事，可別建出個大籠子把大家關進去，再造出些大棍子，把大家揍一頓。」[12]對知識份子來說，「不但對權勢的愛好可以使人誤入歧途，服從權勢的欲望也可以使人誤入歧途。」[13]至於能否創造、創造什麼，則主要取決於知識份子「周圍有沒有花剌子模君王這樣的人」(引者注：「花剌子模君王」的典故出自王小波著名的《花剌子模信使問題》一文，用以喻示無法面對真相、壓抑精神自由的反智權力者。)[14]。

---

[10] 王小波：《我的精神家園》，第 311-312 頁。

[11] 王小波：《跳出手掌心》，第 65 頁。

[12] 王小波：《道德墮落與知識份子》，第 70-71 頁。

[13] 王小波：《理想國與哲人王》，第 117 頁。

[14] 王小波：《花剌子模信使問題》，第 46 頁。

只要這種壓抑自由的反智環境存在著，則知識份子為了保全自身，多數人當然會變得「滑頭」。由此可以逆推出一個結論：若有人發現自己被「花剌子模君王」關進了「老虎籠子」，則可以斷言，他是個真正的知識份子[15]。反智威壓固然可怕，但是，「只要你不怕做烤肉，就沒有什麼阻止你說俏皮話」[16]——王小波如此表述才智之士對人類精神事業的生死相許，同時也含蓄表達了他的個人信念。《思維的樂趣》、《花剌子模信使問題》、《中國知識份子與中古遺風》、《道德墮落與知識份子》、《知識份子的不幸》、《跳出手掌心》、《論戰與道德》、《理想國與哲人王》等為此一論域的代表之作。

針對國學熱、文化相對主義和狹隘民族主義的氾濫，王小波立足於個人自由、平等和創造的立場，批判中國傳統文化的根本弊病——「中國文化的最大成就，乃是孔孟開創的倫理學、道德哲學……這又造成了一種誤會，以為文化即倫理道德，根本就忘了文化該是多方面的成果——這是個很大的錯誤。」[17]孔孟哲學「攏共就是人際關係裡那麼一點事」[18]，不能容納整個大千世界，更不能指望它去拯救全世界——這種想法純粹是民族虛榮心的產物。他還援引古今大量的荒誕事實和荒謬思路，指出中國傳統的思維方式有急功近利的傾向；中國文化對於物質生活的困苦，提倡了一種消極忍耐的態度；中國的文化傳統裡沒有平等——從打孔孟到如今，講的全是尊卑有序，這也是為什麼中國無法產生科學的原因……面對甚囂塵

---

15 王小波：《花剌子模信使問題》，第 50 頁。

16 王小波：《文明與反諷》，第 356 頁。

17 王小波：《我看文化熱》，第 84 頁。

18 王小波：《我看國學》，第 103 頁。

上的國學熱，王小波果敢做出誅心之論：「儒學的魔力就是統治神話的魔力。」[19]「這些知識的確有令人羞愧的成分，因為這種知識的追隨者，的確用它攫取了僧侶的權力。」[20]現在我們需要警惕的是，「僧侶的權力又在叩門。」[21]此語衡之今日，依然令人心驚。《智慧與國學》、《對中國文化的布羅代爾式考證》、《文化之爭》、《「行貨感」與文化相對主義》、《人性的逆轉》、《警惕狹隘民族主義的蠱惑宣傳》等是此一論域膾炙人口的名篇。

針對九〇年代國內外盛行的「『文革』是一場實現激進民主、抵抗資本主義和『現代性』的偉大實驗」這一「新馬」派論斷，王小波用黑色幽默的筆法，直接訴諸自己創傷荒謬的「文革」經驗，將這一浩劫對個人價值、自由、智慧和道德的戕害，舉重若輕地勾勒出來。需要注意的是，王小波的反思並非對「文革」作一時一事的具體評價，而是對浩劫背後反智主義文化邏輯的徹底清算。同時，有些篇章還探討了這樣的問題：無論社會環境如何荒謬殘酷，個人都需對自己的行為負責，這是人之為人的底線，絕非把責任推卸給「那個時代」所能了事；個人也時刻擁有選擇沉默和保持人性的機會，只要他能抵禦「話語權」的誘惑，站在「沉默的大多數」一邊。《沉默的大多數》、《積極的結論》、《一隻特立獨行的豬》、《肚子裡的戰爭》、《佛洛德和受虐狂》等是代表之作。

有關文學、藝術、科學和人文的一般性觀念探討，在王小波雜文隨筆中也佔據相當大的比例。有感於中國純文學的幽閉、世故和

---

[19] 王小波：《文化之爭》，第 86 頁。
[20] 王小波：《文化之爭》，第 89 頁。
[21] 王小波：《文化之爭》，第 90 頁。

說教，王小波尖銳批評其「無智無性無趣」，坦陳自己的文學觀與之相反——智慧、性愛和有趣，是他寫作的價值前提，「我總覺得文學的使命就是制止整個社會變得無趣」[22]。這是因為，「有趣是一個開放的空間，一直伸往未知的領域，無趣是個封閉的空間，其中的一切我們全部耳熟能詳。」[23]他自承他的小說是對人的生存狀態的反思，「其中最主要的一個邏輯是：我們的生活有這麼多障礙，真他媽的有意思。這種邏輯就叫做黑色幽默。」[24]《關於格調》、《〈懷疑三部曲〉序》、《我的師承》、《我為什麼要寫作》、《文明與反諷》、《有與無》、《我的精神家園》、《生活和小說》等是此一論域的代表作。有感於社會學研究（讓他感到切膚之痛的是他和李銀河共同參與的同性戀研究）過程中的阻力與禁忌，他申說人文研究的誠實原則，代表作有《〈他們的世界〉序》、《誠實與浮囂》等。有感於我國文化和出版「就低不就高」、將成人當幼童來對待的內在邏輯，他提出知識環境的成熟原則，指出「科學和藝術的正途不僅不是去關懷弱勢群體（引者注：此處的「弱勢群體」指才智方面，非指物質生存能力方面。），而且應當去冒犯強勢群體。」[25]「現代社會的前景是每個人都要成為知識份子，限制他獲得知識就是限制他的成長。」[26]此論題的代表作有《擺脫童稚狀態》、《椰子樹與平等》、《藝術與關懷弱勢群體》等。

---

[22] 王小波：《文明與反諷》，第 358 頁。

[23] 王小波：《〈懷疑三部曲〉序》，第 332 頁。

[24] 王小波：《從〈黃金時代〉談小說藝術》，第 319 頁。

[25] 王小波：《藝術與關懷弱勢群體》，第 452 頁。

[26] 王小波：《擺脫童稚狀態》，第 260 頁。

在漫談大眾文化和中西日常生活時，揭示隱含其中的傳統價值觀的壓抑性，張揚個人尊嚴、自由與創造力，也是王小波雜文的重要方面。這些文章為報刊專欄而寫，皆短小精悍，舉重若輕，直搗問題的核心。例如，他用設問句回答為什麼中國沒有科幻片：「我這部片子，現實意義在哪裡？積極意義又在哪裡？」[27]——在如此刻板訴求下是不可能產生自由遊戲的科幻電影的。從春運高潮的種種窘況中，他感到中華文化傳統裡沒有「個人尊嚴」的位置，「一個人不在單位裡，不在家裡，不代表國家、民族，單獨存在時，居然不算一個人，就算是一塊肉。這種演算法當然是有問題。」[28]他從對 Internet「不良資訊」的控制，步步後退地推導假設，最後引申出一個冷峻的道德難題：在看似「與己無關」的他人權利屢遭壓縮之時，你是否可以無愧地贊成這種壓縮？「五十多年前，有個德國的新教牧師說：起初，他們抓共產黨員，我不說話，因為我不是工會會員；後來，他們抓猶太人，我不說話，因為我是亞利安人；後來他們抓天主教徒，我不說話，因為我是新教徒，……最後他們來抓我，已經沒有人能為我說話了。」[29]王小波的答案不言自明。

因堅決反對偽道學、假正經，王小波一口咬定他的雜文「也沒什麼正經」。但綜上所述可以見出，他的雜文不但「正經」，而且簡直可以說是佈道——布愛智惡愚之道，布精神成熟與自由創造之道。他的雜文游走於個人與人類、外向與內省、幽默與嚴肅、情感

[27] 王小波：《中國為什麼沒有科幻片》，第 415 頁。

[28] 王小波：《個人尊嚴》，第 485-486 頁。

[29] 王小波：《從 Internet 說起》，第 396 頁。

與理智、常識與哲學、邏輯與悖謬……的多重張力之間，形成了他風格獨具的「小波體」。

「小波體」的佈道一反慣常說理文章獨白式的教師口吻，而用和讀者平等聊天的「說書人」口氣行文；一反直接說理的中心化論證方式，而以「去中心化」的曲線敘事與故實暗寓，將他的道理、意圖點到為止。此種寫法的背後，是王小波對個人理性的信賴和對教條灌輸的拒絕。他的文章往往以自身經歷或一個故事開篇，經過出人意料的聯想、類比或邏輯推論，導向一個貌似怪誕、引人深思的結論。比如《沉默的大多數》是這麼開頭的：「君特・格拉斯在《鐵皮鼓》裡，寫了一個不肯長大的人……」[30]《思維的樂趣》的第一句話：「二十五年前，我到農村去插隊，帶了幾本書……」[31]《花剌子模信使問題》起首便是：「據野史記載，中亞古國花剌子模有一古怪的風俗……」[32]看文章的開頭和行文的過程，讀者無法猜測他最終意圖何在，但正是這種搖曳生姿的敘事和意圖不明的懸念，引人讀畢全文，領會他的諦旨——然而他並不言之鑿鑿地宣稱此一諦旨絕對正確，而只是給閱讀者提供一個倫理選項，選擇與否全在閱讀者自己。這是一位自由主義者的文體態度。頑皮的小說筆法與簡樸的哲學思維交互穿插，使他的倫理之辯成為一場清新的旅行。

幽默思維是王小波雜文最魅人之處，它在逗人大笑之際，凸顯現實生活的荒謬邏輯，從而爆發出醒世的力量。幽默是內莊外諧，既需以溫和寬厚的態度作底，又需有發現「理性倒錯」的毒眼和製

[30] 王小波：《沉默的大多數》，第 5 頁。
[31] 王小波：《思維的樂趣》，第 19 頁。
[32] 王小波：《花剌子模信使問題》，第 45 頁。

造「反轉突變」的巧智。幽默之「笑」往往產生於對比——經驗理性和荒謬現實的對比，僵硬理念和真實經驗的對比，慣性思維與意外現實的對比……等等，但這些「對比」唯有以波瀾不驚、不動聲色的「突轉」方式出現，才能產生幽默感。王小波是發現「倒錯」和製造「突轉」的高手。比如，他諷刺文化生產者為了拒斥批評而把自己的動機神聖化，「就像天兄下凡時的楊秀清」[33]，筆鋒一轉，提起北方小城的一群耍猴人：「他們也用楊秀清的口吻說：為了繁榮社會主義文化，滿足大家的精神需求，等等，現在給大家耍場猴戲。我聽了以後幾乎要氣死——猴戲我當然沒看。我怕看到猴子翻跟頭不喜歡，就背上了反對社會主義文化的罪名……」[34]針對以「格調」之名閹割真實表達的文藝假正經，王小波舉電影《廬山戀》為「格調高雅」的範例：「男女主角在熱戀之中，不說『我愛你』，而是大喊『I love my motherland!』場景是在廬山上，喊起來地動山搖，格調就很高雅，但是離題太遠」，這是因為，「當男主角……對著女主角時，心中有各種感情：愛祖國、愛人民、愛領袖、愛父母，等等。最後，並非完全不重要，他也愛女主角。而這最後一點，他正急於使女主角知道。但是經過權衡，前面那些愛變得很重，必須首先表達之，愛她這件事就很難提到……我記得電影裡沒有演到說出『I love you』，按照這種節奏，拍上十幾個鐘頭就可以演到……」[35]以一本正經的態度羅列個體情感之上的假正經枷鎖，並以假正經邏輯對男女主角的處境進行貌似嚴肅的思考，已經讓人對荒謬的現象

---

[33] 王小波：《論戰與道德》，第 76 頁。

[34] 王小波：《論戰與道德》，第 76 頁。

[35] 王小波：《關於格調》，第 350 頁。

忍俊不禁，最後「不經意」拋出的這句「拍上十幾個鐘頭就可以演到」，則徹底把假正經之莊嚴肅穆顛覆乾淨，還其可笑面目。

邏輯思維是「小波體」的軀幹部分，效果最強烈者莫過於邏輯歸謬法——從一個錯誤的前提出發，經過煞有介事的邏輯推衍，最後得出荒誕的結論，由此揭示出前提的荒謬之處。仍以《關於格調》為例，王小波從格調最為「高雅」、主張男女授受不親的孟子說起：「孟子說，禮比色重，正如金比草重。雖然一車草能比一小塊金重，但是按我的估計，金子和草的比重大致是一百比一……這樣我們就有了一個換算關係，可以作為生活的指南……」[36]接下來他又引入了「定類」、「定序」、「定距」和「定比」四種科學分類法，對「格調」內部「禮」與「色」之比例進行了「細緻推算」，「一份禮大致等於一百份色。假如有一份禮，九十九份色，我們不可從權；遇到了一百零一份色就該從權。前一種情形是在一百和九十九中選了一百，後者是從一百和一百零一中選了一百零一。在生活中，做出準確的選擇，就能使自己的總格調得以提高。」[37]經過這麼一番精密的「邏輯論證」，假正經的「格調」說便不攻自破了。

此外，邏輯的客觀、明晰與層層推進的力量，構成了王小波每篇雜文的骨骼，同時，它也為讀者搭建了一個間隔激情、理性判斷的空間。在這一切的背後，是求真的科學精神、求善的理想主義和求美的詩意心靈的結合，由此可以見出作家王小波遼闊超越的精神視野。對於我們時代所遭逢的重大精神主題，他劍走偏鋒地直面、分享並承擔在他的作品中，他的批判理性、幽默天才、自由信念和

[36] 王小波：《關於格調》，第 349 頁。
[37] 王小波：《關於格調》，第 350 頁。

智性思維構成了這些作品難以抗拒的魅力，這也是他引起國人如此持久而強烈共鳴的原因。作為一位文化精英主義者和政治平民主義者，他的雜文深深關切「自由創造」與「權力壓抑」之間的緊張關係。他揭示了我們生活中一個習焉不察的真理：權力罪孽的本質不在遙不可及的宏大方面，而在它對每個人的自由創造力的無形戕害——個人創造力乃是個人和宇宙、有限與無限、虛空與意義的真實連接點，吞噬它，等於吞噬掉人之為人的根本理由。

王小波的雜文就這樣無意間扮演了「重估一切道德」的角色，並提醒人們在智慧的增進中孕育勇氣與救贖。這種提醒的背後，湧動著連他自身也無法解釋、無法證明的先驗存在——一種無目的、無對象、無止歇的大愛。正是此愛，造就了他的智慧與成熟，並將它們緩緩傳遞至我們的手中。

2007 年 9 月

原載《南方文壇》2008 年第 2 期

自由的美學，或對一種絕對的開放

——劇場導演林兆華管窺

一、總體藝術與語言悖論

「話劇導演」林兆華孜孜以求的，或許是一種叫作「總體藝術」的東西——那種將戲劇、音樂、現代舞、裝置藝術、行為藝術……融為一體，貫通直覺和理性的劇場藝術。2007 年 9 月，德國現代舞大師皮娜·鮑什訪華，他向她表達了無以復加的敬意：「（她的藝術）正是我想要的……我願意做她工作坊的學生。」她的藝術的何種元素讓他如此癡醉？此問題或可打開一扇對這位導演的理解之門。皮娜·鮑什，新舞蹈的勇氣之母，永遠的現代先鋒，把舞蹈、默劇、戲劇情節、嚴肅歌曲和場景結合在一起，打破一切藝術的界限，只為涉入靈魂真實的極境。我曾看過一場她的《穆勒咖啡館》和《春之祭》，有點明白為何全世界都被她的總體藝術所征服——她開掘了身體表現的無限內在性，並將其與超時空的日常情境結合在一起，創造出超越語言而抵達哲思的劇場詩意。當我不久之後重新欣賞林兆華導演的契訶夫《櫻桃園》影碟，並憶起 2004 年該劇的現場演出帶給我的戰慄狂喜時，驀然感到他與她的作品在氣質和形式上的共通之處——那種藝術語言的直接與極端，那種孤獨荒涼的現代感，那種反抒情的詩性，那種肢體、場景和音樂尖利精准的組合方式……相對於舞蹈家皮娜・鮑什，林兆華的探索更具悖論色彩：他是「話劇導演」，卻偏偏傾心以「反語言」的方式呈現語言文本——不是說他取消劇本，而是他在演員的臺詞表演之外，願意把更多的劇場空間交給身體、音樂、影像和舞臺裝置，以便演員和觀者都能通過身體和環境的媒介，產生「大於語言」的真實感知，「復原」一部語言作品的「前意識」。

正是因此，與其稱他為「話劇導演」，不如稱他為「劇場導演」。「話劇」是臺詞中心或語言中心的，但對不斷試驗的林兆華而言，臺詞漸漸不再具有精神優先性，而是被視作與舞臺、音樂和形體並列的元素，或者毋寧說，臺詞更多地被作為音樂或動作的一種來使用。由此，我們或可看出他對語言的態度是曖昧而猶疑的：語言的既虛偽又誠實、既遮蔽又昭示的雙重性，它對複雜性的無與倫比的表達力和對直覺自由的強大侵犯力，都讓他亦喜亦懼。因此他愈來愈致力於在劇場中破除語言文本的所指邊界，而無限延展其直覺和隱喻的意指空間。於是，劇場在他這裡不再是一個「表義」系統，而是一個「總體感受系統」。林兆華愈到晚近，這「總體感受系統」愈顯出「空」的慾望——那是超越時間和空間，無所說而無所不說，因含混而抵達無限，由特殊而及於普遍的慾望，它潛藏著林氏的「總體藝術」訴求與語言邏各斯之間無休止的親昵與背叛。

一種語言之外的玄機，時時激動著這位周旋於話劇文本之間的導演，終於使他在 2000 年創作了無文學腳本的劇場作品《故事新編》。關於這部名副其實的總體藝術作品，本文將有專節論述。但除此之外，林兆華的工作仍是在「言」中接近「得意忘言」，在「聲」中尋求「大音稀聲」。他之所以沒有取消「言」與「聲」，沒有棄語言文本而徹底轉向非語言的劇場藝術，蓋因他的劇場需要一種層次更為繁複的秩序——需要語言作為路標，指向人類意識的浩渺之地；若取消這路標，讓劇場成為純直覺的榛莽叢林，則會犧牲更多的複雜性。

但語言的份額在林兆華的劇場裡發生了巨變。在傳統的話劇處理方式中，語言（包括戲劇衝突，演員的表演）如同攝像鏡頭中的近景或特寫，佔據了劇場的絕對空間，成為觀眾意識的中心；在林兆華的劇場裡，語言則如鏡頭遠景中的一個點，亦如一滴晶瑩之水，落入無邊空寂之中——通過弱化戲劇性、「無表演的表演」、增強形體和環境因素，他大幅縮小了語言文本與劇場空間的比例關係。此手段暗含一種辯證法：劇場作為隱喻的宇宙縮微景觀，語言與劇場的比例愈小，劇場的隱喻空間和觀眾的視境愈大，它的意識層次愈豐富。但這裡有一個前提：表演對語言意指之複雜性的呈現不可降低，如此，這一「縮微景觀」才能保證不是一個簡陋而化約的模型，而是微妙精神性的擴展。

二、歷史之痛與反歷史化

極簡，隱喻，人工性，反穩定，反歷史化，對含混與直覺的崇拜……林兆華的劇場意識，並非被現代、後現代的主義和形式所建構，卻是為它們所激發。他與它們各自走過不同的歷史，在二十世紀八〇年代一朝相遇，於是一見如故，一拍即合，同時，亦各執一詞，各懷心事。

中國大陸的現代劇場探索是從林兆華導演、高行健編劇的《絕對信號》開始的——內容未脫「現實主義」範疇，形式已先行一步。諷刺的是：雖然不無敏感的藝術批評家兼法西斯主義領袖阿道夫・希特勒曾攻擊現代主義藝術是「政治上布林什維主義的精神準備」，但布林什維主義國家封閉時期的藝術倫理卻與他的某些觀念高度一致：「戲劇、藝術、文學、電影、新聞、廣告和櫥窗展飾都必須清除一切表現我們這個正在墮落的世界的東西，使之服務於道德、政治和文化觀念。」[1] 1982 年，《絕對信號》以晃動的車廂和主人公有限的不安，給「文革」後的中國大陸戲劇界帶來了第一絲真實的「墮落」氣息，這是林兆華背叛「服務於道德、政治和文化觀念」的「社會主義現實主義」創作方法的開始。

將人物、情節和主題置入一個具體的社會—歷史空間，或者說，將表達內容「歷史化」，將敘述本身視為世界整體的「轉喻」、

---

[1] 〔美〕弗雷德里克・R・卡爾：《現代與現代主義》，北京，中國人民大學出版社，2004 年 8 月。

「反映」與「縮影」，是現實主義藝術的基本手法。用無產階級意識形態支配這一「歷史化」空間，則是社會主義現實主義的基本手法，它絕對統治了新中國文藝三十年，一切不合尺寸的精神性與形式感悉被扼殺，藝術創造力毀滅殆盡。八〇年代，「社會主義現實主義」式微，出現了十來年短暫的藝術本體探索，但未及「個人」意識發育成熟，文學戲劇主流復又被出於或隱或顯的意識形態動機、從社會－歷史層面敘述「人」之狀況的「主旋律」、「新現實主義」乃至「底層寫作」等各色現實主義潮流所佔據。近四五年來，在官方和市場雙重壓力下，戲劇的故事化、寫實化回潮更劇，純粹基於藝術動機的戲劇探索已無人埋單，曾經的先鋒導演們紛紛轉向主旋律與商業化。「歷史化」的幽靈和隱身其間的意識形態規訓，在新中國文學戲劇歷程中幾經浮沉，仍成為最頑強的統治者。

正是在此背景下，林兆華出發於《絕對信號》、日趨自由放誕的「反歷史化」劇場探索，獲得了歷史性的深意。作為現代主義的一個特徵，「反歷史化」有終結時間、中斷傳統、排除社會—歷史性、反意識形態、將「人」的主觀世界絕對化、宇宙化之意。林兆華的「反歷史化」與西方現代派之不同，在其「反」的背後隱藏著深刻的歷史之痛——幾十年意識形態陷阱導致的人間慘劇和創造力衰竭，以及由此顯現的中國精神文化傳統的缺陷，是他藝術探索中片刻未忘的反向參照。他的「反歷史化」，意味著不給「陷阱」以寄生空間，並與這「反向參照」保持從未消歇的對駁與質疑。因此，無論他執導的劇本屬於「寫實派」還是「現代派」，在他的劇場中皆被消除了封閉確定的時空屬性與歷史身份，主觀性與象徵性凸顯，精神基調趨於懷疑省思而非謳歌陶醉。這一特徵我們可從他執導的原創劇和經典劇中一目了然。

因劇場藝術與現實的關係分外直接，故表達現實觀照的原創劇對戲劇導演格外重要——這與藝術手法的「現實主義」分屬兩個論域。戲劇創作者唯有在三個現實層面——個我，公共與形而上現實——之間自由真誠地往還，方能構築健全的戲劇藝術。但對中國戲劇人而言，公共觀照的禁忌性質多年來成為戲劇創作的最大障礙，對付障礙的手段有三：1、將戲劇目光自限在個我、私人和「無害」的公共領域，多數商業劇皆屬此列；2、綜合地觀照現實並以寓言、怪誕、象徵等超現實手法表達真實意旨，過士行作品皆屬此列；3、在歷史敘事中尋求精神對應性，《白鹿原》、《趙氏孤兒》等皆屬此列。

劇作家高行健和過士行先後是林兆華最主要的合作者，前者與他共同開創了中國現代劇場的新形態，後者的黑色喜劇則是迄今為止中國劇壇最睿智和尖銳的靈魂拷問——說林兆華「催生」了這位天才劇作家，一點也不為過。

但是能在話語鋼絲上自由翻轉的劇作家畢竟可遇不可求，中國原創劇對「真實」的表達要麼辭難達意，要麼拘泥於有限的歷史性，源自現實而又超越現實的精神性敘事，始終難覓。林兆華對經典劇作的選擇與呈現，正是基於對這種精神空缺的補償願望。因此他的經典劇二度創作，乃是他的現實情懷與藝術探索目的相交織的產物，是相對完整和成熟的劇場作品。而這正是本文的論述重點。

三、西方經典與中國經驗

如果歷史認定一部作品為經典，就意味著它不是一個凝固的歷史現象，而是一種生生不息、時時更新的常數現實。那個「常數」乃是經典的精神之核，是對人類恒在境遇的卓異揭示。當經典被形諸舞臺時，必得與當代現實照面並作出回應。它不是歷史博物館的陳列品。它的生命呼吸有賴當代生活的喚醒，並被賦予新的形式；它也以己身的智慧，對當代生活作出自己的觀照與判斷。正是這種經典與當代的不斷對弈，造就了經典存在與重排的意義。

林兆華排演西方經典的具體手段每部都不相同，但又有些大同之處：所選作品皆與他的「中國經驗」深有感應；舞臺都是極簡和隱喻的；角色外形都是當代化的；表演方法都是反「體驗派」的；所傳達的舞臺意味都是比文字劇作更含混不定的……在這些之上，是他對劇作的一個根本性處理方法：尋找隱喻，重建能指。誠如艾柯所言：「藝術品是一種根本上含混的信息，即多種所指共處於一種能指之中。」

對於西方經典劇作，他的導演手法和風格是步步累積、日漸強烈的。1986 年，他執導布萊希特的《二次世界大戰中的帥克》尚屬探索初期，對劇本的演繹忠實遵循布萊希特的導演方法論——假定性舞臺，演員與角色處於間離關係，引導觀眾旁觀和判斷而非進入和體驗。1992 年排演狄倫馬特的《羅慕路斯大帝》時，他對劇作主旨的「不忠」傾向已露端倪——舞臺的中心憑空增添了牽線偶人，這是對迪氏作品背道而馳的曲解和改寫，是導演自身歷史觀的體現，在舞臺上，它與迪氏歷史觀構成複調。在這部假扮小丑的英雄以自我廢黜而廢黜作惡帝國（負負得正）的喜劇中，迪氏傳達了一種反決定論的自由歷史觀；林氏則以一邊是角色表演、一邊是代表該角色的偶人被舞弄操縱的舞臺呈現，暗示每個人的命運都被冥冥之力所支配，不存在能獨力改變歷史和命運的自由之人——即便劇作中改變歷史的主人公羅慕路斯和鄂都亞克亦復如此。這是一種宿命論的歷史觀，它為《羅慕路斯大帝》打上了悲劇色彩。林氏以宿命論的「劇場能指」覆蓋迪氏的反決定論的「劇作所指」，後者則以演員的臺詞洩露自身，反抗這種覆蓋，林版《羅慕路斯大帝》就這樣成為兩種歷史觀相互對話、詰抗與辯難的悲喜劇。

相比而言，還是莎士比亞作品最能喚起林兆華的創作靈感，這是由莎翁對宇宙人世廣闊的觀照幅所決定的——他的精神是如此普遍又如此特殊，總有作品能呼應不同時代、不同地域的人們不同的存在境遇。林兆華對莎劇的選擇別有深意，其處理方式分兩步走：1、提取和強化莎劇裡最擊中國人現實感的「所指」，也就是說，將莎劇的精神主旨「歷史化」；2、以極簡、含混和隱喻的舞臺、演員的非「體驗派」表演等現代性因素，扭曲和遮掩劇作的具體指涉性，或者說，將劇作的實在性「非歷史化」。如此，他欲使觀眾獲得源於中國經驗但超越中國經驗的精神觀照。

1990 年，林兆華搬演《哈姆雷特》。舞臺上低垂著灰色的簾幕，放有一把類似理髮館用的高背靠椅，主體由縱橫交錯、齊腰高的鋼樑和鋼樑上懸吊的幾要觸碰地面的幾組風扇構成一幅時間終結的現代圖景。在此廢墟氛圍中，演員們的表演強化了陰謀與殺戮、真相與謊言、道義責任與責任恐懼、行動的軟弱與良心的不安等主題。被害國王的冤魂向哈姆雷特訴說真相的聲音，是那種廣場喇叭傳送的音質，並伴以突兀的槍擊聲，這一神來之筆在整部戲中，既脫離了劇情時間，又刺破了舞臺暗示的「時間終結」的光滑平面，閃電般撕開國人剛剛發生、竭力掩埋的風暴記憶。「歷史性所指」就這樣突然入侵「非歷史性的劇場能指」，毫無預兆地爆發之後，又餘音嫋嫋地隱沒，裝扮成這個現代劇場裡諸多隱喻性元素的一種。

林版《哈姆雷特》還有一偉大創舉——主要演員在舞臺上暫態性地互換角色。比如，濮存昕扮演的哈姆雷特和倪大宏扮演的國王克勞狄斯一段對話剛畢，倪大宏即變成哈姆雷特退場，濮存昕變成克勞狄斯繼續；梁冠華扮演的波洛涅斯與濮存昕扮演的哈姆雷特對話剛畢，濮存昕即變身波洛涅斯，梁冠華變成哈姆雷特，二人繼續對手戲……如此角色互換的遊戲所為者何？

自上世紀八〇年代以來，林兆華便在探索一條極端自由的表演之路，後來他稱此為「無表演的表演」（此說法可追溯到安德列・塔可夫斯基，他曾如此評價布萊松影片的本真表演：「這樣的表演方式是不可能過時的，因為其中沒有任何可以稱之為形式的東西。可能過時的只是積極性和假定性的程度。」）：他從中國戲曲的表演形式中汲取方法論，要求演員瞬息之間出戲入戲，一邊在扮演角色，一邊意識到自己在扮演角色，不排除演員在表演中表現對自己所扮角色的價值判斷。他反對完全進入角色的體驗派表演方法，理由除了如布萊希特所言「反對把戲劇變成遺忘現實的迷藥」，還因為他反對演員因專注於角色的「纖毫畢現」，而忽略對整部戲的精神主體的把握。布萊希特表演理論的背後是「批判和改變現實」的行動目的論，它要求「理性」全部佔領人，且認為理性是人類獲得自由的唯一力量；林兆華更相信精神的綜合性，相信非理性與不確定意識對人的「習慣理性」的矯正作用，他的戲劇意欲喚起的是一種迷醉和反思的雙重狀態——以混沌的劇場能指將觀眾引入前意識區域，通過頓悟來超越語言的定向性，進入對生命本體的深層反觀。在《哈姆雷特》中，他讓演員在一瞬間，把所扮角色從哈姆雷特轉換為他的仇敵叔叔，其實是一種讓演員擺脫「體驗派」表演方法的極端訓練。將訓練手段直接搬上舞臺而成為角色扮演方式，則產生了令人震驚的象徵意味：人類存在的無限相對性，不確定感，人性的多重性……在演員的瞬間變身中得以直接呈現。

2001 年，莎劇《理查三世》豪華上演。此劇「無表演的表演」的實驗性更為激進，角色完全取消個性——表演極度單一化和動作化，臺詞被演員平面化、無表情念誦；著裝高度一致，除了「理查三世」著黑色大氅，餘皆穿黑色的長西裝肥腿褲。「劇作所指」被導演置換成行為藝術與多媒體藝術相交叉的「舞臺能指」——理查三世與王后和眾大臣的「老鷹捉小雞」遊戲、搶椅子排排坐遊戲，讓人直觀領略「專制統治下，大眾仍在做遊戲」的主題；前王后們一邊說著痛斥理查三世的臺詞，一邊輕撫他的身體，表現她們既痛恨仇敵又諂媚權力的心理；在情境相合的英文歌曲伴奏中，舞臺銀幕映現著富有強烈象徵性的影像——紛亂爬動的蟻群：彼時劇情正是眾人麻木卑怯之際；被剁掉的巨大魚頭列隊成行：彼時劇情正是理查三世大行殺戮之秋……從多媒體的運用到演員的表演，皆直接指向《理查三世》的核心主題：權力與慾望，陰謀與同謀，殺戮與就戮，專制與屈從，野心的舞蹈與良心的掙扎，人間不義的暫時獲勝與正義女神的最終復仇……這是探索「超語言」之路的林兆華與語言巨匠莎士比亞的一場角力，結果天平傾向莎士比亞一邊——舞臺動作和多媒體的表義性過強，「所指」支配「能指」而喪失了含混性，「無表演的表演」完全取消角色的心理深度，以至角色面目不清，臺詞成為單一音符的轟鳴，致使該劇成為濾去「水分」的觀念之作。但它的實驗意義深遠，為林兆華的「總體藝術」探索了一道邊界，也為「無表演的表演」方法求解出了對待語言的最低閾值：經典劇作若保留其語言形態而演出（而非完全轉化為非語言的其他藝術形式），無論其「超語言」的藝術訴求多麼強烈，在表演上也不能抽幹臺詞的心理空間和全劇精神結構的縱深性；同時，舞臺上的「超語言成分」與全劇主旨的相關性不可過強（已有臺詞擔當此任），甚至它應以表面的「非相關性」干擾主旨的呈現，直至劇終才與「相關性」因素聚合，而釋放出呈幾何級數增長的精神熱能。這一問題，在他後來執導的《大將軍蔻流蘭》等劇目中得以超越。（見個案一）

莎士比亞之外，林兆華對契訶夫的演繹也頗多靈感。1998 年，他突發奇想，將契訶夫的《三姊妹》和貝克特的《等待果陀》組合一體，上演了褒貶不一的《三姊妹・等待果陀》。與契訶夫的「生活流」形態相反，《三姊妹》被林兆華寓言化處理，姊妹三人被「拘」在一個相框式的高臺表演區裡，坐著，以回憶語氣敘說臺詞，作完全靜態的表演。兩位男演員時而是「等待果陀」的愛斯特拉貢和弗拉第米爾，在「相框」外的「曠野」上相互抱怨和安慰，時而是《三姊妹》裡的男主角與姊妹們交談。三姊妹「到莫斯科去」的夢想和喪失行動力的「等待」，與戈戈和迪迪對意義賜予者「果陀」的「等待」互為參差——前者的「等待」隱含了契訶夫對改變現世的積極呼籲，後者的「等待」則是對終極意義消失的不甘絕望；前者的盡頭便是後者，後者再走一步便又跌入了前者，二者之間是一種隱晦的循環關係。兩者的拼貼是一個絕妙的創意，惜乎其精神關聯未能有力呈現。更成熟的契訶夫演繹要等到 2004 年。（見個案二）

（一）個案一：《大將軍蔻流蘭》

2007 年 12 月，莎士比亞爭議最多、在西方演出最少的劇作《大將軍蔻流蘭》（朱生豪譯本作《科利奧蘭納斯》）由林兆華執導上演。此劇有嘲罵人民群眾、抨擊民主政治的「政治不正確」嫌疑，聽聽悲劇英雄蔻流蘭的臺詞：「這種反覆無常、腥臊惡臭的群眾，我不願恭維他們，讓他們認清楚自己的面目吧……」「身份、名位和智慧不能決定可否，卻必須取決於無知大眾的一句是非，這樣的結果必致於忽略了實際的需要，讓輕率的狂妄操縱著一切……趕快拔去群眾的舌頭吧；讓他們不要去舔那將要毒害他們的蜜糖。」可以說，這是一部對立雙方毀滅於各自之可憎弱點（這種弱點既難以容忍又其來有自）的悲劇，如果用政治學眼光來看，亦可說是表現「自由與民主之矛盾」的悲劇：戰功赫赫的大將軍蔻流蘭堅執貴族價值觀，厭惡「民主程序」的卑屈（為了討好選民，需要在競選時到市場上去展覽征戰的傷疤以表效忠），認為讓平民參與政治既反智又效率低下，結果他冒犯公眾，亡命天涯，為了報復驅逐他的祖國和人民，他叛國投敵，率軍進攻羅馬；「人民」一方呢，生活困窘、智勇匱乏、一葉障目而易受蠱惑，他們因窘困而要求公平，因公平訴求迫切而被言論上政治正確、實際上自私弄權的護民官所煽動，趕走了頑固的精英蔻流蘭。但「人民」有能力讓貴族低頭，卻無能力昂首衛國，在蔻流蘭的強大攻勢面前，「人民」終得借助於蔻流蘭之母到兒子面前請求容恕，放過羅馬。最後，蔻流蘭答應了母親的請求，卻被一直嫉妒他的敵首所殺。

此劇上演後，評價趨於兩極，爭論焦點皆集中於全劇主旨與當下現實之關係上——讚美者或認為對中國而言，這是一部提前了五十年的民主政治預言，或基於「文革」時期「人民群眾專政知識精英」的歷史經驗，指出這是對「群眾崇拜」意識形態的有力反思；反感者則認為，在強勢集團崛起、大眾處於弱勢的當下中國，上演這樣一部嘲罵大眾、諷刺民主、為寡頭政治辯護的戲，在藝術倫理上是說不過去的。

但兩極都對演出形式少有異議。導演拋出兩大舞臺手段，取得了出乎意料的震撼效果：一是起用百位民工登臺扮演羅馬平民；二是使用搖滾樂隊作臺詞伴奏和幕間演唱。其實此二手段皆非首次使用。2006 年導演《白鹿原》時，林兆華第一次起用數十位民工扮演陝北農民，並動用戲曲「老腔」渲染全劇粗樸渾然的色彩——原生態元素賦予舞臺以磅礴的生命力，極大縫合了劇作的不足。《蔻流蘭》中的民工則全部身著褐色麻衣，無表演，只需肩扛棍棒從舞臺上下各方蜂擁出場，以自然身姿靜立臺上。在搖滾音樂伴奏下，這種數量造成的威壓與不安之感是十分強烈的。但是，與劇中所需的「暴民」氣質不同，群眾演員自然散發出來的質樸、馴良與懵然，使他們承受蔻流蘭凌厲的臺詞時顯得無辜。這大概是反感者的感性依據。

搖滾樂隊第一次出現於林兆華的舞臺上是在 1994 年上演的《浮士德》，彼時它只起到序曲和將經典「當下化」的作用，未構成全劇的有機成分。《蔻流蘭》中的搖滾除了「活化」經典、賦予全劇以追問和不安的氣質之外，其運用方式還借鑒了戲曲伴奏，從而裝飾戲劇衝突，增強臺詞效果。若將搖滾更加內化到敘事之中，真不知此劇會產生何等爆炸性的力量。

為什麼《大將軍蔻流蘭》在藝術上獲得了普遍肯定，其思想意義的評價卻截然相反——尤其值得注意的是，雙方都基於自身的現實歷史經驗而作出各自的判斷？這恰恰是中國大陸現實多面性的反應。短短三四十年的時間，中國大陸經歷了從「文革」的「群眾神話」時代（其實質是「護民官神話」）到後新時期的「權錢神話」時代的巨大變遷，「蔻流蘭」、「護民官」和「人民」們還未理解自身的境遇，地位與角色就被顛倒再顛倒——「群眾崇拜」的意識形態中毀壞文明的邏輯還未充分遭到清算，新時代巨大的社會不公就使被剝奪者緬懷起它的庇護與溫情；與此同時，「群眾神話」時代迫害知識精英的歷史記憶直至今日亦未得到徹底的祭奠與安放，因此那個時代的副產品——「群眾崇拜」的意識形態便成為歷史親歷者、同情者和精英價值論者反對的目標。這是一個舊賬未銷、又欠新賬的時代，對《蔻流蘭》的兩極評價，正是歷史與現實創傷在藝術評論中的雙重反應。

但是，如果僅只糾纏《蔻流蘭》的政治寓意，這部作品就不應上演——畢竟「民主」乃是今日普世價值，對現代觀眾而言，蔻流蘭式的精英政治觀已成陳跡，失去了價值觀念上的挑釁性。在當下世界，此劇的生命力在其深刻的文化隱喻：自啟蒙時代至今，「文化蔻流蘭」與「文化護民官」之戰從未止息，愈演愈烈——如果說政治平民主義帶來了一個政治上相對公正的世界，那麼文化平民主義對人類文明的侵蝕卻正在成為一種災難。在平民政治取得勝利之後，懷抱「護民官情結」的人們轉移了戰場：他們將政治平等邏輯推進到文化、文學和藝術領域之中，認為一切文化藝術都是階級、性別、種族、國家利益的產品，必須在顛覆不平等的社會秩序同時，先顛覆它的罪魁禍首——那極少數天才構築的人類文明的塔尖。文化護民官們以正義和公平的名義，以社會苦難的名義，以文化必須服務全人類的名義，給偉大的「文化蔻流蘭」們判罪，因為他們對改進社會狀況無益，喪失了「人民性」。從這點來看，莎士比亞的《蔻流蘭》正是對他自己數百年後的命運預言，也是對精英文化（這是一個多麼「政治不正確的詞」啊）在人類歷史中的命運預言——豐富、偉大、不是人人都能理解的莎士比亞們，必須為他們的創作無法消除人類的苦難而悔恨，也必須為自己不能娛樂大眾而羞恥。這就是文化護民官及其「平民」們的邏輯。現在，這種邏輯正氾濫在從西方到中國的文化和意識形態領域，而成為創造力的真正敵人。在如此背景下看這場《大將軍蔻流蘭》，我既無法認為它與我的現實無關，也無法感到它不合乎道德。在文明的前景普遍遭遇威脅的今天，我們必須重新界說道德的定義。

（二）個案二：《櫻桃園》

2004 年，林兆華導演的契訶夫《櫻桃園》在北京北兵馬司劇場首演。整個觀演場所設計即是一件傑出的裝置藝術作品：舞臺佔據整座劇場的三分之二，氣勢洶洶不由分說把觀眾席逼到三分之一處——觀眾坐在五十年前老影院裡才有的那種斑駁暗舊、階梯式排列的連排硬板椅上俯看演出；舞臺地面由鋼絲構架，經常防不勝防地打開一個個缺口，供人物出其不意地從地底「冒」出；逼仄的舞臺天棚皺巴柔軟到幾可碰觸人的腦袋，真有「歷史的夾縫」之感；塑膠布拉起的側幕，人物可以隨時隱藏和出入；一株株瘦小枯枝代表了美麗的櫻桃樹……在廢棄而簡約的現代主義氣味中，舞臺與觀眾席是一個整體的「感受—表義系統」，隱喻著一個即將倒塌、別無選擇的舊世界——不僅是演員，連觀眾也置身於這樣一個世界裡。在如此氛圍中，人物各自以出人意料的方式出場：羅伯興帶著東北口音，從塑膠側幕裡滾出；柳苞芙剛一亮相就隱入地底，而後從另一地面缺口款款走出；大學生彼佳則從天棚的破洞裡只往下露出半個腦袋……這些顯示出一個藝術頑童異想天開而稚拙可掬的想像力。

若把契訶夫的《櫻桃園》原封不動搬演下來，需要三個多小時，林版《櫻桃園》不到兩小時。在劇作上林兆華沒有大動，只是刪掉了管家葉彼霍多夫和家庭女教師夏爾洛塔兩個人物，一些臺詞語速較快，有時以「多聲部」形式由劇中人同時說出，這使整部戲的節奏快了許多，結構也不再漫漶。在文學的層面，林兆華強化了商人羅伯興和大學生彼佳兩個形象，他們與蔣雯麗扮演的柳苞芙構成此劇鼎立的三足，這是對含蓄的契訶夫意圖的有效強調。實際上，契訶夫雖為現代戲劇先驅，《櫻桃園》的敘事仍是在時間之內的，或者說，是歷史化的——它是一部關於三種人、三種文明及其歷史出路的預言。現在，由於這預言已經或多或少地成為業已發生的往昔，林兆華遂從多個角度入手，將契訶夫劇作轉換成「反歷史化敘事」：舞臺完全反自然、隱喻化、功能化；演員著當代衣裝，表演介於「體驗」與「跳出」之間，舞臺動作誇大，融入動盪激烈、大開大闔的現代舞成分，以動作的外在性洩露契訶夫臺詞的隱含義，在感官的「動」與精神的「深」之間，形成了恰當的張力。

在意義層面，林兆華放大了柳苞芙、羅伯興和彼佳的聲音，強化了他們之間的緊張感：柳苞芙是即將死亡的貴族階層的象徵，她風情萬種，心地善良，柔弱無辜，富有教養，但是「原罪」深重——她的「所有的祖先都是佔有活的靈魂的農奴主」（彼佳語）。養尊處優的積習使她無力行動，無法自救，最後只好賣掉世代居住的櫻桃園還債，黯然離開。她的退出似乎是一種補償，一種了結，一種應得的歷史報應。蔣雯麗的表演樸素自然，較為靜態，這是「沒有行動能力的貴族」角色的內在規定性使然。羅伯興則象徵著新興的實幹家階層，他出身卑賤，行動力強，最終買下了櫻桃園，為他的農奴祖先雪了恥。為了蓋更多的別墅，賺更多的錢，他叫人砍倒只有審美價值沒有實用價值的櫻桃樹，那刺痛人心的「吱嘎——」聲，是櫻桃樹在倒下，也象徵著秉有原罪然而溫厚優雅的貴族文明在倒下——她被民主人道但是粗鄙實用的平民文明所取代，對此文明的悖論，歷史的胸腔怎能不發出困惑的長歎？大學生彼佳是一個紙上談兵的新型知識份子的化身，他對這場平等取代壓迫、粗糙取代優雅、「用」取代「美」、「物」取代「神」的歷史巨變既有所預感，又盲目樂觀；既同情富有人性的貴族遺民柳苞芙們，又人道地站在平民立場，同意歷史的「補償」和「了結」的判決；既欣賞平民實幹家羅伯興們的活力和勇敢，又預感到其使文明粗糙化的可能，因而忠告他「不要浮躁！丟掉這浮躁的惡習」。彼佳凌空蹈虛的誇誇其談與羅伯興急功近利的「行動性」恰成對照，二者在舞臺上的表演便充滿了疾速劇烈的奔跑和呼喊，有時則出現反諷意味的戲仿。把靈魂的颶風直接外化為形體動作，並與柔弱靜態的柳苞芙互為參差，舞臺的氣象驟然遼闊。

除此三人之外，舞臺上還有諸多靈光閃現——杜尼雅莎和雅莎的「活寶化」處理增添了該劇的喜劇性；柳苞芙的舞會，用演員們從側幕伸出雙腳有節奏地敲擊地面來借代性地表現；第四幕的「搬家現代舞」別出心裁，音樂的「事故性中斷」和眾演員在中斷中的「凝固」身姿，極有新意；結尾處費爾斯從地底發出聲音，而非像其他版本的《櫻桃園》那樣走到舞臺中央，便更加意味深長……音樂用俄羅斯手風琴曲，為全劇打下了輕盈而憂鬱的基調；燈光的運用堪稱一絕——明暗與色彩的節奏變幻如一首韻律微妙的詩。音樂和燈光的抒情性，與整個劇場裝置和演員表演的反抒情風格之間，構成了美妙的張力。與契訶夫劇作散點式結構相應，舞臺表演也是多中心或無中心的——不同的人物組，會同時圍繞不同的事件做各自不同的表演，致使舞臺空間一如生活常態般散漫自然，體現出一種「無設計的設計感」。導演對演員臺詞的運用一如協奏曲，而非如一般話劇所做的，演員臺詞乃是「主調音樂」，其他舞臺因素皆圍繞臺詞而設。

由此，林兆華版《櫻桃園》成為觀眾的多重感官與判斷力交融的場所。在這裡，劇作的「歷史化」與劇場的「反歷史化」（其中首要因素是演員的表演）形成強烈的反差。這一劇場呈現並非「劇作之再現」，而是對「歷史化」的劇作在現代人精神世界中之「映射」的表現性呈現。演員對角色的表演並非「扮演」，而是與隱喻的舞臺一道，對觀眾所做的「示意」。導演在劇場裡不是複現劇作家的意圖與視像，而是直接裸露他自身對劇作、時代和永恆之交互作用的理解，這一理解是有缺口的，未完成的，無標準答案的，有時甚至是與劇作家背道而馳的，但也因此是充滿活力的。

對林兆華的絕大部分西方經典呈現，我都作如是觀。

四、《故事新編》與「形式即意義」

首演於 2000 年、取材於魯迅短篇小說集《故事新編》的同名劇場作品，是迄今為止林兆華導演唯一一部沒有文學腳本的劇場作品。對這位導演而言，《故事新編》顯現出他更多的藝術可能性。

演出場所在一間廢棄的、四處漏風的電焊廠房裡，舞臺主體是一座煤堆（耗煤七十噸），左右兩側安放著做蜂窩煤的機器、做煤球的機器、傳送帶、烤白薯的爐子，爐上放一摞蜂窩煤，舞臺後部兩側各矗立著一個鋼製起重架，幕牆空蕩，供多媒體投影之用。對中國精神傳統的批判態度，被這個頹圮的空間形象化。最原始的物件與最當代的器物「魂靈化」地並置，觀眾一入此處，多重隱喻信息即被加諸感官。

這是話劇、默劇、京劇和現代舞的組合作品，由四位話劇男演員、兩位京劇男演員（小生和武生各一）和三位現代舞演員（一男二女）表演。導演把表演的形式和內容交給演員自己決定。每位演員通讀了小說《故事新編》後，選定自己要表現的篇目：話劇演員選擇了《鑄劍》、《出關》、《理水》、《非攻》、《採薇》等篇，擇取字句片段貫穿起來，成為打碎邏輯脈絡的獨白體臺詞；京劇和現代舞演員選擇《奔月》和《鑄劍》，以唱腔和形體加以表現，《補天》和《起死》的表現較少。導演負責最終對練習片段的擇定與組合。

這是一部純粹以形式法則建構的作品，意味極為含混，其「能指」結構方式猶如交響樂，節奏張弛有度而又變幻於無形。

開場如第一樂章的「呈示部」：蒼涼的音樂起，舞臺暗，靜場，舞臺右側有三處微光，只照出三位演員的臉，鬼氣彌漫。驀然燈亮，幕牆放映多媒體投影默片，是導演和演員說戲的鏡頭。舞臺上，所有演員拖著鐵鍬從不同方向走上煤堆，鏟煤，同時開始眾聲喧嘩，各自朗誦出自《故事新編》不同篇目的臺詞，但演員音量語速各有不同，其中《鑄劍》的聲音最高，「中板」語速：「眉間尺……」，是為全劇「主部主題」；其他篇目有如「副部主題」，其中《非攻》音量較大，聲音故意拖著長腔：「凡有益於人的就是好的，無益於人的，就是壞的……」《採薇》的音速猶如「慢板」，《理水》如「快板」，語速機關槍一般……擾攘聲中，不知誰突然一嗓子「時局不好啦——」，眾人作震驚狀，在巨大音樂聲中，眾主題彙聚為瘋狂鏟煤的刺耳聲響。

全劇只有《鑄劍》的故事由一位話劇演員用「說書」方式完整講述，起到結構主線的作用——在故事的不同階段，它被不同的「插部」所打斷。在「展開部」，「說書人」語速越來越慢，講到眉間尺與黑衣人相遇時停止，靜場。在京劇小生時徐時疾的擊鈸聲伴奏下，京劇武生和現代舞男演員隨伴奏韻律移步至舞臺中央，武生以木棍代劍，男舞者以柔條代劍，二人開始對舞。武生程式化的剛勁身段和男舞者無程式的柔軟形體相互召喚，「武」「舞」難分，節奏由徐而疾，由疾而徐，舞（武）姿隨「劍」賦形，出神入化。完全異質的中國京劇身段與源自西方的現代舞相碰撞，不是彼此相克，而是相生相融。

說書人繼續講述，同時幕牆上放映劇組成員切磋研磨的鏡頭。說書人講到黑衣人收下眉間尺的頭顱要替他報仇，唱起歌來：「哈哈愛兮愛乎愛乎……」，京劇小生接腔唱道：「歲月流轉……」即將進入《奔月》的主題。眾人聚攏到煤堆上，蹲下身來一起吃烤白薯，聽說書人邊吃邊接著講故事。《鑄劍》的血性剛烈的思想，以如此麻木猥瑣的形式呈現，很與魯迅另一短篇小說《藥》裡，劊子手康叔對麻木不仁的酒客們講述烈士就義的情狀相仿佛。京劇小生和武生不動聲色地移至前臺，待說書人講到小太監向大王舉薦黑衣人前來解悶，說「他有金龍，金鼎」時，小生開腔念白：「金——丹——」，借助語詞能指的重疊，過渡到《奔月》主題的表現。武生伴舞，同時與小生以京劇唱腔作二重唱「烏鴉炸醬麵——」蹲食白薯的眾人齊聲叫好，作看客狀。當小生念白：「嫦娥，我的金丹呢？」舞臺後區燈光突亮，但見現代舞女演員坐在圈椅裡旁若無人地吸煙，椅子緩緩上升，直升至劇場屋頂，燈漸暗，「嫦娥」吸煙的酷姿未變。這時，眾人站起，將吃剩的白薯亂扔一地。這一動作對國人惡習的譏刺意味甚濃。多媒體投影又起，是導演在說戲，如同進入「第二樂章」。

在這一部分，《鑄劍》、《理水》和《採薇》三主題被並置表現。當說書人以「中板」速度接著講述《鑄劍》時，表演《採薇》的二位男演員（指代伯夷、叔齊）沉默地環繞舞臺蹣跚而行，表演《理水》的男演員則演默劇；當《採薇》演員以「慢板」速度，繞場邊走邊老態龍鍾地絮語時，講述《鑄劍》的「說書人」呆立，表演《理水》的演員仍演默劇；當表演《理水》的演員以「急板」速度，機關槍掃射般把臺詞大段「爆發」出來時，演《鑄劍》者呆立，演《採薇》的男演員與一位現代舞女演員表演默劇——女舞者向地擲物，表現《採薇》中「阿金姐」對伯夷叔齊的譏諷：「『普天之下，莫非王土』，你們在吃的薇，難道不是我們聖上的嗎！」

與此三重主題同時，女舞者「嫦娥」和京劇武生、男舞者之間的對舞仍在繼續，異質的形體語言相互試探、對話、征服、融會，緩慢而頓挫，如互搏，如挑逗，千變萬化，妙趣橫生。

《理水》的疾速獨白是全劇的華彩段落。話劇男演員模仿文中所涉各種角色情境及其言語——大水之中，眾學者在文化山上開會，談論遺傳，談「禹是一條蟲」；眾學者向巡視官員彙報：百姓有的是吃的，別為他們操心；百姓畏懼見官，推舉民意代表……這時臺上其他演員慢慢聚攏，朝著他看；他停止講述，與他們對視；眾人慢慢靠近他，次第走到他跟前看著他，發出一個介於「說」「唰」「殺」之間的聲音，嗤之以鼻地笑著離去。他又接著講，眾人又聚，又重複如上動作，離去；他仍接著講，講到辛勞治水的大禹如乞丐一般出現在宴樂閒談的眾官員面前時，眾人發出哄堂大笑；他沉默，與他們對視，眾離去；他又接著講述苦幹而沉默的大禹，暫停，眾人終於聚攏來再不散去，圍住他，逼他蹲下，指著他齊喊「說！說……」猶如「文革」時期的批鬥場面。燈漸暗，音樂聲中幕牆上又投出多媒體影像，那是一組平民生活蒙太奇：一個老頭木然地坐在熙來攘往的路邊躺椅上，扇著蒲扇；一個正在打氣的自行車；一個路邊的正在理髮的老者的光頭……與《理水》中畏於見官、不敢申訴苦境的百姓形象相呼應。眾人以慢動作抱作一團，燈光由暗轉明，猶如進入「第三樂章」。

「說書人」接著講述《鑄劍》，講到大王頭被黑衣人砍下，入鼎，與眉間尺頭在鼎中撕咬，黑衣人自刎，頭顱入鼎，助眉間尺之頭對抗王頭。這時京劇小生高聲念白：「一個月亮，一個太陽，是誰上去，又是誰下來……」同時男女舞者對舞。其他眾人慢慢向舞者聚攏，雙手高舉空中，猶如托起一輪明月，靜場。「說書人」繼續坐在烤薯爐前講故事，眾人傾聽——黑衣人頭和眉間尺頭一起，將王頭咬得眼歪鼻塌，滿臉鱗傷，最後一聲不響，只有出氣，沒有進氣了。燈漸暗，猶如進入「第四樂章」。

幕牆放映多媒體有聲投影，是劇組成員在切磋談戲。同時，舞臺上又開始眾聲喧嘩，每位演員一邊孜孜於揀煤塊，一邊各說各的，聲音高低、語速各有頓挫，最後漸攏於「說書人」的聲音——臣民欲葬大王，卻分不清鼎中面目模糊的三個頭，哪個才是王的，只好三頭與王屍同葬。靜場。燈漸暗。傳來悠然鳥鳴。一如開場，舞臺右側亮著三點微光，只照出三位演員的臉，鬼氣彌漫。蒼涼音樂起，幕牆上映出半張人面。停頓。人面拉近，特徵愈來愈鮮明——是一雙女人的眼睛。兩行淚水從眼中無聲留下。定格。京劇小生的清唱聲起，燈暗。劇終。

這是一部在一個空間裡幾乎運用了所有藝術形式的「總體藝術」作品，其意味由此達到了混沌的極限。魯迅先生的《故事新編》並非這部作品的「實質」內容，每篇小說其實是作為這部有著無調性交響樂般結構作品的「舞臺動機」來使用的。之所以復述它的結構（因記憶模糊之故，恐有許多不準確的地方），是因為對這部作品而言，結構即意義。也就是說，它的意義是從每個形式元素的隱喻意味及其組合方式中誕生的，而這些形式元素——語言表演、京劇、現代舞、默劇、音樂、多媒體影像、裝置藝術……的碎片，是從文化隱喻與身體直覺的雙重方向上發生作用的。導演的力量體現在對這些元素的巧妙擷取和大象無形的組合方式上，這組合使劇場真正成為一個超越語義中心的多元、立體的「總體感受系統」。它有勾魂攝魄、難以捉摸的節奏，有朦朧灰暗、宛若廢墟的色彩，有麻木委瑣的醜，有欲仙欲死的美，有無家可歸的危機，有苟且健忘的安謐……這非語言所能道盡的一切，凝成這個關於中國人精神形象的批判性象徵體。

結語　對一種絕對的開放

或是現場，或是碟，看過所有能看到的林兆華作品後，我感到自己在與一位永不衰老的藝術頑童相逢。在他的戲劇中，沒有因襲，沒有套路，沒有因屈服於商業目的而削減藝術的難度，沒有為取悅於權力而犧牲藝術的獨立。這是一位因敏感卓異的審美判斷而保持思想之清醒的創造者。他的作品要麼成功，要麼失敗，要麼予人狂喜，要麼令人生恨，但從不讓人昏昏欲睡。顛覆藝術定式、冒犯常規禁忌已成為他的思維習慣和創作起點。

他力求多變，每部作品的藝術手法都令人難以逆料。這種源頭活水般的創造力，得之於他的心靈對一種絕對的開放——那是一種對「自由的美學」的開放，只把局限和定法擋在門外。這樣的心靈不受訓誡，亦不施訓誡，而直接近於「太初之道」。這樣的心靈最好奇，多動，搜集世間一切關乎本質的訊息。當藝術創造的籲求驟起，這些訊息便倏然而至，奔湧到他的眼前等待篩選和組合。因此我們看到，偉大的藝術家其實都是偉大的組合家——是形式組合的卓絕匠心誕生巨大的熱能，成就全新的作品。這一過程無法被理性言喻，只能訴諸直接領悟的心——正如愛因斯坦所言：「直接領悟的心乃是上帝賜予的禮物，理性只是它的僕人。」僕人絕非無所不能，我們不必為其局限痛心疾首。

關於經典劇作，林兆華對藝術語言和表演方法的探索更新了人們對作品內涵、對生命本身的理解。他似乎有種玄學的本能，可將作品引入時間之外的虛無之境。他的「反歷史化」的藝術，始而令人靜觀和抽身於生活之外，終則喚醒生命之敏感和理性之懷疑。因此，說到底，他是一位現代悲劇導演——他的藝術世界在不確定性中彌漫著悲涼之霧，他的精神指向穹蒼之上的「一」。

但是林兆華的創作環境顯然是有些捉襟見肘的。他的表演方法需要一個穩定的演員團隊與他協同探索，他的奇思異想需要一個不完全被商業所操縱的演出機制來培養成熟的觀眾，如此，他的創造力才能釋放最大的可能性。在這一切準備不足的前提下，我們看到了他靈感四溢、有些卻似未完成的作品。它們暗示了一個天才在此地的境遇。在中國戲劇界，還沒有誰比他探索得更遙遠，更無忌，更癡心，更遊戲。無論是先鋒戲劇炙手可熱的當年，還是商業戲劇熱火朝天的今日，他的先鋒本色從未更改。這個做著自由之夢的人，天真的孩童，無所顧忌的實驗者，他拒絕一切穩定性和非獨特性，對世界的複雜性與生命力保持著絕對的開放與好奇。在愈益保守的藝術氛圍中，我們需對這樣的靈魂保持永久的敬意，因為倘不如此，我們就是在反對自己，反對自己的成長與活力。

2008 年 3 月 14 日完稿

原載《山花》雜誌 2008 年第 7 期

當此時代，批評何為？

——郭宏安的《從閱讀到批評》及其他

現在，似乎很難找到比文學批評更衰落的職業——如果它真的成了職業的話。這是全球化、數位化、大眾化、商業化、網路虛擬化、科技萬能化的時代，是人類精神客體化的時代，是渴求「物」及關於「物」的一切知識的時代，是一切擁有「客觀」研究範疇的學科時代，唯獨不是文學批評的時代。文學批評，這種致力於理解人類精神內在性的工作，隨著「精神內在性」的枯竭而面臨著空前的荒蕪。人們看起來已不需要內在的精神生活，不需要文學，因此，更不需要文學批評。倖存的大師面對陌生的世界，無不為自己不識時務的長壽而羞愧；往昔的經典只有做成「最快的慢餐」，才可能被公眾品嚐；新藝術不再依據形式和深度，建立等級的金字塔；文學的古老標準雖未完全廢棄，但追求完美的創作卻被毫不留情地淹沒在「點擊率寫作」之間……在這「主體被黜」的時代，繼「上帝死了」、「人死了」、「作者死了」、「文學死了」的「預言」之後，宣佈「文學批評死了」也是順理成章、不在話下的事。

但是，也許可以反向看待這一境遇。也許接二連三的精神訃告只是主體貧乏的招認而已——精神的無窮向度還未得以展開，就被貿然宣判了死刑。如果我們不認為客體世界是不可忤逆的，結果會怎樣？如果我們堅持精神的自由，滿足精神的欲求，探索精神的宇宙，結果會怎樣？這些問題似乎與文學批評無關，卻是思考她的生命力與可能性的前提。在人類精神生活的大背景中觀照文學批評的使命與前途，或許是「拯救」文學批評的一種方法。從郭宏安先生的著作《從閱讀到批評》中，我看到了這方法。

《從閱讀到批判》的副標題為「『日內瓦學派』的批評方法論初探」，勾勒上世紀三〇至八〇年代該學派的批評方法和精神軌跡。「日內瓦學派」既非索緒爾創立的日內瓦語言學派，也非皮亞傑創立的日內瓦心理學派，它被加上了引號，表明該詞的「姑妄稱之」而非「名副其實」的性質。因所謂學派者，皆有共同的綱領、理論或傾向，有一個或數個導師或精神領袖，有弟子，有共同致力的出版物或文化機構，而被稱作「日內瓦學派」的批評家群體卻是鬆散自由、各行其是、也否認這個稱謂的，只不過他們多任教於日內瓦大學，都認為「文學是人類的一種意識現象，文學批評就是一種關於意識的意識」[1]，因此，他們的批評是「意識批評」（有時也稱「主題批評」或「認同批評」）。但他們的批評意識、方法和風格又各有不同，唯一的共同點是：每個人都是個性獨特的文體家，「他們的人生經驗都通過闡釋投射在他們的批評文字之中」[2]。所以，「日內瓦學派」與其說是一個自覺的批評流派，不如說是一個被動的既成事實。也正因如此，《從閱讀到批評》並未對「日內瓦學派」作抽象的概括與評價，而是具體呈現被外界歸入該「學派」的文學批

1 郭宏安：《從閱讀到批評》，商務印書館，2007年9月，第1頁。
2 郭宏安：《從閱讀到批評》，商務印書館，2007年9月，第45頁。

評家馬塞爾・萊蒙、阿爾貝・貝甘、喬治・布萊、讓・魯塞和讓・斯塔羅賓斯基的批評觀念和方法。他們的批評建樹在我國素少介紹，郭宏安先生的精審研究填補了這一令人遺憾的空白。

五位批評家中，最年長的馬塞爾・萊蒙生於 1897 年，最年輕、也是唯一在世的讓・斯塔羅賓斯基生於 1920 年，他們影響的黃金時代在上世紀六、七〇年代，彼時，大師雲集，思潮迭起，過往的經典和新生的傑作交相輝映，嚴肅的社會文化運動如火如荼，人們還生活在相信深度且有深度可信、追尋意義且有意義可尋的世界裡。在如此年代的如此文化語境中，對藝術作品進行「創造性闡釋」的「日內瓦學派」才會大行其道。這些批評家出於對藝術創造力的信仰，主張面對作品時首先採取退讓、謙遜、喪我的態度，或者說，首先成為藝術的「愛好者」，即「有愛的能力、對藝術品顯示其在場、全身心地承受其作用的一些人」[3]，他們懷抱著「一種穿透性的同情」（馬塞爾・萊蒙語），在「綜合的直覺」中全面「接受」作品，探求其生命力的核心，尋求與創作主體的意識遇合，最後，揭開作品形式的秘密，達致對文學藝術的哲學的理解。

因此可以說，這是一個拒絕依附於任何理論和方法的批評家群體。雖然他們在批評實踐中不拘一格地運用各種方法，卻終是為了實現對文學作品「形式真實」的深切品嚐和「精神本體」的獨特認識，為了揭示「個人的真理」。正如讓・斯塔羅賓斯基所言：「文學是『內在經驗』的見證，想像和情感的力量的見證，這種東西是客

[3] 郭宏安：《從閱讀到批評》，商務印書館，2007 年 9 月，第 86 頁。

觀的知識所不能掌握的；它是特殊的領域，感情和認識的明顯性有權利使『個人的』真理佔有優勢。」[4]

一位學者對研究對象的選擇，必隱含著他對自身內在需要和時代真實需求的雙重回應，也隱含著他的行動方向與價值觀。與矢志改造現實、致力於「實學」研究的學者不同，郭宏安先生的翻譯和研究始終在詩學和精神哲學的範疇之內——從他的譯介研究對象夏多布里昂、斯湯達、波德萊爾、卡繆乃至「日內瓦學派」等不同時代的作家和批評家身上，可以看出他們都是既整體觀照人類現實、又恪守文學本體界範的詩哲。他們在文學與現實之間建立了恰當的距離——既讓後者不斷質疑、辯難、衝擊前者，又讓前者將此衝擊不斷化作思想、形式與美學的進展，並以此種進展的歷久彌深的化學作用，來滋養和完善後者。因此，這不是一個淡漠封閉、明哲保身的文學家群落，而是對人類社會之改進抱有既熱誠又超功利態度的精神群體，也是對人類的精神生活、文明前景抱有深切責任感的群體。如果我們把郭宏安先生所有的翻譯作品、研究著作作一整體俯瞰，便會發現他一直沉默地置身於這一精神群體中，始終未曾游離。

基於此種深隱不露的價值信念，郭宏安先生對「日內瓦學派」批評方法論的呈現，也因此並不僅僅側重於「知識」和「技巧」的層面，而是通過復述、分析和闡釋這些批評家對文學與批評本體的詩性和哲學思索，來喚醒閱讀此書的人們思考三個根本性問題：1、

[4] 郭宏安：《從閱讀到批評》，商務印書館，2007年9月，第262頁。

文學批評的精神源泉是什麼？2、文學批評的精神使命為何？3、文學批評究竟如何接受、闡釋和評價作品？

誠然，三個問題沒有標準答案，不同的回答將造就不同的文學批評。在此三問題中，對問題 1 的回答是最根本的。一個文學批評家汲取何種精神源泉，直接決定其對自身精神使命的期許，也決定其批評方法與實踐。如前所述，文學批評是「對意識的意識」，因此文學批評是主觀性的。這種主觀性，是科學性和歷史性之外的一種認識特性，它存在於官能的直覺體驗與理性的分析判斷的交叉地帶，它是藝術之母與哲學之父的後裔。不同的哲學建立了不同的精神－價值秩序，衍生出不同的文學批評觀。哲學對文學批評最直接的作用，在於它賦予後者以一種「世界總體性」的圖景和意識，由此，文學作品的精神內容、藝術形式及其價值，才能在一個深具根基的秩序中得以評價和揭示。

在哲學家們早已判定「哲學之死」和「形而上學之死」的世紀，仍侈談「哲學」、「秩序」、「世界總體性」，似乎在癡人說夢。但悖論的是，宣判「哲學之死」的依然是哲學，對世界之分裂性的描述，也是基於對「總體世界」觀察的結果。將個別事物置於一個價值總體之中進行感知和判斷，即是一種哲學思維。對文學批評而言，這一「價值總體」不存在於「客體世界」，而是存在於「人」自身，存在於人所擁有的意義與自由。正如別爾嘉耶夫所說：「哲學不但想發現意義，它也希望意義獲得勝利。哲學不能容忍世界給定性的無意義，它或者企圖向另一個世界，向意義的世界突破，或者發現智慧，這智慧給世界帶來光明，並改善人在世界中的生存。所以，最深刻、最具獨特性的哲學都在現象的背後發現了本體、物自體，在自然界必然性的背後發現了自由，在物質世界的背後發現了精神。」[5]人的存在意義在於他／她是精神的存在，個體的存在，創造力的存在，對此岸世界不滿並渴望創造一個自由而完美的彼岸世界的存在。文學批評的精神源泉，即在這種立足於「個人」的精神自由的哲學。

二十世紀後半葉，隨著社會學、馬克思主義、精神分析學說、結構主義等「決定論」的學科理論與文學批評的雜交，將文學文本作為社會－歷史症候進行分析的「文化研究」大行其道，反決定論的、以文學作品的精神獨特性為本位的文學批評則日漸式微。幾十年間，此種整體化、泛政治化批評主流的文化後果已經顯現，那就是文學藝術創造力的日漸平庸、匱乏與趨同。雖然這一後果不能完全由主流批評趨勢所承擔，但是創造行為若長久缺少深邃的、個體性的注視與對話，其衰竭速度加劇也屬必然。因此，「日內瓦學派」批評的恒久意義即在於：它對文學藝術基於個體精神哲學的詩性觀照，為精神創造力提供了賴以滋生的營養土壤；同時，它也提醒文學批評家在個人的超功利創造力與人類社會的功利目的之間，扮演一種至關重要的角色：他／她應以揭示創造力的隱秘，繪製其美景，激發生命力的閃電，投身精神的冒險，來對當代社會的功利偏頗提出異議、發出警告，並「探尋能夠超越一時之社會需求及特定成見的某種價值觀」（哈樂德・布魯姆語）。這是文學批評在此功利時代，不可替代的精神使命。

---

5 別爾嘉耶夫：《末世論形而上學》，中國城市出版社，2003 年，第 2 頁。

在此種精神使命之下，文學批評家如何接受、闡釋和評價作品？——基於個體精神自由的哲學意識，文學批評應致力於對創造行為的理解和發現，而非從自身理論方法出發，對閱讀對象進行隨心所欲的「取證」與「審判」。

「審訊式批評」恐怕是中西文學批評的通病。因此，郭宏安先生在勾勒馬塞爾・萊蒙的批評實踐時，強調「體驗」是萊蒙最根本的方法，他反對以審訊者的姿態、通過一種有成見的閱讀來控制和俯視對象，反對將作者和作品作為刻板的真理之證明來對待。他認為文學作品不是物質材料，而是一個生命，「應該試著與它生活在一起，在自己身上體驗它，但是要符合它的本性。」因此文學批評「是一種體驗的結果，是一種試圖完成作品的結果，說得更明確些，是一種在其獨特的真實上、在其人性的花朵上、在其神秘之上的詩。」[6]這部詩篇建立在對作品的精神、細節、語言、節奏、風格特性的體驗和捕捉之上，但它的終點並非像俄國形式主義文論家那樣，只是為了「科學地」認知作品的「藝術形式」，而是為了說出對文學藝術的哲學的理解，切中與生命現實息息相關的精神要害。

「哲學的理解」對文學而言，即是揭示文學作品的個體精神現實與世界之整體性的獨特關係，揭示「詩」與「人」的行動和意義的關係。郭宏安先生在介紹馬塞爾・萊蒙的名著《從波德萊爾到超現實主義》時指出，此書雖在結構上梳理了自波德萊爾開始，分別出現的經馬拉美到瓦萊里的「藝術家」傳統，和經蘭波到後來冒險

[6] 郭宏安：《從閱讀到批評》，商務印書館，2007年9月，第89頁。

者的「通靈者」傳統，但作者卻聲稱「本書的目的並不在於講述歷史的順序」，而是「在於描繪現代詩人在如何把詩變為一種『生存的行動』的冒險或悲劇中所經歷的歡樂和痛苦」[7]。在概括此書的終結部分時，郭宏安意味深長地闡釋了萊蒙的這一思想，它對今日中國詩人、藝術家依然富有啟示：「詩以一種明確的力量深入我們的內心，攪動了我們全部的生命甚至我們的智力，但是，如果詩絕對地封閉於外界，沒有絲毫的意識，全部地退入無意識、夢和自由的想像之中，那就會……留不下任何痕跡，所以，『詩不是形而上學，它首先是一支歌』，『它可以被培養，但它首先是自發的，必須活著，必須存在』」。因此，詩人的使命「在於克服外在世界和內在世界的二元論，在自己身上培育對於外與內、它們之間的應和、它們最終融合為一種混沌深邃的統一體的形而上的認同感。」而詩的本質，則是「一種根本的不安，與一種對我們的文明的壓迫和謊言所具有的憂患意識相關聯。」[8]

其實，不僅詩人需要「克服外在世界和內在世界的二元論」，文學批評也同樣如此。它要見證「個人的真理」，但如果這種「真理」不能回應人們在時代生存裡發生的普遍困惑，不能對人類的精神生活構成影響，那麼文學批評必將淪為一種貧乏狹窄的知識生產，無論它為自己所做的辯護多麼動聽，也無法逃避「贅物」的命運。因此，是否和如何以理解、豐富人類精神的「個體性」與「內在性」，來參與人類的共同命運，是一個批評家需要終其一生來回答的問題。

---

[7] 郭宏安：《從閱讀到批評》，商務印書館，2007年9月，第60頁。

[8] 郭宏安：《從閱讀到批評》，商務印書館，2007年9月，第76-77頁。

為了回應這一問題，在介紹阿爾貝・貝甘（1901-1957）的批評方法時，郭宏安強調這位「日內瓦學派」批評家「參與」和「介入」的思想與捍衛藝術獨立性的思想之間巨大的張力。在批評倫理上，阿爾貝・貝甘認為文學批評家應「介入」和「參與」人類生活：「他應該與時代休戚與共，在面對美學價值本身的時候，他會思考，與社會現狀、當前歷史、文明演變、人類思想可望取得的進步或者應當保存的傳統相比，他的美學的、知識的、精神的標準有什麼價值。」[9]但是，在批評實踐中，貝甘則激烈捍衛文學藝術的個人性與獨立性：「至於有些人想在文學作品與其社會影響，或在短暫的鬥爭的作用之間建立一種必要而充分的聯繫，那麼，這種聯繫在藝術、創作或想像力面前則是另一種恐怖主義的行為，那是一種本質上最自由的人類行動屈服於一種否定它、貶黜它的原則。我並不是想說，藝術的獨立性使它擁有自己的領域，這個領域與人類為改善把他們彙聚在一起的社會而做的共同努力毫無關聯，恰恰相反，這種努力遠不是受到一種盲目服從於它的目的的奴性文學的支撐，而是它只能得益於一種完全獨立的創造活動的研究、進展和實現。」[10]在貝甘這裡，文學批評的責任倫理與自由倫理看似矛盾，實則統一，只是要訴諸後者對人類精神的化學作用來實現前者：「作品的神秘就在這種雙重傾向：忠於自己和渴求對話……那種希望得到交流並孕育著創造行為的東西，並不屬於觀念、計畫、意圖、集體意志的範疇，要不是它涉及的首先恰恰是非共性的事物的話，交流的願望是不會如此強烈的。同樣，這種個人的秘密由於一下子無

[9] 郭宏安：《從閱讀到批評》，商務印書館，2007年9月，第153頁。
[10] 郭宏安：《從閱讀到批評》，商務印書館，2007年9月，第140頁。

法確定而不為社會所取，直至某一時刻，它具體成形，並為他人吸收，對許多人或所有的人來說，此時它便可能成為一種激發因素和活性酶。文學所以能社會化，是因為文學行為是難以預料的，爆炸性的，獨立於外界願望的。」[11]

在參與人類共同命運的精神實踐中，文學批評家必得成為外部世界和內在世界全方位的洞察者，而非某一方面的機械專家。他／她既需要主觀詩性的直覺，又需要客觀知識的苦行；既需要觀察者的審慎理性，又需要行動者的熱誠擔當……由此，他／她方能實踐一種超越知識狹隘性的完整的批評。而「完整的批評」如何可能？另一位「日內瓦學派」批評家讓・斯塔羅賓斯基有言：「完整的批評也許既不是那種以整體性為目標的批評（例如俯瞰的注視所為），也不是那種以內在性為目標的批評（例如認同的直覺所為），而是一種時而要求俯瞰時而要求內在的注視的批評，此種注視事先就知道，真理既不在前一種企圖之中，也不在後一種企圖之中，而在兩者之間不疲倦的運動之中。」[12]「正是與外界的關係決定了內在性。……如果沒有與世界、與他人的關係，主觀性就什麼也不是。」[13]

對文學批評家而言，探討一種普遍性的原則與方法是容易的，要將此原則與方法實踐於自身文化語境中，則是困難的，對中國文學批評家而言，尤難。因為在我們這裡，不得不首先面對巨大的文化歷史分裂，它使「整體性俯瞰」幾不可能。何故？「整體」是當

---

[11] 郭宏安：《從閱讀到批評》，商務印書館，2007年9月，第137-138頁。

[12] 郭宏安：《從閱讀到批評》，商務印書館，2007年9月，第243-244頁。

[13] 郭宏安：《從閱讀到批評》，商務印書館，2007年9月，第279頁。

下語境和歷史傳統的總和。因歷史傳統的斷裂和當代意識的模糊，我們對於「歷史」的自我認知已經發生障礙，對於「當代」的自我意識依舊殘缺不全。顧隨說：「當以近代頭腦讀古人書。」[14]此言已蘊涵要對中國傳統文化進行「完整的批評」的思想。問題是我們至今尚未形成堅定的「近代頭腦」，以致一旦讀古人書，我們的頭腦便被拖回到古代去。回到古代有何不好？這涉及一個基本的價值判斷：「古代」與「現代」的本質分野，在「個體自由」的位置不同——前者是個體自由從屬於威權和整體的時代，後者是個體自由作為人類行動之先決條件的時代。國人現代意識模糊，自我意識殘缺，皆因對「個體自由」的曖昧態度。由於觀念核心不堅牢，與之相應的當代精神因此癱軟，「歷史」因此不能被「當代」目光所穿透，「當代」亦無法在「歷史」面前完整現身，「歷史」和「當代」雙重觀照的失落，導致中國文學批評的「整體性俯瞰」落空。可以說，「中國古典文學」、「中國現代文學」和「中國當代文學」的命名不僅是簡單的時間區分，更意味著文化—精神—意識形態的迥然分野。如何超越這種分野，以個體精神自由的哲學目光，穿透歷史的文化遺產和當下的精神生產，是中國文學批評家共同面臨的精神挑戰。

2008年5月寫畢

原載《中國圖書評論》2008年第8期

---

[14] 顧隨：《駝庵詩話》，《顧隨全集》第3卷，河北教育出版社，2000年12月，第68頁。

論林白

創造具有十分強烈的個性特徵，但同時它又是對個性的遺忘。創造總是以犧牲為前提。創造總是自我克服，超越自己的個性存在的封閉界限。創造者常常忘記拯救，他所想的是超人的價值。創造完全不是自私的。出於自私的心理無法創造任何東西，不能專注靈感，不能想像出最好的世界。

——尼古拉‧別爾嘉耶夫

一、童性

在孩子的眼中，「人」的地位和宇宙間的其他事物並無分別。支配它們的，乃是同一種她竭力理解、但無法理解的力量。人間事還不能成為她注意的焦點。相反，那種瑣碎日常的面目讓她厭煩，遠不如大自然裡的風雨草蟲更神奇有趣。能夠進入她的視野的，只有那些最不同尋常、匪夷所思的人和事，而它們也只是她的「大自然」的一部分而已。「天地不仁，以萬物為芻狗」，其實小孩也是如此。因為小孩和天地自然是同質的——她的世界是一個萬物相連、渾然不分彼此的世界，一個沒有感情、利害、善惡，只有好奇、精靈和夢想的世界，一個生命郁勃、永不終結的遊戲世界。在這個世界裡，生命本身得到了放任、肯定和解放。如果讓她來敘述它的話，她一定急著把眼裡最重要的事情告訴你，而她所取的「重要原則」和成年人全然不同——那些在後者看來至關重要的事情，被她視而不見；後者感到無關緊要的細節，在她那裡卻是頂頂要緊的，關乎她整個世界的意義。她的表情專注、癡迷而懵懂，講述的語調時緩時急，敘說的順序東鱗西爪，你聽得似懂非懂，卻不能不從她描述的意象、氣味和聲音中，隱隱看到發生在社會－歷史空間中的成年人的悲劇。但是，此悲劇卻被平靜地包裹在這孩子雜草叢生、萬物相連的宇宙裡，參與著它生生不息的循環。社會—歷史悲劇不是這個宇宙的終點。

不錯，我說的是林白早期的一些作品。以上印象，得自她那些發表於 1980 年代末、1990 年代初的中短篇小說《裸窗》（1989 年，後更名為《北流往事》）、《晚安，舅舅》（1991 年）、《大聲哭泣》（1990 年）、《日午》（1991 年）、《船外》（1991 年）和一本名叫《青苔》的樸素的書（寫於 1990 至 1992 年，前面所列篇目中的一部分也被收進此書裡）。在這些作品中，敘述者「我」遙望她童年的故鄉——那個名叫北流的廣西邊城，城裡的沙街，街上那些角色邊緣、命運坎坷、行狀怪誕、死因不明的男女。它們是林白寫作之初最迫切的謎團和最煎熬的痛苦，她自我底色的一部分，一直呼喚著她的超度。但她直到成年也無力做到——既無能解謎，也無法遺忘，她只有「記下」。徘徊在懵懂孩童和成熟女子之間的敘述視角，賦予她的追記遙望以「宇宙自然」和「社會—歷史」的雙重維度。後者隱蔽在前者之下。孩子般非理性、非社會化的感知和邏輯方式，使鈣化的歷史罪孽變得混沌磅礴，充滿令人不安的印象主義色彩。

因此，從寫作伊始，林白的世界即向外開敞，散發著難以歸化的童性氣息。它是萬物雜處、陽光照耀、雨量滂沛、風雷交作的曠野，而非純一、幽閉、神秘、自戀的房間。這曠野亦有其神秘之處，但它拒絕被傳奇式地講述，只期待被本真地呈現。

二、非正統的詩性想像力

在這片曠野中，閃爍著某種空氣和水一樣難以捕捉的東西，恰恰是它，賦予林白的作品以一種召喚性的結構，一種開啟靈性的能量。這種東西是什麼？它該如何被認知和描述？思慮再三，我暫且將它命名為「非正統的詩性想像力」。概念的麻煩出現了。既有「非正統」，那麼何謂「正統」？我不準備掉進概念的陷阱，只願訴諸當代人某種心領神會的經驗——即那種建構和鞏固國家、階級、族群、性別、家庭、身份等一切現存功利秩序的組織制度、社會習俗、精神文化及其價值觀。「正統」不是一種固態的存在，而是一個隨時代社會的變遷而自我調整以求穩定的大秩序。由此觀之，則「非正統」即是與這種功利、穩定的價值系統意趣疏離的精神存在，它的氣質是陰性的，態度是彈性的，它與正統秩序的精神統治保持距離，但也未叛逆到「反正統」的程度。而「反正統」的價值指向是明晰的，其對正統秩序的叛逆是公開和徹底的，其氣質是陽性的，態度是剛性的。「正統」、「非正統」與「反正統」的價值觀進入文學領域最重要的表現，便是作用於想像力——因為作家在作品中構造的世界，即是他／她對此在世界之態度和願望的顯形。

文學藝術作品並非天然秉有「反正統」和「非正統」的性格，它依文學藝術家的天性、經歷、處境、審美趣味、道德信仰等狀況而定。那種或多或少意在輔助功利秩序、「有益世道人心」的文藝，才是從古至今、從東到西的主流，且永遠受到正統社會的大力提倡。反正統和非正統的詩學則是個體生命與正統社會和正統文藝相對峙或相游離的產物，它是反對功利秩序對個體生命之壓抑的詩學，拒絕「死之說教」（尼采語）的詩學，張揚個體生命之完整和自由的詩學。

反正統的詩學想像力在當代中國作家那裡往往呈現為狂歡、反諷和思辯的類型，如王小波、莫言、過士行等作家作品所顯示的；而非正統的詩學想像力在有的作家那裡，則體現為遠離正統秩序的酒神式的狂歡、抒情與詩性的編織，林白的想像力類型即屬此種。

三、強力意志與自我保存

反正統和非正統詩學的發生，與其說是出於特定作家的政治和道德本能，不如說是出自其藝術的「強力意志」——這是藝術作為社會壓抑力量之反叛者的形而上起源，當然，這起源終會將作家引向某種政治和道德的選擇。正如尼采和海德格爾曾經道破的：「強力意志」的本質是創造，是「有意識地遭受存在之進攻」，是故意對抗大於己身之物以求生命能量的提升和轉變，是反對生命的自我保存和固守——因為簡單固守便意味著衰竭。所以，創造的本質必然包含著對一切壓抑生命的朽敗能量的摧毀和否定，包含著在正統秩序看來某種行為和意識的不端與挑釁，包含著強勁的「不之性質」（海德格爾語）。

在文學創造中，這種「不之性質」體現在作家對其置身的社會、歷史、文化和精神生活的審視、想像與再造。在這一視域中閱讀林白的作品，我能感到她的藝術的「強力意志」與她個人的「自我保存」傾向之間潛在的鬥爭。每當前者高揚奮發之時，她的作品便飽滿酣醉；每當後者佔據上峰之時，她的作品便流於淺表。從中我們能看到一位中國自然詩人創造之路的升騰與下降。

四、詩小說

說林白是「中國自然詩人」，並非意指她的作品與「源遠流長的中國自然詩歌傳統」之間存有某種傳承和對應的嚴謹關係。相反，她的寫作是無視知識的。此處的「自然」，係指她所虔誠師從的，乃是天性而非經典——自我的天性，萬物的天性。她從它們的密碼中汲取靈性的源泉、書寫的素材乃至作品的形式，不為意義世界的規範和文學史的督促，去馴化自己的寫作。「生命」被她置放在凝視與想像的中心位置，而近乎她的宗教。它的每一細節、呼吸、感念、悸動，每一飽滿而痛楚的瞬間，無不受到她熱狂的禮讚。她的作品是血液之歌，生命的歡樂頌，有時，是酒神的附體。在初民式的鄭重和喜悅裡，她呼喊生命過往中的每一顆微粒——在語言的魔法中，它們旋轉而微醺，意欲化作一顆顆獨一無二的巨大星辰。

由此，林白以小說實現詩的功能。或者毋寧說，林白的小說即是漫漶的詩篇。它們的力的運動不是縱深、曲折和節制的，而是平面、飛散且鋪張的。它們的進行不似通常小說那樣，帶給讀者客觀的過程，世故的發現，纖毫畢現的事實，以及最終的謎底。相反，林白的小說毫無事件性的懸念，其開始便是歷程的終結，「為存在命名」是其敘事的惟一動力。它們的展開完全依賴敘述人回憶的聲調與節奏，情愫的流轉與爆發，意象的聯想與跳躍，痛感的震顫與平息……敘述人「我」的「內在體驗」是作品永恆的主角，客體性的人、事、物，在「我」的凝望感懷中轉換為無數「我—你」關係的相逢與對話，一切外物皆被染上「我」之色彩。言說主體的絕對在場，心靈圖景的白熱化、音樂化、氣體化，乃是詩的本質，也是林白小說的本質。

關於詩，有許多有趣的說法。詩人哲學家喬治・桑塔亞納指出，詩與宗教同一，當詩歌干預生活時即為宗教，而當宗教僅自生活孳生出時便是詩歌。加斯東・巴什拉則以為，詩是「安尼瑪」（拉丁文 Anima 音譯，陰性詞，即心靈）的結晶，是夢幻的顯形，而夢幻使人產生對宇宙的信心。女作家格特魯德・斯坦因則說：詩歌是名詞，散文是動詞——當然，這裡的散文包括小說。蘇珊・桑塔格對此句進而發揮道：詩的特殊天賦是命名，散文則顯示運動、過程、時間——過去，現在和未來……

但是，在夢幻顯形的寧靜核心，常隱藏著酷烈的醉意，它是讓生命破碎、洶湧和重聚的能量，唯有經歷過此種能量輪迴的詩篇，才是蘊含生命之強力的。在林白的詩性小說中，一些作品或作品的局部即隱含著這種力。

概括起來，林白小說大致涉及三種內容：一、故鄉往事，一些作品由此引申出對「文革」時代的獨特觀照，如中篇小說《北流往事》、《迴廊之椅》、系列小說集《青苔》、長篇小說《致一九七五》等；二、「自我」的成長，由此擴展為一種共通的女性身心經驗與創傷的探討，這是被評論界闡釋最多且給她帶來巨大聲譽的部分，如中篇小說《我要你為人所知》、《子彈穿過蘋果》、《瓶中之水》、《致命的飛翔》，長篇小說《一個人的戰爭》、《守望空心歲月》、《說吧，房間》、《玻璃蟲》等；三、社會底層的生存與靈魂境遇，如短篇小說《去往銀角》、《紅豔見聞錄》、《狐狸十三段》，長篇小說《萬物花開》、《婦女閒聊錄》等。在這些小說中，林白創造了一種感官化的主觀敘事。

五、感官化的主觀敘事

以「自我」和「愛慾」為主題的主觀敘事，是法國女作家瑪格麗特・杜拉斯的拿手戲。而敘事的感官化，中國當代作家莫言則是一個極端的例子。在這兩個方面，林白與他們有表面的相似之處——她和杜拉斯一樣，用多部作品解釋自我，喜以「我」的視點為圓心進行敘述，喜歡碎片地結構作品，拒絕明晰而堅固的故事形態和思維形態；她和莫言一樣，一切敘說皆訴諸視覺、嗅覺、味覺、聽覺、觸覺……且這種感官敘述是誇張變形的，是以意識範疇之外的經驗來反射作家的「意識」本身。

不同之處在於：杜拉斯的自我探究乃是縱深向內的，一直掘進到主人公的無意識區域；她的目標是以文字還原深層欲望的騷動結構，恢復「愛欲」的真實面目；那些觸及文化、社會、政治、歷史層面的內容，被有意稀釋到最低濃度，而作為若干音色被織入作品的「無意識交響曲」裡；其作品的形式本質是音樂，是震顫而快意的「醉」。林白的自我探究則是飛翔而向外的，她的語言激流是為了逃離重力世界的刻板包圍，為了賦予她的記憶和想像以飽滿的視像與靈覺，簡言之，為了給生命的存在造像；她拒絕把「個體」作為文化、社會、政治、歷史等整體秩序的附件來敘述，也無意讓「個體」與宏大的整體秩序相隔離，而是以「宇宙萬物一體」的渾然態度，讓整體秩序的碎片進入個體存在的光譜中，將其作為個體主人公生命痛楚的來源和美學形象的襯景來處理，「整體」的碎片與「個體」的遭際相互映射，互為焦點；其作品的形式本質是繪畫，是醉意漩渦旁波動而寧靜的夢幻。

林白的感官敘事與莫言的不同在於：莫言的感官渲染出自審醜的美學，它以喚起讀者的震駭、厭惡和尖銳的不適感，來釋放作家對歷史之惡的惡意，其狂歡、怪誕和誇張的修辭乃是其社會－歷史批判的子彈。林白的感官敘事則出自審美的詩性，它以既源於又大於真實之物的強度和美感，來呈現其意象、氣味、聲音和觸覺；以喚起讀者的沉醉、開啟和飛騰之感，來釋放她對宇宙和存在的頌贊；其狂歡、唯美和誇張的修辭乃是其反歷史化的詩學想像的果實。她的自然的、感官的訴說最後彙聚於心靈的入口，而非如一些晚生代作家那樣，僅僅將身體曲解為一個「單純的自然物體」。「我們身體性地存在。這樣一種存在的本質包含著作為自我感受的感情。……感情是我們此在的一種基本方式，憑藉這種方式而且依照這種方式，我們總是已經脫離我們自己，進入這樣那樣地與我們相關涉或者不與我們相關涉的存在者整體之中了。」[1]

這也是林白作品的有趣之處：在她極其「個人化」的書寫中，我們卻經常窺見「存在者整體」。

六、肉體的真理

一個典型疑問是：何以寫出極端「自我」的《一個人的戰爭》的林白，還能寫出與她完全「無關」的《萬物花開》和《婦女閒聊錄》？當人們祝賀這位「幽閉的女作家」終於脫胎換骨道德高尚告別了「自我的牢籠」走到廣闊天地去大有作為的時候，該女作家又返回到「自我」之中，端出一部長篇散文體小說《致一九七五》來，何故？

其實，在她第一部真正成熟的作品《北流往事》中，我們即可看到，她的「魂靈上是有這麼多的」（借自魯迅：《鑄劍》）。也許，這魂靈在後來還減少了一些負累。我不敢說這是一件好事。《北流往事》看得出《阿 Q 正傳》式的啟蒙態度及其文體影響，甚至可以說，這是林白所有作品中最具精神超越性的一部，儘管它的形式

---

1 海德格爾：《尼采》，商務印書館，2003 年，第 108-109 頁。

是混沌而感官化的；小說的結構也完整有力，顯現出作家的得勝的意志，而尚未出現後來隨順自然的碎片化傾向。《北流往事》之後，這種精神的強光並未得到作家的自覺淬煉和文壇的熱忱鼓勵——敘述的身體性被保持下來，而那種對整體世界俯瞰和不滿的尖銳態度，則被後來的「局部性專注」所代替。

現在讀來，《北流往事》依然保持著形式和內涵的強大生機。它以一個名叫瓦片的北流男孩在「文革」期間某個下午的所見所感和意識流動為結構線索，織進了若干色彩斑駁的人物：薔薇的父親，下放到沙街農業局的城市知識份子，某日突然自殺；薔薇，美麗的小女孩，瓦片的暗戀對象；鄭婆，瓦片的外婆，祖傳秘方的迷信者和製造者，沙街的主流居民；老青，鄭婆的鄰居，當年的名妓，現在是被主流居民歧視嘲諷的對象，暗戀薔薇之父；王建設，六指兒，沙街上的「詩人」，革命形勢的跟風者和沙街的「革命先驅」；漁家女，曾與王建設偷情而被瓦片看見，將瓦片推到水裡使其變啞；沙街上聞風而動的各色男女……除此之外，還有一個奇異的象徵形象——躺在芭蕉樹幹裡、從背帶河上游漂來的美麗男嬰的屍體。在男嬰屍體出現之前，則寫到了鄭婆看見背帶河上游飛來大片大片黑壓壓的蟲子。「這是沙街一次劃時代的事件，多年以後，當人們提起薔薇父親自殺、上游漂下一個嬰兒的屍體以及刮了一場龍捲風等等不幸的大事都是發生在這一年，人們說起這一年的時候，總是說發蟲的那一年。」

小說行筆至此，已從邏輯怪誕的日常生活場景自然轉向超現實的象徵情境——在作品的結構中央（第 7 節，全篇共 13 節），安排了小城居民焚燒嬰兒屍體的一幕：一顆橘紅大星懸於夜空，人們在背帶河灘邊搭起高高的木架，砍倒柚加利樹，鋪上樹葉，嬰兒屍體被置放其上。人們點燃火柴，扔在嬰兒的肚臍上，「一股異香從柚加利樹葉的氣味和烤豬蹄的焦香中脫穎而出，像霧一樣彌漫沙街」。不同的人們對異香的反應是不同的，小說的這一敘述被賦予了深長的隱喻意味：河灘上的焚嬰者聞不到香味；沙街上聞到異香的熟睡的人們說不出這是什麼氣味——或說是玫瑰花瓣香，或說是發餅發酵的氣味，「玫瑰和發餅實在相差太遠，毫無共同之處，於是互相都有點不以為然。」之後的身體敘述，隱喻了人們發乎天良的憐惜之情和麻木自保的逃避心態：「這天夜裡凡是聞到異香的人都不同程度地感到了心口疼，像螞蟻在咬，大多數人只疼了一夜就好了，少數人則疼了三五天。疼痛很輕微，而且是間歇性的，因此並不礙事，大家該幹什麼還幹什麼。」「只有老青心口疼得最厲害，時間也最長。」敘述人對這位飽受奚落的前名妓持隱晦的讚賞態度，以詼諧的筆調賦予她最敏感的神經和最準確的品味。（在林白的其他作品中，也能看到她對妓女、姨太太、女流氓等「不端女性」的友好敘述，執著於她們的體貌氣度之美，這是她的「非正統的詩性想像力」使然。）

在這具完全沒有抗爭能力的美麗嬰屍面前，人們還是對自己的暴行本能地感到了不安：「燒火焚屍的人們同時聽到了一聲骨頭斷裂的聲音，明亮尖厲，讓人覺得身上忽地一灼，馬上又涼了下來，全身起滿雞皮疙瘩。於是覺得事情似乎應該結束了，沙灘上的沙都濕漉漉的了，大家紛紛走散，剩下沒有燒盡的樹杈零零星星地亮著。」但良心的不安很快被遺忘和掩蓋所代替：「第二天天還沒亮鄭婆就到河灘去，看到河灘上乾淨平整，連那根碩大的芭蕉樹獨木舟也看不到了。」

這個美麗的嬰屍出現得突兀，消失得緩慢，是這部含混的小說的意義核心，象徵著歷史浩劫中高貴、潔淨、美麗、天真的人性之死。人們狂熱的焚屍場景，以及不同人等對屍體異香的不同態度，則隱喻了浩劫的參與者、幫兇者和旁觀者混沌蒙昧的精神面貌。實際上，林白在用詩歌的方法構造她的小說——一切形象既是象徵意象，又是日常實體，皆遵循隱喻的邏輯自主運行，完全不顧忌「客觀生活」對小說家的邏輯規範。在小說的其餘部分，敘述者從孩子瓦片的視角，把沙街正統居民的日常生活描述得神經兮兮、歪歪扭扭、鬼鬼祟祟、難以理喻——在王建設們鸚鵡學舌式的革命口號聲中，始終飄蕩著鄭婆的蚯蚓內臟和隔夜茶水的氣味；自殺焚屍的慘劇，在俚俗而叵測的氛圍中波瀾不驚地進行，並被無聊和健忘所吞沒……此種人物塑造和氛圍烘托，乃是對人的下降、盲從和無靈魂狀態的肉身化隱喻。正是這種「人的無靈魂」狀態，成為《北流往事》的敘述焦點，也是作家林白對「文革」悲劇和「國民性」的嘗試性解釋。

美麗嬰屍的被焚，可以在《青苔》裡的短篇小說《若玉老師》那裡找到「本事」。小學音樂老師邵若玉，時常成為女孩「我」好奇仰慕的窺視對象——因為她美。但也正因為她潔淨如嬰、不同流俗的美和坦蕩自然的戀愛，她成為 1966 年北流街頭的革命群眾批鬥的「破鞋」。這對「我」是毀滅性的打擊：「我無依無靠地站在街上，孤獨得要命，邵老師已經變成了一隻破鞋，我覺得我無處可去。」這只美麗脆弱的「破鞋」聽到骯髒的人群在喊「脫她的衣服」，而嚮往著死：「死亡就像一張巨大柔軟、潔淨舒適的漂亮床單，在她面前舞蹈著，這張死亡的床單一邊舞蹈著一邊散發出香氣，這香氣奮力穿越又黏又厚的汗臭悄悄地進入了她的鼻孔、她的心臟……她看到人群對她的即將得救一無所知……她不為人所覺察地天真地笑了一下。」在滿月的晚上，天真的若玉老師投水自盡，屍骨無存，只有一隻白色的塑膠涼鞋留在沙灘上，「顯得孤獨、突兀、不安」。

《青苔》一書共十一章，以「文革」自殺者為主人公的短篇小說佔了四章。其餘的三章中，《日午》寫了美麗的女舞蹈演員姚瓊在風言風語的輿論中莫名所以的自盡，《花與影》則是關於女同學冼小英的精神戀情被同學告發、被老師「幫教」後死於「生產事故」的故事，《防疫站》則講述了一個孩子眼中的「科學狂人」跡近瘋癲的實驗及其孤獨畸零的死。這些故事中，主人公並不處於絕對的焦點；作家以「散點敘事」的方式伸出無數觸角，雜遝無章地穿插著主人公怪誕飄忽的形象、「我」的懵懂切膚的體驗以及故鄉人散發出的幽暗混沌的物質性氛圍，主人公最後的死因往往是一個無法明言的黑洞。如欲穿越這黑洞，閱讀者必須帶上自己的理解：這些自殺者實是死於律令式的物質性存在對微弱的精神性存在的敵意，死於以「革命的多數」面目出現的集體習俗對獨異個體的窒息。而此一主題，卻是通過作家的感官化書寫透露的——所有人物都被抽掉了「必需」的深度意識活動，而單純呈現為視覺、觸覺、味覺、嗅覺、聽覺和幻覺的形象。這些帶有大地的病態狂歡氣息的肉體化形象，使主人公的毀滅在閃現剎那的悲劇性之後，立刻消融在生生不息的宇宙自然之中，參與到頑強無情的生命循環裡。這種灰調的感官敘事避免了米蘭・昆德拉所一再嘲諷的「刻奇」（Kitsch）之可能，而偏至地彰顯著生命真理的肉身一面。

七、私我

一個悖論出現了：當林白以感官化的主觀敘事來講述「他人」和「世界」、「我」只是這世界的一部分和見證者時，這敘事方法因其揭示出生命真理的肉身一面而熠熠生輝；但是，當它的聚光燈對準作家的想像性自我，當這個「自我」既是敘述者、又是敘述的終極時，那種華美詩性之下「私我」的有限性，卻令人遺憾地暴露出來。有趣的是，恰恰是後種作品為她在中國文壇贏得了巨大的聲譽——隨著長篇小說《一個人的戰爭》等作品的發表，她被視為「開身體寫作之先河」的「中國女性主義代表作家」、「女性經驗最重要的書寫者」，而成為文壇重鎮。但我不認為此類作品是林白對其前期寫作的超越。相反，在她的「私人化寫作」風格確立和成熟之際，卻經歷了精神視境的下降與窄化。

「私人化寫作」的說法源自日本的「私小說」，這種文學樣式在日本鼎盛於 1912 年至 1926 年。日本作家石川啄木在《時代窒息的現狀》中分析了它的社會成因：大正年間的日本軍國主義政權對外侵略擴張，對內壓制民主，人民幾無言論自由。特別是 1910 年「大逆事件」和自由民權運動失敗之後，一些有正義感的作家陷入彷徨、迷惘之中——他們無法批判和暴露現實社會之弊，只能把視線從廣闊的社會空間拉回到個人狹窄的生活圈子裡，甚至潛到個人的內心世界深處，創作出一批描寫暗淡無光的現實和小人物之不幸與苦悶的作品。[2]

1990 年代盛行於中國文壇的以女性身心經驗為題材的「私人化寫作」、「身體寫作」、以瑣屑凡庸的日常生活為題材的「新寫實」、「新狀態」、「新都市」等敘事潮流，其社會—歷史成因與日本的私小說有極大的相似，文學權力機制滲透性地決定著一個時代的文學氣候。因此，這一時期的中國文學主潮絕然斬斷了其與社會—歷史—精神的真實對話，或專門探討封閉狀態下的「孤獨個人」百無聊賴的「私性」存在，或以「偽對話」方式造作出符合國家意志的集體敘事，「純文學」由此而成為「精神無害」的代名詞。

針對後一種創作潮流，林白如此闡釋她的寫作：「個人化寫作建立在個人體驗與個人記憶的基礎上，通過個人化的寫作，將包括被集體敘事視為禁忌的個人性經歷從受到壓抑的記憶中釋放出來，我看到它們來回飛翔，它們的身影在民族、國家、政治的集體話語中顯得邊緣而陌生，正是這種陌生確立了它的獨特性。作為一名女性寫作者，在主流敘事的覆蓋下還有男性敘事的覆蓋（這二者有時候是重疊的），這二重的覆蓋輕易就能淹沒個人。我所竭力對抗的，就是這種覆蓋和淹沒。」（《記憶與個人化寫作》）這段話表明，林白更願意將自己的寫作姿態定義為抗爭而非隱逸，更強調「個人化寫作」而非「私人化寫作」。

「個人」與「私人」有何區別？正如法國社會理論家戈德曼所言：「我曾稍稍改動過一下帕斯卡的話：『個人必須超越到個人之

---

[2] 見宮琳：《淺析日本私小說的成因及其特點》，《時代文學》2008 年第 2 期。

上』，意思是：人只有在把自己想像或感覺成為一個不斷發展的整體中的一部分，並把自己置於一個歷史的或超個人的高度時，他才能成為真正的人。」由此可見，「個人」是一種向無限世界開放和給予的存在。「私人」則相反，他／她絕不超越於個人之上，他／她縮在自身生存的內部，以私我的情感、原欲和利害為其全部世界，社會、歷史和精神性被封閉在個體生存之外。因此，「個人化寫作」和「私人化寫作」也是不同的：前者將個體自我的強力意志投入到對整體性世界的精神觀照之中，尋求精神表達和藝術形式的全面突破；後者遵循「私我中心」的原則，尋求與「私我呈現」相稱的個性化形式，熱衷於有限生命的自我保存和固守。

在林白書寫「女性經驗」的作品中，中篇小說《我要你為人所知》（1990）、《子彈穿過蘋果》（1990）、《迴廊之椅》（1993）和長篇小說《守望空心歲月》（1995）的局部，繼續秉持著早期「個人化寫作」的超越精神。雖從女性視角出發，但更注重將私我經驗壓縮、變形、轉喻和昇華，在創造性的形式裡，探討性別矛盾、性與政治以及個人與時代精神氣候的關係等普遍性主題。其中，《我要你為人所知》真正是一首痛徹肺腑的母性的哀歌。此處「你」是敘述人「我」的不復存在的胎兒。一個未能成為母親的女人在實現她絕望的權力，無告的救贖。在這篇雙聲部結構的小說中，作家意味深長地賦予胎兒以女性的身份，惟有如此，她才能向她傾訴，她才聽得懂她。這是「我」經歷了來自男性的徹骨傷害後作出的選擇。於是，「我」向「你」講述了自己的母系家族——舊時代的新女性、會撐船會接生熱心助人的外婆，很少在家、永遠在鄉間奔波接生的醫生母親，自幼孤獨長大、焚身於愛情卻不被戀人允許生下孩子的「我」。

這是一個男性缺席、自私或逃責的殘缺世界，但詩性的敘述創造了一個夢想的結構，它把男人和女人「從要求權利的世界中解放出來」(巴什拉語），從現世人生的是非爭執中解脫出來，生命的創痛被置於來自塵世而超越塵世的詩性觀照之下，心靈的灼熱與開敞令人動容。

隨著中篇小說《瓶中之水》(1993)、《飄散》(1993)、《致命的飛翔》(1995)、長篇小說《一個人的戰爭》(1994)、《說吧，房間》(1997)、《玻璃蟲》(2000）的陸續發表，林白對「私我經驗」的使用不再節制，一種自覺的女性意識主導下的「私人化寫作」色彩愈益濃厚。作品更加鬆弛、隨意、「好看」，不再孜孜於對經驗材料的提煉、轉喻和昇華，而止於表層的嫁接、變形和挪用；也不追求將經驗轉換為「超我」的意義結構、作出形式的剪裁與整合，而是模仿生活本身的碎片結構，止於去敘述過程性的私我經驗本身。可以說，彼時的林白在向文壇綻放她獨異的才華之時，卻未能獨異於彼時文壇流行的價值論上的相對主義——不存在超乎自我之上的意義源泉，每個人都是「造物主」，人的任何經驗都具有同等的敘述價值；世界的形象是破碎的，寫作唯一的目的即是對此破碎形象的模仿。誠然，林白與此種價值虛無論有所不同——她膜拜美，有獨特的美學觀念，審美價值是她判斷自身和世界的唯一尺度。她的「私我敘事」致力於將「我」的生命歲月呈現為具有美學理由的存在——基於這一信念，她才能真實而風格化地訴說「我」貧困的童年、早萌的性欲、混沌的青春、失敗的戀情、粗礪的品味、邊民的底色……但這種「美」的意識還僅僅是現象性的，局限於生存的個別方面，尚未抵達形而上學的範疇。

文學不是哲學，文學所表現的就是現象世界和生存的個別方面，為什麼還需要它的「美」抵達「形而上學」的範疇？這是因為，文學乃是借助現象來隱喻本體、借助有限去抵達無限的創造行為，如果作家不能意識到形而上的世界圖景，如果她所創造的「個別的美」不能從存在的最高質、從生存的最高成就中汲取源泉，那麼她的美便是飄散的、暫時性的，不能激動人的深層體驗。「關於美可以說，它是鬥爭的間歇，仿佛是參與神的世界。但美是在黑暗的和被劇烈鬥爭所籠罩的世界裡獲得揭示和創造的。在人們的心靈裡，美可能被吸引到對立原則的衝突之中」。[3]林白曾經說過，她的美學是「強勁」，這與別氏所揭示的「對立原則」多麼接近。然而遺憾的是，彼時她對強勁之美的領悟，尚是一種造型意義上的理解，一種偶像崇拜式的狂喜，一種美學風格的表像，那時候，她不願想到：惟有讓自我破碎、消融，參與到真實劇烈的精神鬥爭之中，才能創造這種強勁。因她太敏感柔弱而習於自我保護，且太珍惜己身之「有」。關於「有」的敘述，若沒有浩瀚的精神宇宙作襯景，會愈發顯出「有」的貧乏與有限。因此，在我看來，對私我經驗的無距離敘述，實際上降低了林白敘事的精神水平面。

八、內外

把林白的短篇小說《長久以來記憶中的一個人》(1994年)、《大聲哭泣》(1990年)，與長篇小說《婦女閒聊錄》(2005年)對讀，是一種有趣的體驗——內傾與外傾、主觀與客觀，在同一位作家身

3 別爾嘉耶夫：《神與人的生存辯證法》，上海人民出版社，2007年，第397頁。

上的反差會如此之大。前者直入心靈最深處的黑暗、不安、凜冽和孤絕，並將之幻化為神秘可畏的精靈，它成為自我本真的一個鏡像，混合著羞恥、棄絕和自我肯定的意志。後者則客觀到了完全放棄作者身份的地步，呈現了一個遼闊駁雜的「外面的世界」。長篇小說《萬物花開》和短篇小說《去往銀角》、《紅豔見聞錄》、《狐狸十三段》則處於兩者之間——敘事方式依然是第一人稱的主觀狂想，但那主人公已全然不是和作家本人幾無距離的「我」，而是完完全全的底層人物——腦子裡長了五個瘤子的十四歲鄉村少年，下崗女工，妓女，京漂。

《婦女閒聊錄》是林白「由內向外」的極端之作，是一個作家的良知對現實的驚愕。此時，「作者」消失，化為無形，任由敏於痛苦和好奇的心靈觸角，去觸摸、發問、記錄、取捨、加工和組合。正是這些決定了作品的內容和面貌。林白自稱這是一次「紙上的裝置藝術」，雖然與它的內在嚴肅性相比，這命名聽起來輕飄飄的，但就其形式的本質而言，確是如此——正如蔡國強的「草船借箭」借用古船殘料和巨大箭簇的組合，來隱喻開放的中國與西方力量之間的微妙關係一般，林白以一個湖北農婦對故鄉生活巨細靡遺的陳述的斷片組接，向我們轉喻了一個瘋狂潰亂的鄉土中國。其間的意義，如果僅就「文學」、「藝術」、「手法」、「故事」來討論的話，未免失之冷血。我不傾向於把《婦女閒聊錄》視作純粹的「文學作品」——它的文學創造性和藝術性雖有，卻是單一和重複的——而傾向於將其視為二十一世紀初葉的新「國風」，一如兩千多年前的中國文人，采民間歌詩以知民瘼、以入《詩經・國風》一般。它對讀者的要求是「認知」——由文本而及於社會真相，而非「審美」——

由文本而及於心靈的形式。這是林白唯一一部籲請我們關心她「說什麼」甚於「怎麼說」的書。她所說的一切，是可怕的，而非「有趣」的；她的內在態度，是哀慟焦灼的，而非「眉飛色舞」的——「木珍」的敘述越眉飛色舞，輕描淡寫，則其所呈現的社會真相越荒涼麻木，病入膏肓，此種文本修辭術，乃是作者唯一的狡計，遮掩著她唯一的心事。

那心事是多麼沉重！在《萬物花開》的後記裡，林白曾經寫道：

> 二皮叔和大頭做好了高蹺和翅膀，他們在王榨的上空飛起來了，當然這不是真的。但如果他們不飛，抓著了就會被罰款，私自殺一頭豬要罰六千元，若給鄉里的食品站殺卻要交一百八十元錢，這裡面包括地稅、定點宰殺費、工商管理費、個體管理費、服務設施費、動物免疫費、消毒費、防疫費、衛生費，國稅二十四元還要另外自己交，這一切讓人難以置信，但卻是真的。我反復求證，這些數字就是真的。……
> 我沒有別的辦法。
> 一個人怎麼能不長出一雙翅膀呢？人活在大地上，多少都是要長出翅膀的吧。……
> 願萬物都有翅膀。

感同身受的苦痛，無能為力的哀憫。正是這苦痛與哀憫促使她超越一己的痛癢，去寫王榨。如果民不聊生而不得不生，「民」會是什麼樣子？他們的精神存在狀況如何？——這才是《萬物花開》和《婦女閒聊錄》的重點所在。後者是前者的前傳和「本事」。《閒聊錄》不再乘坐少年大頭的腦瘤裡生出的翅膀，不再馳騁林白式的越歡快便越悲傷的想像力，不再鋪陳鄉村少年饑渴而斑斕的性幻想，不再虛構私自殺豬的村人們狂歡游擊隊般對「公家人」的成功逃避……這次的敘述人是木珍，一個在「王榨」村長大、到北京做保姆的農婦。她虎虎生風，堅韌不拔，對待自己講述的事實，採取滿不在乎、談笑風生的態度。每講完一件事，她便表示她要「笑死」。於是，在她的笑聲中，我們能看到這個村的婦女們一天到晚打麻將、不做飯、不管孩子的情景，因為孩子餓了是能自己走五里地到外婆家吃飯的；看到孩子帶飯上學，中午卻要去搶飯盒、不搶就活該餓肚子的情景，因為維持秩序、保障公平這種事，學校是不管的；看到村人們把偷情、性亂、作二奶當作家常便飯的情景，因為幾乎家家都有這樣的人，沒什麼稀奇的；看到人們不再種糧、養雞，渴了就去鄰村偷西瓜的情景，因為種了、養了也是要被偷的；看到鄉書記的父親死了，村人們半夜把老頭的棺材挖出、屍體扔掉的情景，因為這書記為了強制執行火葬，就是這樣命人挖出老百姓的屍體當場燒掉的……

這位湖北農婦毫無價值判斷和痛苦感的講述卻讓我們分明看到，廣袤的鄉村在被剝奪淨盡之後，已成為垃圾一堆，已淪為道德崩解、交相欺害、毫無保障、自生自滅的叢林，手無寸鐵的人們若不能如凶獸，如螻蟻，如野草，如毒菇，不能生命旺盛，寡廉鮮恥，心如鐵石，醉生夢死，便不能存活。是的，這些被掠奪和被壓榨、被欺凌與被侮辱的人，已不得不和損害他們的力量一同瘋狂、腐朽、爛去，難分彼此。這是中國社會所發生的最可怕的事——肌體細胞正蔓延性壞死，如不從根本處扼止潰爛，則整具社會軀體的大毀滅終將來臨，到那時，一切都將無可挽回，人人都將無處逃避。這是中國的卡珊德拉的警告。但特洛伊城仍在鼾睡。人們蒙了雙眼、捂著雙耳，不肯聽見。也有耳力較好者，稱讚這披頭散髮的女人嗓音悅耳，旋律別致，至於她喊了些什麼，則不願深究——因為在目前的特洛伊，咱們尚屬衣食無憂、前程大好的一族呢。

《婦女閒聊錄》就是這樣，將最令人悚然心驚的現實及其深因，揭示於雲淡風輕的閒言碎語之中。可以說，它是一位摯誠作家的道德越界，一場不可重複的「重複」之旅。唯有一顆文學的心靈，才能做到這件事。但是它帶給文學的教益，卻是超出文學以外的那些。

九、自然的，太自然的

經歷了心靈的煉獄之後，貧瘠、流離而不安的生命，終於與煎熬著她的生活和解。《致一九七五》（2007 年）即是一本表達「生命之和解」的書。林白既往小說中許多人、物、場景的原型，團聚於此，以「生活本身」的面目出現：我們能辨認出《青苔・一路紅綢》中的宋麗星（本書中的羅明豔），《青苔・防疫站》中的立京、立平和山羊（本書中的張英樹、張英敏和山羊）、《青苔・日午》中的姚瓊（本書中的姚瓊）、《菠蘿地》裡和湛江人發生肌膚之親的女孩（本書人物安鳳美可看作她的「後傳」）、《船外》裡啞女孩提著道具燈混進工會禮堂的場景（本書中由「我」和「姚瓊」再現了這一幕）……小說乃是一種「無中生有的創造」，但是《致一九七五》

看起來卻不像創造物，而是一個「本來就在那裡」的自然界，被生長於斯的土著所描述。全書三十四萬字，完全的散文結構。上半部「時光」偏以空間位置為線索；下半部「在六感那邊」則是生活的分類學。那些只能被「標準小說」用作邊角餘料的素材，在此成了整部作品的主體。全書沒有情節推動力，沒有牽一髮而動全身的人物關係，甚至沒有林白以往小說裡那些本已不按常理出牌的、最基本的「小說元素」——緊張糾結的心理動能。

當小說的最後部分煞有介事地排出一個「總人物表」，將敘述人李飄揚提及過的所有女友、同學、老師、街坊、文工團員、醫院雜役、插友、老鄉、通信男友等一百三十七人珍珠般羅列其上時，我感到了作家守護自己生命的根部、顛覆一切價值等級制的強烈願望。這些「微不足道」的人，連同那「微不足道」的沙街、學校、暗戀、友情、燈光球場、文藝會演、露天電影、炒柚子皮、醃酸蘿蔔、插隊、農事、雞、豬、菜……皆被她流連詠歎，撒上神話的光輝，組成自足的宇宙，其價值態度與曹雪芹面對其筆下的寶黛之戀無異。看得出，這部小說意欲建立的，乃是一個萬物皆貴、萬物皆美的平等之國，通過它，作家意欲實現個人記憶對虛無與消亡的反抗：

> 再次回到故鄉南流那年，我已經四十六歲了。
> 南流早已面目全非。我走在新的街道上，穿過陌生的街巷，走在陌生的人群裡。而過去的南流，早已湮滅在時間的深處。
> ……
> 一切陌生茫然……一個過去的故鄉高懸在回故鄉的路上。

隨著故鄉的陌生和消失，生命的記憶已無處安放——這是不容抗拒的外部世界對個體存在的殘酷否定。《致一九七五》以記憶之海完成了對這一否定的反抗，並以此肯定生命本身。這一行動不借助任何哲學、故事和疊床架屋的編織手段，而只憑直覺、追憶和直觀的想像力；不摻雜任何塑膠、鋼筋、水泥，只憑血肉之軀的溫暖與柔軟。在百感交集的詩之回望中，卑小殘缺的往昔意欲擺脫自然和歷史的重力，向著豐饒、永恆和唯一性飛去。

《致一九七五》並未實現如其書名所暗示的一種可能性——對「革命時代」的批判與反思。相反，它更傾向於讓記憶非社會化和非歷史化，尋求個體生命在革命時代日常生活中的「存在之驚訝」——「即從孩子眼中看去的原初的存在，即全部不可認識者的總和」（巴什拉語）。這種「驚訝」是透明的，輕盈的，自由的，夢想的，存在於一切世代且永遠不會被自然和歷史的車輪碾碎的那種精神氣體。它瀰漫在孫向明老師非同尋常的「梅花黨」故事裡，顫動在他的少女學生們暗戀的心房上，徜徉於懶人安鳳美神奇的公雞、武功和男友的頭頂，漂浮在芭蕾舞鞋、腐殖酸氨、作為實驗品的山羊和作為補品的胎盤上……

《致一九七五》就是這樣，在回憶之流中「還原」和「再造」一幅幅生命的碎片，並將召喚性的內在體驗融會其中，因此，它們能夠從日常物質性的封閉中解放出來，也從社會－歷史性的公共想像中超越出來，而以「自然」、「自在」的靈性面目出現。在這裡，我們能夠看到敘述者「我」與她所追憶、狂想、講述和渲染的事物之間，情誼深重的「我—你」關係——無論「我」所書／抒寫的是人，還是物，是時間，還是空間，是往事，還是夢想，它們全部被人格化，而一一成為敘述人「我」的直接對話者「你」，於是，「我」與外部世界之間的主－客體關係發生了改變，而成為主體與主體之間的凝視與傾談，表現為「我」對「你」的思念與召喚。這是《致一九七五》最基本的創作方法，也是它作為小說作品最為獨特之處。同時，我們還可看到，這種「我—你」對話最大化地縮短了每個敘事單元中角色之間的關係距離，從而使那些在常態小說中勢必發展成一個個完整故事的角色關係，得以最儉省、直接和並不完整的敘述，甚至常常是，敘事剛剛萌芽而尚未發展，就在對某種獨特場景或主觀心緒的點染中戛然而止。

這樣的例子在書中比比皆是——比如「我」和「我」的女同學們暗戀物理老師孫向明的故事，美人雷紅、雷朵、安鳳美的故事，怪人陳真金、賴二的故事，「我」和通信男友韓北方的故事，生產隊長念叨著「人都是要吃鹽的」暗示知青們不要狠批慶祿的故事……等等，都是可以大編特編的好故事。之所以並未展開，是因為林白的敘事依賴「材料」對她內在熱情的真實喚起，她所能言說的也只是這種「真實的內在熱情」，而非純智性的客體化想像力，因此對那些公認的具有「社會重要性」的材料，公認的可以發展為好故事的材料，她往往由於它們不能觸及她的皮膚和感情而相當淡漠。但恰恰是林白的斷片、直接、拒絕完整和發展的敘事，能相對完整地表達出她感知與創造的原初性，原始的熱力與激情。何故？此正應和了別爾嘉耶夫關於創造的入木三分的論斷：「發展和展開是創造的死敵，是創造的冷淡和源泉的枯竭。任何創造熱情的最高點完全都不是其作品的展開。創造熱情的最高峰是最初的創造的萌發，是創造的萌芽，而不是創造的完結，是創造的青春和童貞，是創造的原初性……創造的發展、完善、展開、完結，都已是創造的惡化、冷淡、下降和衰老……發展、展開、完善的本質在於，它們掩蓋人的觀念和感覺的原初性、直覺的原初性，封閉了這些原初性，用次要的情感和社會積澱窒息了這些原初性，並且使得這些原初性的復歸不可能。」[4]

這一創造的悖論與悲劇也在這部作品本身得到了驗證。與汁液飽滿的上部相比，《致一九七五》的下部呈現出明顯的冷淡和衰竭。追憶和感懷的能量在上半部已經耗盡，新的精神動能卻未在下半部產生。花樣迭出的敘事方式看起來興致勃勃，卻總有強顏歡笑、為完成而完成之感，更像是省力的、就事論事的自然記錄。敘述人看起來全然陶醉於現象的特殊性之中，而迷失了「現象」和「本體」之間連通的道路。

顯然，這部作品的命意和結構受到了普魯斯特《追憶似水年華》的影響。但是，後者洋洋七卷而無枯竭之感，前者卻走到一半即告空乏。原因為何？伍爾芙曾如此評價普魯斯特：在他的這部小說中，「每一條道路都毫無保留、毫無偏見地敞開著……普魯斯特的心靈，帶著詩人的同情和科學家的超然姿態，向它有能力感覺到的一切事情敞開著大門。」[5]這是創造的最根本的秘密——心靈的開放程度決定了感受力和精神性的密度與廣度。

何謂精神？「精神是自由，而不是自然。」「相對於自然界和歷史世界而言，精神是革命的，它是從另外一個世界向這個此世的

---

[4] 尼古拉・別爾嘉耶夫：《論人的使命》，上海人民出版社，2007 年，146 頁。

[5] 維吉尼亞・伍爾芙：《論小說與小說家》，上海譯文出版社，2000 年，第 272 頁。

突破，它能夠打破此世的強迫性的秩序……精神不但是自由，而且還是意義。」「獲得精神性是對世界和社會環境的統治的擺脫，仿佛是本體向現象的突破。」[6]精神之光譜的豐富程度是無窮盡的，它的源泉來自上帝——或者說，來自超越一切個性和自然的終極存在。精神性的藝術家分享了這一源泉的豐富性，因此他所觀照和敘述的世界，是一個有著無數精神光譜的世界。作家精神－意義的源泉愈飽滿豐富，則作品呈顯的「現象」森林愈元氣淋漓，無法窮盡。所以，一部文學作品的勝利，說到底是「精神的勝利」。

因此可以說，《致一九七五》後半部的衰弱跡象，正緣於作家心靈未能向精神宇宙無條件地開放。看得出，創作者停滯於精神的自然與初始狀態，滿足於自我之「有」，並陶醉於對底層事物的價值激情——那是林白自我肯定的意志與道德立場的微妙混合。她賦予純樸、粗礪和簡陋的生命根部以強烈、唯美而奢華的氣質，她全力擁抱它，將其作為唯一、全部、最高的世界來描述，作為存在的意義源泉和價值尺度來描述，這種隱蔽的民粹傾向是林白的自覺，也是我與她的分歧之處。把有限、不完善但卻生死與共的「此在」作為感激和禮贊的對象，是文學的自由，但是把它當作意義的源泉，當作至高的善，則必會導致作品的貧乏，以及道德能量和創造能量的弱化。能夠成為意義源泉和價值尺度的，既不是底層的存在，亦不是貴族的存在——塵世間的一切存在都不能成為意義源泉和價值尺度，只有精神，只有超越此在的無限的「存在本身」，才能擔當這一使命。

---

6 尼古拉・別爾嘉耶夫：《神與人的辯證法》，第 389-390 頁。

阿波利奈爾評價畫家盧梭說：「他絕不讓任何事，尤其是基本的事，聽憑自然。」縱觀林白所有的作品，可以說她的問題恰恰在於太聽憑自然——聽憑身體、感官和物質世界的自然牽引，聽憑能力的自然狀態，聽憑內心的靈火時燃時滅於宇宙虛空之中，而很少呼喚精神之強力增高那火焰。精神的自我豐富、自我挑戰的要求在沉睡。精神對於塵世之有限性的不滿和不安在沉睡。這是因為她太顧惜自己，太緊緊抓住己身之「有」，因此一些敘事會下降為財富清點式的回望和對於痛癢利害的焦慮。

這位自然的精靈，天賦的作家，她的才華和純樸已讓她擺脫了彌漫於當代中國作家的市儈主義，但是她仍未達到她的生命與創造的最高可能。誠然，這一精神的攀升之旅是充滿困苦的，但必得如此。因為，我們不得不服從這樣一個悖論式的真理：「犧牲自己就是對自己的忠實。」（別爾嘉耶夫語）

2009年3月8日夜完稿

原載《南方文壇》2009年第3期

後　記

瑞士批評家阿爾貝・貝甘說過大意如此的話：有那麼一種批評家，他／她的所有作品都是一種私人日記，一種在三重對話中探索和定位的日記——首先是和自己，其次是和他／她所親近的人，最後是和世界上最偉大的創造者。在我看來，再也沒有比「私人日記」的說法，更能準確擊中批評者自我與其文字之間的血肉關係了，而這也正是文藝批評予我的樂趣所在。顯然，對規範化和客觀化的學院標準而言，這種觀念意味著學問的歧途。但我以為文藝批評的本質不是學問，而是哲思；它的起點和終點不是知識之鈣化，而是心靈之開放。因此，批評者的使命是與自我和他人的創造力對話，與其置身的精神現實對話，更重要的是，借助批評對象這一觸媒，與最偉大的創造者所開啟的無限可能性對話。由此，批評者、創作者和閱讀者共同經歷著某種精神內在性的喚醒。

這本書集攏了我從 2002 年 10 月至今所寫的九篇作家、文論家和導演專論，此前，它們曾陸續發表在大陸的《當代作家評論》、《南方文壇》、《山花》和《中國圖書評論》等雜誌。這些批評對象，或位居大陸「主流文壇」的至高點，或被稱作「非主流」、「異數」、「文壇外高手」，但於我而言，他們都意味著當代中國心靈的不同側面。揭示這些側面，探討他們與社會—歷史和最高之「在」的關係與距離，及其創造力的方式與深度，是我批評的初衷。但與此初衷相比，這些文章似乎只是證明了本書作者之無能。如果說它們還有什麼可取之處，那麼可能就只存在於貫穿其中的某種魯直的誠意。我不是職業批評家，充其量只能算一個批評票友，於編輯報紙副刊之餘，在幾位師友和編輯家的縱容下，開始不知深淺的言說之旅。既然此一言說不受職業要求的驅迫，它便聽從了我內心深處的意義焦慮的驅使，懷著參與和介入精神現實的目的，化為迂闊繁複而沒有眼色的寫作。

眾所周知，由於中國當代文藝已從精神創造的領地，蛻變為利益切割的場所，因此從西方漢學家到中國一般公眾，普遍認為這裡的文藝不值得嚴肅對待。但是就我的感知經驗看來，這種基於道德優勢的抽象否定無益於我們自身創造力的生成。創造只有在高級意義體的長久注視之下，才可能自我完善。文藝批評就是這種「注視」。如果它一直草率從事，那麼被扼殺和淹沒的將是真正的創造者，而他們之所以被如此對待，竟只因為他們與藝術的謀利者共存於同一空間，這實在有欠公平。因此，負責任的文藝批評，需要與同一語境的創造者深入對話——分享他們的經驗，探明他們的盲點，與他們一道，辨認自我的困境和未來的圖景。

本書文章按寫作時間的先後順序排列，從中或可看出作者簡陋的思維履歷。《不冒險的旅程》是我第一篇「正式」的文學批評，探討了中國作家在威權—市場化社會中，承擔真實與平滑寫作之間的兩難。以「不冒險」命名王安憶的創作，意在指出這位被經典化的作家在兩難之中的選擇，和她為此選擇所付出的道德與藝術的代價。以此標題為書名，則頗有自嘲與反省之意——在寫作可能性與精神豐富性的探索中，本書的作者何嘗不同樣行走於「不冒險的旅程」？

感謝作家、出版家蔡登山先生的慷慨支持，也感謝批評家朱航滿先生的熱心推薦，使這本小書得以和臺灣讀者見面。臺灣是激起我太多文化懷戀的地方，2006 年 10 月，我曾到此做短暫的環遊；現在，想到我的書將替我繼續在此遊歷，實在感到說不出的喜悅。希望它能得到讀者諸君的剴切指正。

2009 年 7 月 24 日，李靜記於北京

國家圖書館出版品預行編目

不冒險的旅程：非典型批評集/ 李靜著. --
一版. -- 臺北市 ： 秀威資訊科技, 2010. 1
面 ； 公分. -- (語言文學類；PG0295)

BOD 版
ISBN 978-986-221-354-4(平裝)

1. 中國當代文學 2. 文學評論

820.908 98021598

語言文學類 PG0295

不冒險的旅程——非典型批評集

作　　者 / 李　靜
主　　編 / 蔡登山
發 行 人 / 宋政坤
執行編輯 / 林泰宏
圖文排版 / 鄭維心
封面設計 / 陳佩蓉
數位轉譯 / 徐真玉　沈裕閔
圖書銷售 / 林怡君
法律顧問 / 毛國樑　律師
出版印製 / 秀威資訊科技股份有限公司
台北市內湖區瑞光路 583 巷 25 號 1 樓
電話：02-2657-9211　傳真：02-2657-9106
E-mail：service@showwe.com.tw
經 銷 商 / 紅螞蟻圖書有限公司
台北市內湖區舊宗路二段 121 巷 28、32 號 4 樓
電話：02-2795-3656　傳真：02-2795-4100
http://www.e-redant.com

2010 年 1 月 BOD 一版
定價：280 元

讀 者 回 函 卡

感謝您購買本書，為提升服務品質，煩請填寫以下問卷，收到您的寶貴意見後，我們會仔細收藏記錄並回贈紀念品，謝謝！

1.您購買的書名：________________________

2.您從何得知本書的消息？

☐網路書店 ☐部落格 ☐資料庫搜尋 ☐書訊 ☐電子報 ☐書店

☐平面媒體 ☐ 朋友推薦 ☐網站推薦 ☐其他__________

3.您對本書的評價：(請填代號 1.非常滿意 2.滿意 3.尚可 4.再改進)

封面設計____ 版面編排____ 內容____ 文/譯筆____ 價格____

4.讀完書後您覺得：

☐很有收穫 ☐有收穫 ☐收穫不多 ☐沒收穫

5.您會推薦本書給朋友嗎？

☐會 ☐不會，為什麼？________________________________

6.其他寶貴的意見：____________________________________

____

____

____

讀者基本資料

姓名：__________________ 年齡：_____ 性別：☐女 ☐男

聯絡電話：________________ E-mail：__________________

地址：____

學歷：☐高中(含)以下 ☐高中 ☐專科學校 ☐大學

☐研究所(含)以上 ☐其他______________

職業：☐製造業 ☐金融業 ☐資訊業 ☐軍警 ☐傳播業 ☐自由業

☐服務業 ☐公務員 ☐教職 ☐學生 ☐其他__________

請貼
郵票

To：114

台北市內湖區瑞光路 583 巷 25 號 1 樓

秀威資訊科技股份有限公司　　　收

寄件人姓名：

寄件人地址：□□□

(請沿線對摺寄回,謝謝!)